Peter Weingartner

Derniere

*Ein Fall für Hauptkommissar
Anselm Anderhub*

Kriminalroman

Atlantis

Die Originalausgabe erschien 2019 im Verlag edition 8, Zürich.

Jede Ähnlichkeit mit lebenden, aber auch verstorbenen Personen
sowie Institutionen, wie ein Verein, eine Bank, die Polizei
und sogar ein Dorf es sind, wäre rein zufällig.

1

»Wo bleibt er so lange«, fragt Rainer Kreienbühl, der Regisseur. Unruhig sitzt er auf einer Festbank in der Theaterbeiz, schaut auf die Armbanduhr, bald elf Uhr; für einen Blick auf die Eingangstür, wo er seines Hauptdarstellers Erscheinen erwartet, riskiert der Mann eine Nackenverspannung. Scheit im Hals.

Natürlich weiss Kreienbühl um Viktor Habermachers Marotte. Nach jeder Aufführung bleibt er noch einige Minuten allein im abgetrennten Teil der Tenne, diesem Kabäuschen, wo die Spieler sich bereitmachen für ihre Auftritte. Umkleideraum. Sitzen und Sinnen. Requisitenraum: Alle Spieler haben ihren Stuhl. Platz für Rituale? Einen Altar für Stossgebete, eine Matte für eine Instant-Yoga-Übung gibts nicht. Auf einem Querbalken steht neben drei leeren eine angebrochene Flasche Weisswein. Ausgerechnet die Polizisten. Er müsse wieder zurückkommen auf den Boden, das hat Habermacher dem Regisseur erklärt, und der hat Verständnis gezeigt. Weltbretterboden der Tenne. Soll sein Hauptdarsteller halt seine Extrawurst haben. Aber zum Schlussapplaus, und wenn sie drei-, viermal zurück auf diese Tenne, zur Theaterbühne umgestaltet, geklatscht werden, zum Schlussapplaus zeigt er sich, da muss er durch.

Es ist frisch in der Theaterbeiz, wo es keine Heizung gibt im Spätsommer, wo allein die Menschen für Wärme sorgen und die Küche. Das Gewitter hat abgekühlt, und Sabine Kreienbühl legt sich ihr rosafarbenes Wolljäckchen über die mehrheitlich nackten Schultern.

»Man hats ja kommen sehen«, sagt die Gattin des Regisseurs zu Judith Kronenberg, der Präsidentin des Theatervereins. Sie meint den Wetterumschwung.

»Wir hatten wahrlich Wetterglück«, meint jene mit ernster Miene und einer Spur Erleichterung und nippt am Rotwein, den der Vorstand sich nun, nach der gelungenen Derniere, der letzten Aufführung, die den Theatersommer im Dorf krönt und abschliesst, leistet.

Christoph Schmidlin an der gleichen Festbankgarnitur strahlt stolze Zufriedenheit aus. Stille Genugtuung. Er hat das Stück geschrieben und dabei seines verstorbenen Onkels gedacht, ihn als Vorbild genommen, den Mann, der vor Jahren talauf talab als Alteisensammler und -händler unterwegs gewesen war. Eisenmoritz. Das Schwarze Schaf der Familie mit beträchtlichem Fremdschämpotenzial. Russschwarz im Gesicht. Schwarzes Fahrrad der Schweizer Armee samt Anhänger. Schwarze Arbeitskleidung, Overall mit Rissen. Sommers und winters on the road, bei jedem Wetter, ob Julihitze oder Dezemberpflotsch. Diesem Eisenmoritz, der eigentlich Alois, also Wisu geheissen hat, diesem Mann hat Christoph Schmidlin ein Denkmal gesetzt. Und weil dieser Wisu weit herum bekannt war, und seis, bei den jüngeren Talschaftsbewohnern, als Legende vom blossen Hörensagen, ist der ›Eisenmoritz‹ zu einem lokalen Erfolg geworden.

Natürlich kommt Habermacher zum Schlussapplaus zurück, und er geniesst den Beifall, blinzelt in die Scheinwerfer, nähme auch Blumen. Schulterklopfen. Die Leute im Dorf haben es nicht so mit dem Überschwang. Ihnen bringt auch niemand Blumen, wenn sie die erwartete Leistung abgeliefert haben. Einmal hat Viktor Habermacher Blumen erhalten, fünf rote Rosen, an der Premiere. Er hat still ein paar Tränen verdrückt vor Freude; ein paar Mitspieler waren peinlich berührt.

Wer Eintritt bezahlt hat, darf mit einer reellen Gegenleistung rechnen. Das ist der Realitätssinn der Dörfler. Und wenn der Theaterverein seine Sache gut gemacht hat, gibt es Applaus. Aber deswegen gleich aufstehen? Sonst noch Wünsche? Die Frauen und Männer im Dorf zeichnen sich durch eine ausgeprägte Bodenständigkeit aus, und wer sitzen bleibt, ist dem Boden näher. Ist denn ihretwegen schon mal jemand aufgestanden, um Anerkennung zu zollen? Nicht einmal im Postauto stehen die Jugendlichen auf, um den Alten Platz zu machen. Man hats nicht so mit Sentimentalitäten. Und schluckt lieber böse, als dass man aufbegehrte.

»So lange hat er sich noch nie Zeit gelassen«, sagt Rainer Kreienbühl in der Theaterbeiz.

Der Regen prasselt aufs Blechdach der Remise, die nie so belebt war wie in den Wochen seit Mitte August. Der Herbst lässt seine meteorologischen Vorboten heranwehen, oft mit feuchter Begleitung.

»Beruhige dich, Rainer«, meint Sabine, seine Frau, »der kommt schon noch, ist noch immer gekommen. Schliesslich ists das letzte Mal, und da wäre er ja blöd, wenn er sich das entgehen liesse, das Lob, das Fest, die Anerkennung.«

Sich rarmachen kann Taktik sein, denkt sie. Wie wars in den Anfängen ihrer Liebschaft? Ja, sie hatte Rainer gerne auf die Probe gestellt. Zappeln lassen, den Fisch. Der soll kämpfen, der Fisch. Bis er ermattet aufgibt und geerntet werden kann.

Nun wird, nach dem Rindsbraten eine Stunde vor der Theateraufführung, der Nachtisch serviert, ein Oh und Ah hebt an angesichts des bunten Tellers mit sieben verschiedenen süssen Häppchen drauf.

»Unser Küchenchef kann etwas«, sagt Judith Kronenberg, und Sabine Kreienbühl stimmt nickend zu.

»Wer vieles bringt, wird jedem etwas bringen«, sagt sie.

Das Weinglas, ihr letzter Schluck lässt nur noch ein paar Tropfen übrig, die träge eine Fliessspur hinterlassend dem Glasboden zustreben, stellt sie in die Tischmitte. Süsses und Wein, das lasse sein, reimt sie rein innerlich, und sie ahnt die Säure des vergorenen Rebensaftes auf ihrer Zunge, wenn sie zwischen den sieben Amuse-Bouches nach dem Glas griffe. Krass. Die Erfahrung. Die Zunge benetzt ihre Lippen. Das Stück Schwarzwäldertorte lässt sie zur Dessertgabel greifen, derweil Dichter Schmidlin die gebrannte Crème zu löffeln beginnt.

Das sind Sinnesgenüsse, murmelt er vor sich hin und sticht als Liebhaber eines Kontrastprogramms ins Zitronensorbet gegenüber der Crème. Frau Kreienbühl ist inzwischen bei der Schokolademousse angelangt; auf Rainer Kreienbühls Teller steht stramm das Caramelköpfchen. Wird zum Wackelpudding, stösst die Bedienung bei der Ausübung ihrer Arbeit versehentlich an den Tisch.

»Soll ich Ihnen für Geri auch …?«, fragt Nathalie Lötscher, die Tochter des Küchenchefs.

»Ja, gerne«, sagt Evelyne Keiser, »mein Mann wird sicher gleich kommen.«

Sie verteidigt den Platz ihr gegenüber, und sie weiss: Geri mag Mus lieber als Gefrorenes. Da darf das Eis getrost weich werden. Keisers sind Ehrengäste heute

Abend; Judith Kronenberg hat sich versichert, dass sie kommen. Evelyne wäre lieber zu Hause geblieben; Geri, der Bauunternehmer und Hauptsponsor, hat sich durchgesetzt. Wie üblich hat sie nachgegeben. Aber Viktor noch einmal sehen in dieser tragischen Rolle? Will sie sich das antun? Sie muss, kann weder Augen noch Ohren schützen, obwohl ihr die Premiere gereicht hat. Sie hats versucht; die Augen hat sie geschlossen, um ihn nicht leiden sehen zu müssen. Sie hätte es besser wissen können. Hat just deshalb noch klarer gehört. Und das Gesicht zu den Worten nicht aus dem Kopf gebracht.

Sie hat gespürt, da spielt einer keine Rolle. Diese Dünnhäutigkeit einerseits und die Grobschlächtigkeit der Schwester, der Nachbarin, des Polizisten, des Gemeindepräsidenten, diese verbale Brutalität der schieren Gedankenlosigkeit, das hat ihr mehr weh getan, als sie sich zugestanden hätte. Nein, das ist nicht Theater. Das ist die Wirklichkeit, ein Konzentrat eines Lebens, Kondensat einer Existenz.

Viktors Marotte.

»Ich muss den Schalter kippen. Da reicht es nicht, mir die Perücke vom Kopf zu reissen und den Bart auszuwaschen«, hat er Kreienbühl und den Mitspielern nach einer Probe erklärt, gleich zu Beginn, »ich muss zu meiner Identität zurückfinden.«

Identi-was?, las er in den Gesichtern. Aha, der Herr Lehrer braucht eine Spezialbehandlung. Niemand hätte so etwas geäussert, denn froh sind sie alle, dass Viktor die Hauptrolle übernommen hat mit einer Zahl von Einsätzen, welche die meisten überfordert hätte. Und erst die überdrehten Monologe! Glücklich sind sie, dass er es so gut macht. Die Eifersucht hält sich in Grenzen, obwohl in den Premierenberichten der Lokal- und der Tageszeitung Viktor Habermachers schauspielerische Leistung besonders hervorgehoben und in hohen Tönen gewürdigt wird. Zumindest vordergründig gibt es keine Eifersucht. Man mag es nicht besonders im Dorf, wenn einer herausragt. Wilde Triebe in der Thujahecke werden regelmässig zurückgestutzt. Auf Kreienbühls Teller schleicht sich das Zitronensorbet an die Himbeerroulade, vom Küchenchef eigenhändig gefüllt und gerollt, heran. Kreienbühl hat dafür keine Augen; er ist im Begriffe aufzustehen. Shit. Der Hals.

»Er lebt seine Rolle, ja geht förmlich darin auf«, schrieb Lokalreporter Daniel Kleiber im Lokalblatt.

Düsentrieb nennt man ihn im Dorf, ja im ganzen Tal, denn er ist die personifizierte Umtriebigkeit, lässt keine Hundsverlochete aus, ist an jedem Turnerabend und an jeder Geschäftseröffnung dabei, wenn in der Woche vor dem Ereignis ein Inserat in seinem Blatt herausschaut. Der Theaterverein ist dankbar dafür, denn was nützt die beste Produktion, wenn niemand davon weiss? Düsentrieb hat für jedes Inserat einen Artikel versprochen. Mit Bild.

Er war bei den Proben dabei, brachte ein Interview mit Regisseur Rainer Kreienbühl, einen Hintergrundbericht von den Vorbereitungen, besonders eindrücklich die Instandstellung des Lokals am Rand des Weilers Oberschwand oberhalb des Dorfes, Fronarbeit, die sagenhaften Reinigungsarbeiten, bis die Tenne ohne eine Sinfonie von Husten- und Niesanfällen bespielbar war, die Räumungsarbeiten in der Umgebung der Scheune, damit man überhaupt einigermassen trittsicher zum Eingang vorstossen kann, der Umbau der Remise in eine Theaterbeiz, wo man nun auf den allerletzten Auftritt des Viktor Habermacher wartet. Typisch Düsentrieb eben: stets auf Achse, immer und überall dabei, wo ein Hund begraben wird, der vor seinem Ableben noch ein Inserat generiert hat.

»Ich geh mal nachschauen, langsam kommt mir das komisch vor«, sagt Kreienbühl endlich zu seiner Frau und steht auf. »Du kannst mein Dessert auch noch nehmen, wenn du magst.«

Er spürt die Erwartung der Theaterbesucher in der Theaterbeiz. Eine Unruhe nimmt er wahr und die Blicke auch anderer Theaterbesucher, auf die Eingangstüre gerichtet, in der Habermacher endlich erscheinen sollte. Sie wollen, aufgedreht und vom Alkohol gelockert, Viktor sehen, ihm auf die Schulter klopfen, das dann schon, Ausdruck ehrlicher Bewunderung. Sibesiech. Huerestark. Ganzverreckt. Sackstark.

»Wo bleibt Viktor?«, fragt Sandra Huber, die im Theater Viktors Schwester spielt, die wohlanständige Meisterin des Fremdschämens, wenn Bruder Eisenmoritz sich einmal mehr mit dem Gemeinderat angelegt hat, weil in gewissen Altwaren noch Quecksilber eingelagert ist und das Altöl in den Motoren nie verdunstet, weil sein Anwesen an der Hauptstrasse mit seiner Unordnung, da ein halber Ofen, hier ein Kühlschrank und dort ein Fahrzeug-Chassis, dem Image der Gemeinde schadet, weil er ist, wie er ist, und auch mal eine Pizza im Backofen vergisst, was beinahe zu einem Brand geführt hätte. Und weil er die Nachbarin, die sich an der Hausbemalung – wilde Frauenköpfe – gestört hat, verbal unflätig behandelt hatte.

»Der wird schon noch kommen, keine Angst«, sagt Christoph Schmidlin und vertieft sich Löffelchen voran in das letzte Stück Schwarzwäldertorte auf seinem

Teller: Das hat er sich für den Schluss der Dessertvariationen aufgespart.

»Es ist wie die letzte Szene eines Theaterstücks«, sagt er zu Judith Kronenberg, die ihn bei seinem Tun beobachtet hat. »Das Beste zuletzt, der nachhaltige Gout im Mund«, sagt Schmidlin, »der letzte Eindruck bleibt hängen.« Am Wanst, das sagt er nicht.

Die Leute in der Theaterbeiz haben Viktor erwartet, auch der Reporter des Lokalblatts hat sich mit umgehängter Kamera in Stellung gebracht, doch wer die Türe nun öffnet und sich in seiner ganzen Wucht und Masse präsentiert, ist Geri Keiser. Er schüttelt sich ungeniert wie ein Kater nach einer Regendusche, besprüht dabei rücksichtslos den Boden und die Gäste auf der ersten Bank der Festwirtschaft.

»Sauregen«, sagt er.

»Komm herein«, begrüsst ihn Nathalie Lötscher, »das Dessert wartet. Schau, da hinten!«

Sie weist auf die Festbankgarnitur, wo die Honoratioren des Dorfes bereits ihre Allerwertesten platziert haben. Evelyne winkt ganz diskret. Fast verschämt.

Keiser hängt die feuchte Jacke an einen Nagel an der Wand beim Eingang. Seine Wand, sein Nagel, seine Remise, sein Dorf. Er geniesst es, im Mittelpunkt des Interesses zu stehen, denn wer möchte sich mit ihm nicht gut stellen? Judith Kronenberg steht auf und zwängt sich Richtung Eingang. Geri Keisers Caramelköpfchen wackelt, aber es stürzt nicht.

»Wir haben da hinten reserviert«, ruft sie ihm zu, der eben dem Polizisten Xaver Petermann die Hand geschüttelt, mit der Sozialvorsteherin Annemarie Hug ein paar Worte gewechselt hat und sich nun Richtung Küchentresen bewegt.

»Riecht gut«, sagt er grinsend, und Paul Lötscher, der Küchenchef, grinst zurück. »Jetzt kann ich aber einen starken Kaffee gebrauchen, bei diesem verdammten Sauwetter«, sagt Keiser.

»Das hättest du wissen können. Keine Nachrichten gehört?«, sagt der Küchenchef, während er zwei Dessertteller auf den Tresen stellt, abholbereit für das Servicepersonal.

»Wir sind da hinten«, sagt Judith Kronenberg, erleichtert, dass Geri Keiser endlich da ist, und deutet mit der Hand auf die Bank, wo auch seine Frau sitzt.

»Ich komme«, erwidert Geri Keiser.

»Eisenmoritz-Spezial?«, fragt Lötscher.

»Eisenmoritz-Spezial. Wenn ich mir dabei keine Blei- oder Quecksilbervergiftung hole.«

Jetzt fehlt noch einer. So lange hat er noch nie auf sich warten lassen, denkt die Vereinspräsidentin auf dem Weg zurück zu ihrem Dessertteller, wo noch das Caramelköpfli des Verzehrtwerdens harrt. Heute ist die letzte Vorstellung gewesen, die Derniere. Sie hat sich das ausgemalt, diesen letzten Abend, wie eine Erlösung vom Druck der Verantwortung, der auf ihr lastet, wohliges Erschlaffen des Gemüts, eine bedingungslose Hingabe nach meteorologischem Tiefdruck, nur noch wenige Minuten durchhalten bis zur Schlussrede, einer Dankesrede im stolzen Bewusstsein, Teil eines gelungenen Unternehmens zu sein, wenn nur der Hauptdarsteller endlich auftauchen würde.

»Ist doch logisch, dass er heute etwas länger braucht, sein anderes Ich abzustreifen«, meint Sabine Kreienbühl.

Anderes Ich, Blödsinn, denkt Judith Kronenberg und stellt sich vor, wie der üppig geschminkten Nach-

barin ob der geschwollenen Sprache das Gesicht auf-
schwillt zu einer grotesken Fratze.

»Das ist mit Abschminken und Perücke-Ablegen
nicht getan«, plaudert Sabine ganz ernsthaft weiter,
»eigentlich müsste man ja mindestens duschen können, die zähe Schminke, das Puder überall. Und er
muss eine ganze, doch ziemlich multiple Persönlichkeit loswerden!«

Evelyne Keiser hört mit und denkt sich ihre Sache.
Ganz und multipel. Wie geht das zusammen? Laber-
tasche. Viktor ist nicht so einfach gestrickt. Sie beobachtet ihren Gatten, wie er das Kaffeeglas packt und
einen ersten Schluck nimmt, denn mit Schnaps hat der
Küchenchef nicht gespart. Den Geist zu vergeuden, indem man ihn verdunsten lässt, wäre Sünd und Schad,
auch wenn die Luft eine geschmackliche Aufbesserung
vertrüge. Und da der kalte Schnaps mit innerem Feuer zuletzt eingefüllt wurde, verträgt Keisers Zunge die
mässige Hitze der langsam sich mischenden Flüssig-
keiten.

Viktor spielt einen geistig verwirrten Alteisenhändler,
der vor Jahren talauf talab seiner Arbeit nachgegangen
ist. Spielte. Der letzte Vorhang ist gefallen. Das würde
Düsentrieb, der kein Klischee auslässt und sich deshalb
so gut verstanden weiss von der Mehrheit der lesenden
Talschaft, schreiben in seiner Rückschau auf die dies-
jährige Theatersaison des Theatervereins. Dabei gibts
in der Scheune nur einen Vorhang. Und der trennt den
Umkleideraum vom Rest der Tenne, eine weise Einrichtung, ermöglicht der Vorhang doch diskrete Auftritte und Abgänge. Nicht bloss leiser, auch günstiger
als eine Türe. Im übertragenen Sinn würde Düsentrieb, der Floskeldrechsler, recht haben. Ende Feuer.

Eine Dusche wäre schön gewesen. Ein Lavabo musste reichen. Ende gut, alles gut. Bravourös darf nicht fehlen. Düsentrieb steht am Tresen, etwas gelangweilt, so scheint es, und schaut auf die Uhr. Da kommt Rainer Kreienbühl, auf dem Weg hinaus, auf der Suche nach Viktor, gerade recht, ein Statement vom Regisseur, macht sich immer gut. Und Kreienbühl lobt in höchsten Tönen sein Ensemble, aber auch das Drumherum habe einfach gestimmt.

»Schau dir an, was das Bauteam und das Beizenteam aus diesem heruntergekommenen Schuppen hier gemacht haben«, sagt Kreienbühl.

Und Düsentrieb sieht die Melkstühle mit Pinocchio-Nasen an den Wänden – jemand hat noch Augen und Mund draufgeschmiert; alte Holzgabeln blecken ihre Zähne vom groben Täfer der Seitenwände, derweil in den Ecken nach alter Sitte gebundene Garben hängen. Lange rostige Sägen, die man früher zum Fällen von Bäumen verwendet hat, Zweihänder, nehmen mit verbeulten Pfannendeckeln Bezug auf den alten Eisensammler. So stellt sich im vollen Lokal eine Heimeligkeit ein, die der Alkohol nährt und am Leben erhält, ja sie aufblühen lässt, auch wenn der Lärmpegel, schlösse man die Augen, einen Grad erreicht hat, der Evelyne Keiser verschämt die Zeigefinger beider Hände auf die Ohren zwingt, derweil der Regisseur dem Journalisten sein Lobunddank ins rechte Ohr schier schreien muss.

Schauspielerschweiss hat nie jemanden gestört nach der Aufführung. In der Theaterbeiz dominieren andere Gerüche. Rindsschmorbraten zum Nachtessen vor der Aufführung. Und gegen den späteren Hunger Raclette. Taktisch klug gewählt. Der Nasenbruder des Fussschweisses. Olfaktorische Höhepunkte. Ja, man kann noch essen, und ohne Festwirtschaft wäre ein Theaterunternehmen kaum kostendeckend. Und trotz der Wärme unter dem Schopfdach, die auch die Spalten in den Wänden und teils sogar im Dach nur unwesentlich mindern, denn die echte Wärme kommt von innen, dampft und riecht auf vielen Tischen ein Eisenmoritz-Kaffee mit gebranntem Wasser. Festhüttenmelange mit Käse und Geist.

2

Melchior Kaufmann macht alles. Er hat Hand angelegt, als es darum gegangen ist, die Tenne vom Dreck zu befreien, denn nach der ersten Probe waren die Spinnen und Ameisen in den Genuss einer wahren humanoiden Grippsymptom-Orchesterdarbietung gekommen, dass Gott erbarm – der Regisseur hat nur um ein Haar nicht gekotzt. 27 Säcke mit Staub und Spinnweben, Vogeldreck und halb verfaulten Blättern, Mäuseschiss, Tannnadeln und Birkensämlingen, ja mit einem unbewohnten Hornissennest und sieben Wespenwaben, zentnerweise Biomasse haben die Theaterleute abgefüllt und abgeführt. Und Melchior schwitzte an vorderster Front. Wer nach dieser Aktion in der Nase bohrte, führte erfolgreich schwarzen Rotz ab, dessen Reste sich hartnäckig unter den Fingernägeln festsetzten.

»So sieht er aus, der Eisenmoritz«, hat Regisseur Rainer Kreienbühl, ein Schnellerholer, gelacht, als er die Männer und Frauen gesehen hat, die im Programmheft erwähnten freiwilligen Helferinnen und Helfer, ohne die es nicht ginge.

Sie schrubbten und schabten unter den Ziegeln und in allen Winkeln der Scheune, rieben sich den Staub aus den Augen, husteten und schüttelten den Kopf, den Haarschopf. Aus sicherer Ferne hat Kreienbühl damals gelacht.

Das Gewitter hat sich verzogen. Hätte die Scheune ein Blechdach wie die Theaterbeiz, man hätte Eisenmoritz nicht verstanden. Gerade in der zweitletzten Szene, dem Zusammenstoss mit dem Gemeinderat, wo dieser ihn zu versorgen, ja auf Nimmerwiedersehen in einer Anstalt zu verlochen droht, weil der Zustand seines

Hauses gemeingefährlich sei und er selber eine Gefahr für die Gesellschaft, hätte Eisenmoritz toben können, man hätte sich an die Gebärden halten müssen. Und die fast kitschige Innigkeit der Schlussszene, als Moritz und Marianne sich im Jenseits endlich finden, wäre völlig untergegangen im irren Schiessen der Donnerkanonen draussen. So aber grollte der Himmel zwar, nicht immer an den passendsten Stellen, aber authentisch; der ferne Donner entsüsste das reichlich Sentimentale der Szene, ohne die beiden Spielenden der Lächerlichkeit preis zu geben, denn Viktor und Carmen, eine junge Lehrerin in der Rolle der Marianne, liessen sich nicht aus ihrer Rolle wettern.

Sie hatten zehn Mal überzeugend Dutzende von Zuschauerinnen und Zuschauern ergriffen und sogar den ehemaligen Dorfkäser, einst ein ganz böser Schwinger, Schütze und Steinstosser, ein Nationalturner vor dem Herrn, Prototyp des Eidgenossen, zudem Ehren-Oberturner im Turnverein, zu wahrhaftigen Tränen gerührt – weiss Gott, an welche Geschichte der sich erinnert haben muss –, und nun, da der Himmel hemmungslos mitweinte, nahm das Publikum diesen Umstand erst recht als Zeichen einer höheren Macht, und seien es bloss die meteorologischen Um- und Zustände, die dem dörflichen Theaterverein auf unüberhörbare Art und Weise die Reverenz erwiesen.

Heute Abend wischt Melchior Kaufmann den Aufgang zu den Sitzplätzen und den schmalen Gang zwischen den Stühlen wie stets nach den Aufführungen. Zum Ritual geronnen. Die Bühne kommt zuletzt an die Reihe. Es hängt vom Wetter ab, wo es am meisten Schmutz hat. Heute ist es eindeutig der Zuschauerbereich. Melchior weiss, wie er den Besen führen muss, mit kurzen, ruckartigen Armbewegungen, um nicht Staub aufzuwirbeln, der sich nach kurzem Flug dort niederlassen könnte, wo die Besucher ihr Hinterteil platzieren. Was keine Gattung machen würde, denn man geht ins Theater nicht in den Arbeitskleidern. Es sieht aus, als wüsste auch der Besen, was zu tun ist. Besentanz.

Melchior trägt das Arbeitsgewand der Geri Keiser AG. Blau mit gelbem Schriftzug. Er wischt im Wissen, dass jeder der 268 Stühle vor jeder Aufführung nochmals abgestaubt wird, denn in einer Scheune mit Ritzen in den Wänden ist mit Wind und Fallstaub zu rechnen. Und jeder Besucher bringt von zu Hause und vom Arbeitsplatz seinen eigenen Mikro-Dreck mit, was potenziell einer Kumulation ungesunder Partikel gleichkommt und im schlimmsten Falle zu neuen mikrobiologischen bakteriellen viralen Verbindungen, also potenziell gefährlichen mutierten Krankheitserregern führen könnte.

Heute ist die Derniere gewesen. Die letzte Aufführung. Melchior ist ein Gewohnheitsmensch. Im nächsten Jahr wird er in Pension gehen. Geri Keiser wird im Gratisanzeiger mit Bild und Anzahl Dienstjahren seinem Mitarbeiter für dessen treue Dienste danken und gratulieren.

»Gemacht ist gemacht«, sagt sich Melchior, als ihm bewusst wird, was im Programmheft steht: dass nun nämlich endgültig Schluss ist. Grande Finale. Derniere. Es gibt kein nächstes Mal. Nie mehr Theaterpublikum in dieser Scheune.

Schon nächste Woche wird die Theaterbeiz abgebrochen oder zurückgebaut, denn für eine Besenbeiz, die Idee haben zahlreiche Gäste beliebt machen wollen, wären weitergehende Investitionen nötig, fixe WC-Anlage beispielsweise, die der Besitzer, Melchiors Bruder Kaspar, ein Junggeselle und kauziger Sammler, Bruder im Geiste des Eisenmoritz, sich nicht leisten kann. Und noch weniger will.

Der Metallschrott, auch Melchior war in der Garage seines Elternhauses fündig geworden und hatte einen uralten gusseisernen Ofen angeschleppt, kommt, falls bis Montag nicht weggeräumt, zum Reststoffverwerter. Zum Nachfolger von Eisenmoritz mit Lastwagen samt Mulden statt Veloanhänger. Für reine Metalle bezahlen sie ein Trinkgeld. Die Festwirtschaft. Die Stützen wegen der Sicherheit. Melchior arbeitet beim Bauunternehmer, und der ist Hauptsponsor des Theatervereins. Geri Keiser. Melchior führt seinen Besen um die Metallteile, Ketten, Motoren, schlichte Schutzbleche, antike Laternen, herum Richtung Raum, wo die Schauspieler sich für ihren Einsatz vorbereitet haben. Macht ein kleines Zwischenhäufchen.

»Hör doch jetzt auf zu putzen und komm an die Bar. Ich geb einen aus«, hört er Lindegger Toni zur offenen Tenntüre hereinrufen.

Melchior blickt kurz auf, deutet ein Kopfschütteln an und wischt weiter den schmalen Streifen zwischen Zuschauerraum und der Dachschräge, sozusagen die Bühne. Wischen zwischen den Stuhlbeinen, das tut er sich nicht an; morgen kommen die Stühle weg, zurück in den Gemeindesaal unten im Dorf.

»Lass ihn doch, wenn er nicht will«, sagt Birrer Sepp, »man kann niemanden zum Glück zwingen.«

Der Regen hält die Raucher nicht davon ab, draussen ihrer Sucht zu frönen. Für solche Fälle hat man einen Regenschirm. Der Regen streckt das Bier auf dem Bistrotisch. Der Tisch war zwar umgefallen während des Gewitters, der Wind, die unberechenbaren Böen, in den Dreck, hat das Gewitter aber ohne bleibenden Schaden überlebt. Melchior ist mit der Grobreinigung dieses Ganges fertig und will sich, wie gewohnt, die Nebenstrasse sozusagen, den Einmünder vom Kabäuschen her, diesem Bretterverschlag, der links in der Ecke extra für die Schauspieler eingebaut wurde, vornehmen. Von hinten nach vorne die Sache angehen. Staubhaufen zentral. Melchior hat eine Strategie. Der Besen kennt den Plan.

»Jessesgott«, entfährt es ihm, »da liegt ja der …«

Er schaut noch einmal hin. Spinnt er? Er lässt den Besen fahren, weswegen er sich später einen Vorwurf machen wird, und rennt ohne Augen für den munzigen Staubhaufen auf den Scheunenausgang zu, stolpert dabei über einen gusseisernen Zuber neben der Pfette am Rand der Scheunenbühne, rappelt sich auf und stürmt ins Freie.

»Hast du ein Gespenst gesehen, am Ende gar die Sträggele?«, ruft ihm Lindeggers Toni zu und schüttelt den Kopf über den panikartigen Vorstoss des Melchior Kaufmann.

»Oder vielleicht die Schwarze Spinne? Hast du sie befreit und losgelassen?«, spöttelt sein Kumpel, der Birrer Sepp, und nimmt noch einen Schluck.

Die Raucher, stehend an ihrem Rauchertischchen neben dem Eingang zur Theaterbeiz, können Melchior nicht stoppen. Den Kopf verdrehen sie, was hat ihn gestochen? Und sie lachen über ihren fleissigen Kollegen. Melchior überrennt derweil um ein Haar die Serviertochter vom Jodlerklub – man hilft einander im Dorf aus, wenn Gegenrecht gilt – und stürmt stracks in die Küche.

»Der Viktor!«

»Ja, was ist mit dem Viktor?«, fragt Küchenchef Paul Lötscher.

»Kommt selber sehen. Er hat sich in den Kopf geschossen!«

»Was hat er?«

»Seht selber!«

»Hä?«

»Wo ist der Petermann?«

Regisseur Rainer Kreienbühl hat sich eben von Düsentrieb verabschiedet, er wolle rasch nach Viktor sehen, hat er jenem gesagt, ist im Begriffe, die Festwirtschaft zu verlassen, steht auf der Höhe des Tresens, wo die Eisenmoritz-Kaffees dampfen, als Melchior in die Küche stürmt. Kreienbühl tritt zum Pulk, der sich augenblicklich um Melchior und Paul Lötscher herum bildet, murmelt vor sich hin, er habe es doch gewusst, dass da etwas nicht lauter sei, aber niemand habe ihm geglaubt, und er bildet sich in diesem Augenblick ziemlich viel ein auf sein feines Sensorium als Künstler. Sensible Antennen für das Übersinnliche, das, was in der Luft liegt, das Prophetische sozusagen, das rein Atmosphärische, das Feinstoffliche eben. Immaterielles Fluidum.

Die Erstürmung der Festwirtschaft durch Melchior hat zu einer allgemeinen Aufregung, ja einem regelrechten Aufruhr geführt. Da entwickelt sich ein Lärm, ja Tumult, denn jeder glaubt jetzt etwas aufgeschnappt zu haben; Melchior wird bedrängt und gestossen von allen Seiten, jeder will von ihm wissen, was er gesehen hat, ein paar Caramelköpfli kommen böse ins Schwabbeln, und weil er, was er sagen möchte, nicht jedem gleichzeitig erklären kann, versteht niemand auch nur das Geringste.

So wollen die Wägsten unter ihnen und die Frechsten

selber einen Augenschein vornehmen, was aber Xaver Petermann, der Dorfpolizist, zu verhindern versucht.

Eben noch hatte Petermann sich gegenüber Geri Keiser geärgert darüber, wie sein Berufsstand im Theaterstück dargestellt, ja in den Dreck gezogen worden sei, als sture, humorlose Paragrafenreiter, jegliches Einfühlungsvermögen vermissen lassend, piesacken sie den armen Eisenmoritz, dem zweifellos die Sympathie des Publikums gehört, fehlendes Lämpchen am Veloanhänger hier, Missachtung einer Parkiervorschrift da. Nichtigkeiten! Dabei, und das meine er im vollen Ernst, sei mit Quecksilber und auch Altöl, das man bei ihm offenbar in grösseren Mengen gefunden hat, nicht zu spassen. Das Grundwasser. Und gelocht im Keller hat er auch. Und überhaupt: Für etwas habe man schliesslich Gesetze.

Natürlich hat er mitgelacht in der Scheune, gute Miene zum bösen Spiel, und er hat auch beim Eisenmoritz-Kaffee in der Theaterbeiz mitgelacht, als ihn die Tischnachbarn aufzogen. Beinahe hätte er sich – darauf haben die Provokateure ja nur gewartet – aus der Reserve locken und in eine Verteidigungsposition reizen lassen. Beinahe hätte er gesagt, er sei damals noch gar nicht im Dorf gewesen und so, dann rettet ihn ein Spontanimpuls, nämlich jener, zu schweigen, qui s'excuse, s'accuse, alte Weisheit.

»Stopp, stopp, stopp«, ruft er nun, da sich an der Ausgangstüre – sind überhaupt die feuerpolizeilichen Vorschriften eingehalten worden? Wäre es am Ende seine Pflicht gewesen, das zu kontrollieren? – eine Meute von Leuten durch den Flaschenhals zwängen will. Einmal mehr ist Petermann zu spät dran. Karmisch, würde seine Frau denken. Sie ist sitzengeblieben. Genau wie

Evelyne Keiser. Und Petermann hat den Aufstieg definitiv verpasst. Wachtmeister ist ein wohlfeiles Geschenk für die Einbahnstrassenfahrer, um sie einigermassen bei Laune zu halten. Die Beförderung aufs Abstellgleis.

Auch Geri Keiser und Christoph Schmidlin bleiben vorerst sitzen; offensichtlich haben sie nicht sofort mitbekommen, was Melchior gesagt hat. Schwerhörig? Und überhaupt: Sie halten sich nicht für Herdentiere, während Judith Kronenberg sich als Vereinspräsidentin in der Verantwortung wähnt, entschlossen aufsteht und auf Paul Lötscher, den Küchenchef, zugehen will, der aber mit Melchior Kaufmann im Schlepptau mitten im Pulk drin untergegangen ist.

»Stopp, nichts berühren! Lasst mich vor!«, schreit Petermann, als er sieht, dass die Neugierigsten, nicht selten auch die Pietätlosesten, ungeachtet des etwas nachlassenden Regens, zur Scheune drängen.

Der Lindegger Toni und der Birrer Sepp verstehen nicht.

»Wo brennts?«, ruft Toni. Eine Antwort erhält er nicht.

»Gibts in der Scheune etwas gratis?«, fragt Sepp, und wartet vergeblich auf ein Echo.

»Hat der Melchior eine Ratte gefunden?«, sagt Toni.

»Wo?«, fragt Petermann den Melchior, nachdem er sich unter Einsatz der Ellenbogen und seiner Stimme mit dem Verweis auf seine Stellung als Polizist vor Ort und Amts- und Autoritätsperson zu Melchior, den es ärgert, dass die Leute ihm den Staubhaufen zertreten, vorgekämpft hat.

»In der Garderobe«, sagt jener.

3

Das Blut zieht eine schmale Spur, läuft träge, eine Schnecke schämte sich dieses Tempos, unter dem Vorhang durch und nähert sich unbeirrt Melchiors Besen. Melchior hat ihn fallenlassen, als er – sein Entsetzen mag als mildernder Umstand gelten – Besenflucht beging quasi, nachdem er den Vorhang gezogen und den verdreht da liegenden blutenden Schauspieler, bewegungslos, offensichtlich mausetot, entdeckt hatte.

»Nichts berühren! Alles so lassen, wie es ist! Nichts anfassen!«, schreit Xaver Petermann.

Die Frechsten, die Vordersten, verstummen, wenden ihren Kopf angeekelt ab angesichts des Bildes, das ihnen die Requisitenkammer, die Umkleidekammer der Theaterleute, darbietet. Und die hinteren stehen auf die Zehen und recken ihre Hälse. Die alten Geschwister: Neugier und Ekel.

»Wie die Giraffen«, bemerkt Nathalie Lötscher. Sie hat sich, nachdem sie die leeren Kaffeegläser und Dessertteller abgeräumt hat, von der Neugier getrieben temporär in die Scheune abgesetzt und beobachtet die Szenerie vom leicht ansteigenden Zuschauerraum aus.

Auch vorne dabei sind nun der Lindegger Toni und der Birrer Sepp. Nach kurzem Zögern haben sie sich der Meute angeschlossen, als einige Gäste der Theaterbeiz, allen voran Paul Lötscher und Melchior Kaufmann, in einer Aufregung zur Beizentür herausgestürmt sind. Viktor Habermacher, der Mann, der den Eisenmoritz »mit einer Glaubwürdigkeit gegeben hat, dass einem um ihn Angst werden könnte«, so hat Düsentrieb in seinem Premierenbericht geschrieben, liegt in seinem Blut. Spritzer grauer Hirnmasse und Blut an den Wänden.

Dass der Mann sein Erdendasein beendet hat, steht ausser Zweifel. Neben dem Toten die mutmassliche Tatwaffe. Eine SIG Mosquito mit aufgeschraubtem Mündungssignaturreduzierer, denkt Petermann, bevor er das Handy aus der Busentasche seines Hemdes klaubt und der Kantonspolizei Luzern Meldung erstattet.

»Zurücktreten! Geht nach Hause!«, ruft er den Theaterbesuchern zu, die jetzt einen Originalblick auf den mutmasslich Toten schmeissen wollen. Wer wollte jetzt nach Hause gehen! Das glaubt ja der Polizist selber nicht. Der Birrer Sepp zückt sein Smartphone, worauf Xaver Petermann aber böse wird und sich ihm in den Weg stellt. Der Polizist kennt die Gier gewisser Medien. Und ihrer Leser. Sie bieten einen Hunderter oder mehr, die Blätter und Privatfernsehstationen, für ein exklusives Bild.

»Geht jetzt endlich nach Hause; ihr stört die Untersuchungen«, wiederholt Petermann seine Aufforderung in einem Ton, der an die Vernunft appellieren soll. Habermachers Blut hat nun den Stiel von Melchiors Besen erreicht.

Nicht allen steht der Sinn nach Rückzug. Wenn schon mal etwas passiert. Fast vor der eigenen Haustüre. Petermanns Überzeugungskraft tendiert gegen null. Die einen kratzen sich am Kopf und schweigen; andere müssen reden, ein unverständlicher Klangteppich, Volkes Brabbeln draussen auf dem Vorplatz und in der Scheune. Nicht alle vertragen den Blick auf diesen blutüberströmten, grotesk zerrissenen Kopf, die roten Partikel an der Stuhllehne und auf dem blauen Hemd, das darüber hängt. Blutspritzer auf der Hose, die korrekt gefaltet auf der Sitzfläche liegt. Selbst die Vorstellung, genährt durch Aussagen sich entfernender Augenzeugen, brennt Bilder ins Gehirn, die sich über die Innereien einen Ausweg suchen.

Der Drogistin im Dorf und Leiterin des Samaritervereins, der alljährlich eine Blutspendeaktion durchführt, also einer Frau, die sich als medizinische Fachperson doch den Anblick von Blut am ehesten gewohnt sein müsste, ist der Rindsschmorbraten samt Beilagen und Dessertvariationen hochgekommen, deren halbverdauten Überreste in den Brennnesseln zwischen mobiler Toilette und dem Eingang zur Tenne nun vor sich hin stinken. Eine Freude vielleicht für die unscheinbaren Aasverwerter in Bodennähe; die Käfer mögen staunen, hat man ihnen doch unabsichtlich die halbe Verdauungsarbeit abgenommen.

Petermann, der Dorfpolizist in Zivil, doch allzeit bereit, macht ein Bild mit dem Handy. Birrer Sepp sei Dank.

»Wo habt ihr das Absperrband?«, fragt er Melchior.

»Absperr-?«

»Das rotweisse Band, wie ihrs bei den Parkplätzen gebraucht habt auf Hofstetters Wiese!«

Petermann ärgert die Begriffsstutzigkeit, was ihn lauter werden lässt. Dabei hat Melchior an den Dreck gedacht, den die Gaffer nun wieder in die Scheune tragen.

Melchior Kaufmann hat endlich verstanden. Absperrband. Es liegt in Viktors Todeszelle; er weiss genau, auf welchem Tablar er es deponiert hat.

»Hols und sperr ab, damit niemand mehr hineingeht«, sagt Petermann verkrampft ruhig und bestimmt.

Und wers trotzdem versucht, mache sich strafbar, will er den Leuten in der Scheune und auf dem Vorplatz weismachen. Behinderung einer Amtshandlung. Mindestens. Ist das Gaffergesetz bereits in Kraft? Der

Polizist staunt jetzt selber über die Wirkung seiner Worte. Der Überzeugungsfaktor, dem Ernst der Situation geschuldet, steigt merklich an.

»Aber nicht ins Blut treten und nichts berühren«, weist er Melchior Kaufmann an, der über die Aussentüre in die Künstlergarderobe tritt, um das Absperrband zu holen.

»Da hat eine tragikomische Geschichte eine zutiefst tragische Wendung genommen«, kommentiert Kurt Studer, der Präsident der Schulkommission. Als Chef über die Schule, den Lehrkörper und damit auch über jenen erkaltenden des Viktor Habermacher, sieht er sich als Problemlöser.

Er muss morgen früh, und wenns Sonntag ist, unbedingt den Schulleiter erreichen und zieht sich, zusammen mit seiner Frau, der das Entsetzen über das Geschehene ins nunmehr blasse Gesicht gezeichnet ist, zurück. Ersatz organisieren, schwierig bis Montag. Und wie werden die Schüler informiert? Pragmatiker durch und durch: Sache des Schulleiters. Beerdigungsdelegation dito. Die Aufgaben und Kompetenzen sind im Funktionendiagramm ganz klar geregelt. Blockzeiten einhalten, sonst reklamieren wieder gewisse Eltern.

»Das hier ist jetzt Sache der Polizei; da stören wir nur«, sagt Studer zu seiner Frau.

Und er stellt sich bereits die Schlagzeile in der Boulevardzeitung vor: »Seine Rolle hat ihn eingeholt«. Oder: »Von der Bühne in den Tod«. Oder: »Tödliches Theater«. Seine Frau staunt und erschrickt gleichzeitig über die ausgeprägte praktische Veranlagung ihres Gatten. Als ob in seinem Gehirn bei Ereignissen wie diesem ein Automatismus ausgelöst würde. Sie hat das beim Tod seiner Mutter so empfunden. Ein Automatismus, der das Emotionale unverzüglich versachlicht und ihn umgehend rational handeln lässt.

Evolutionstechnisch gesehen mag das vielleicht eine wichtige Überlebensstrategie sein, denkt sie beim Versuch, sein Verhalten zu verstehen.

Eigentlich, bei aller Tragik, hat der Selbstmord für Studer ein Problem aus der Welt geschafft. Die Unmutsäusserungen gewisser Eltern, immer zahlreicher, waren bis zu ihm vorgedrungen. Sie betrafen Viktors zeitweilige Zerstreutheit – er habe oft nicht einmal mehr gewusst, welche Hausaufgaben er den Schülern gegeben habe. Auch sei er, das weiss er vom Schulleiter, nicht nur einer, nein mehreren Sitzungen unentschuldigt ferngeblieben. Einmal sei er bei einer solchen Teamsitzung am Tisch buchstäblich eingenickt.

Zudem habe man gehört, er treibe sich nachts wie ein Gejagter autofahrend in der ganzen Schweiz herum, komme erst am frühen Morgen nach Hause, wie Nachbarn berichtet haben, die es ja wissen müssen. Zumindest die spätfrühe Rückkehr haben sie mitbekommen; den Rest besorgt die Bürgerfantasie. Studer kann sich das gut vorstellen. Da brauchst du nur eins und eins zusammenzuzählen. Nicht dass er Viktor Habermacher einen solchen Tod gewünscht hätte, das gewiss nicht. Und selbstverständlich gilt die Unschuldsvermutung. Ebenso, bis der Arzt seines Amtes gewaltet hat, die Untodvermutung, wie unwahrscheinlich beides auch sein mag.

Das Gewitter hat sich endgültig verzogen; in der Ferne, in den Bergen, Richtung Pilatus und Berner Alpen, leuchten vereinzelt Blitze auf. Wetterleuchten. Schauspiel kostenfrei. Dramatisch sich bewegende Wolken geben im Nordwesten zeitweise den Blick auf den

Vollmond frei. Noch tropft das Dach. An den Gewitterregen erinnern die Pfützen; das Rinnsal auf der Naturstrasse der Scheune entlang, während des Regens ein kleines Bächlein, ist beinahe wieder ausgetrocknet. Geblieben sind die Gräben, die nach neuem Schotter schreien.

So entstehen Schluchten, denkt Geografielehrer Herbert Duss, als er mit seiner Frau zum Parkplatz geht und hofft, der Regen habe die Wiese noch nicht so stark zu einem Sumpf gemacht, dass das Auto steckenbleibt; die Erosion tut ihre Arbeit, im Kleinen wie im Grossen, denkt er mit Blick auf den Weg, und der Mensch versucht verzweifelt, sie rückgängig zu machen. Sisyphusarbeit.

Eine schwarze Katze betrachtet unter dem Vordach der Scheune das Geschehen mit offensichtlicher Neugier, wie das Drehen ihres Kopfes nahelegt. So viel Betrieb um diese Tageszeit. Nachtzeit.

Auf dem Platz zwischen der Theaterscheune und der Remise, nunmehr Festwirtschaft gewesen, stehen 63 Menschen herum und schweigen und reden. Jene, die noch nicht nach Hause können, nach Hause wollen. Sie haben auf Viktor gewartet, wollten ihm auf die Schultern klopfen, ihn hochleben lassen, und nun das. Vielleicht hätte er allen noch einen Eisenmoritz-Kaffee offeriert, so ist er, kannst es glauben oder nicht, wenn es ihn ankommt, sagt einer der Kulissenbauer und erntet ernstes Nicken im Kreis.

»So war er«, korrigiert der Maurerpolier seinen Vereinskollegen. Im Theater hat er den überkorrekten, paragrafentreuen Gemeindeschreiber gegeben.

Wenn ihm das nur nicht bleibt, diese Tüpflischeisserei, denkt der Kulissenbauer.

Der Pfarrer diskutiert derweil mit dem Sigrist und

dessen Gemahlin darüber, dass man nie in einen Menschen, in sein Innerstes, hineinsehe, wie gut man ihn auch zu kennen glaube. Oft täten sich – das hätten ihn seine Besuche bei Sterbenden gelehrt – Abgründe auf, wenn Menschen auf der Schwelle zum Tode stünden.

»Nicht alle Menschen möchten ihre Geheimnisse mit ins Grab nehmen wie der Viktor«, sagt er.

Er ist drauf und dran, das Beichtgeheimnis anzuknabbern, ohne freilich Namen zu nennen. Das belaste zuweilen schon, habe belastet, korrigiert er sich, und erkläre ihm auch einiges, wenn er die Menschen und ihre Handlungen betrachte. Heutzutage komme ja kaum mehr jemand zur Beichte, weil sich kaum jemand noch verantwortlich, geschweige denn schuldig und jeder sich im Recht fühle.

»Für die Psychohygiene sind offenbar andere Instanzen zuständig heutzutage«, sagt der Pfarrer, und der Sigrist weiss nicht recht: Ist Hochwürden froh darüber oder bedauert er dies?

»Ein Kirchgänger war er jedenfalls nicht«, wirft der Sigrist nun ein, als wollte er davor warnen, den Verschiedenen nun posthum zum Heiligen zu erheben, und der Pfarrer nickt bedächtig, doch auch das wolle nichts mehr heissen.

»Die Frömmsten«, sagt der Pfarrer, »oder jene, die so tun, als seien sie die Frömmsten, haben nicht selten selber eine Leiche im Keller.« Ob er an die Missbrauchsskandale in seiner Kirche und anderen und allen denkt?

Der Sigrist schweigt.

Der Viktor sei immer ein Eigener gewesen, und dass die Theatergesellschaft gerade ihm die Hauptrolle gegeben habe, müsse im Blick zurück eine wahrhaft schicksalhafte Fügung gewesen sein, ergänzt der Gottesmann. »Der Mensch, das zeigt sich heute einmal mehr deutlich, spielt eben zahlreiche Rollen«, sagt der Pfarrer nun laut.

»Das Leben zwingt den Menschen manchmal zum Rollenspiel, um überleben zu können«, fügt der Sigrist, nun vollends in den Sumpf des Mitphilosophierens versunken, hinzu. Was den Pfarrer aufhorchen lässt, hatte er den Sigristen doch für einen der letzten wahren und treuen Christenmenschen gehalten, seinen Job für mehr als profane Brottätigkeit im seelsorgerischen Wirtschaftssektor.

Es gebe auch Rollen, die sich bissen, was durchaus zur Spaltung von Persönlichkeiten führen könne, weiss die Frau des Sigristen, und gibt mit ihrem Beitrag einem vagen Gefühl Ausdruck, dass man es ja hätte kommen sehen können, wenn man es denn wirklich hätte sehen wollen, verstolpert und verknotet sich dabei um ein Haar in Infinitiven und Modalverben, was den Pfarrer zur Bemerkung verleitet, das dürfte der Wahrheit wohl nahe kommen. Können.

Gerade die Derniere, wenn die ganze Belastung der Wochen, in denen die Anspannung gross gewesen ist, abfällt, hätte zum befreienden Abschluss der Theatersaison werden sollen, denkt derweil Judith Kronenberg, die Präsidentin des Theatervereins. Sie steht etwas verloren da. Neben ihr schweigen Evelyne und Geri Keiser. Warum hat er uns das angetan? Warum nur hat er uns die Freude verdorben? Hat er Angst gehabt, nach Wochen der Konzentration, aber auch einer gewissen euphorischen Befindlichkeit, einem bodenlosen Hoch sozusagen, ins Güllenloch des Alltagsmiefs zurückzufallen? Hat Viktor Habermacher sich am Ende mit der tragischen Figur des Eisenmoritz in solchem Masse identifiziert, dass er es ihm, der gegen Ende des Stücks nach panischer Flucht aus dem halboffenen Fenster des Gemeindehauses, seiner abgrundtiefen Verzweiflung geschuldet, bei einem Verkehrsunfall dramatisch ums Leben kommt, hat gleichmachen wollen?

Herbert Duss, Viktor Habermachers Kollege an der Oberstufe des Dorfes, watet durch den Morast zu seinem Auto.

»Wart auf der Strasse«, wirft er seiner Frau zu. Auch wenn das Theater in einer Scheune stattfindet, sie trägt die eleganten Schuhe.

Duss öffnet die Türe seines Kleinwagens, klopft den Dreck an der Autotürschwelle ab, bevor er einsteigt, streift sich routiniert den Sicherheitsgurt über, dreht den Schlüssel und tritt vorsichtig aufs Gaspedal, denn es wäre ihm hochnotpeinlich, wenn die Pneus durchdrehten und er mit seinem Wagen im Sumpf steckenbliebe. Der abgesoffene Lehrer. Duss hört sie lachen, die Bauern, die ihn mit dem Traktor herausziehen müssten. Er riskierte, zu einem Thema des nächsten Fasnachtsumzugs im Dorf zu werden.

Herbert Duss hat just noch zwei der letzten Plätze ergattern können an der Derniere. Das Mindeste. War er seinem Kollegen schuldig.

»Ich fass es nicht, ich kanns nicht glauben, aber ich hab das Blut gesehen«, sagt er zu seiner Frau, als sie die Kapelle ausgangs des Weilers Oberschwand passieren, wo der Theaterverein den Eisenmoritz gespielt hat.

Die Frau schweigt.

»Könnte es nicht sein, dass die ganze Geschichte inszeniert worden ist und eigentlich zum Theater gehört?«, sinniert er. »Wer sagt uns denn, dass das Blut echt ist und der Revolver?«

Die Frau sagt nichts.

Duss hängt seinen Gedanken nach, mutmasst, dass Melchior Kaufmann selber, bevor er in die Festwirtschaft gestürmt ist, den Viktor so präpariert hat, wie sie ihn später gesehen haben. Man weiss ja, der Melchior ist ein praktischer Siebensiech, einer, der für alles eine Lösung hat und den man ohne Übertreibung für alles brauchen kann. Ist es, so fällt ihm ein, in Theaterkreisen nicht Brauch, an der Derniere mit etwas Besonderem, einem aberwitzigen Gag, einer lustigen Sondereinlage aufzuwarten? Aber die Hirnmasse? Der Aufwand? Ist der Melchior am Ende auch Theaterspieler?

Die Frau indessen hängt anderen Gedanken nach, die sie mit wacher Geisteskraft zu verscheuchen trachtet. War ihr Mann nicht kurz vor Melchior Kaufmanns Sturm auf die Festbeiz noch auf dem WC gewesen? Und das WC – das sind die bekannten Kabinen, die auf Baustellen und an Sommerfesten anzutreffen sind – steht hinter der Einfahrt zur Tenne, in unmittelbarer Nähe zur Künstlergarderobe.

Frau Duss schämt sich ihrer Gedanken, kann sie nicht loswerden, wagt einen schüchternen Blick auf ihren fahrenden Ehemann, der nun frischfröhlich und von Gottvertrauen erfüllt Kurven schneidet auf dem Weg zurück ins Dorf. Die Schuhe, Herbert soll die Schuhe doch bitte vor der Haustür ausziehen. Sie ist dankbar für die Ablenkung, die ein Blick auf die Autopedale offeriert.

»Es würde mich nicht erstaunen, wenn Viktor, als wär nichts geschehen, zur Schule käme am Montag«, sagt Herbert Duss.

Melchior wirft seinen Besen in den Container. Die schwarze Katze hat Witterung aufgenommen.

4

Aus dem Blickwinkel jener Schwarzgrauen Weg-Ameise (Lasius Niger), die sich als Angehörige des Spähtrupps ihres Volkes der roten Lache nähert, gänzlich unbeeindruckt vom Absperrband, das Melchior Kaufmann auf Anweisung des zufällig anwesenden Dorfpolizisten vor die Eingänge zur Künstlergarderobe in der Theaterscheune spannt, um den Gaffern den Zutritt zu verwehren, zeigt sich Viktor Habermacher noch nach seiner letzten Stunde als Wohltäter.

»Geht doch jetzt nach Hause«, sagt Xaver Petermann zu den letzten standhaften Schaulustigen, vielleicht drei Dutzend sinds. Die meisten haben sich nämlich inzwischen getrollt, haben ihr Auto ausgegraben, fahren nach Hause, derweil in ihren Köpfen Gedanken und Bilder irrlichtern.

Einen solchen Fall hatte Petermann noch nie, und er geniesst innerlich einen Stolz darüber, wie er die Sache in die Hände genommen und gemeistert hat. Meister, Wachtmeister eben. Das ist ein anderes Kaliber, eine anspruchsvollere Aufgabe, als Radfahrer ohne Licht aufzuhalten oder Mopeds zu konfiszieren, deren Lautstärke und Geschwindigkeit Anlass zum Verdacht geben, dass an ihnen herum manipuliert worden ist, um sie schneller zu machen. Interessanter als zu Schulschlusszeiten am Strassenrand zu stehen, um die Schüler durch blosse Anwesenheit von Dummheiten abzuhalten. Petermann hat schon daran gedacht, dem Chef das Aufstellen von Vogelscheuchen in Polizistenuniform beliebt zu machen.

Und nun die Theaterleiche. Endlich ein Fall, wo der kleine Petermann zeigen kann, dass mit ihm zu rechnen ist, wenns wirklich darauf ankommt. Parkbussen verteilen kann jeder.

Zu seiner Frau meint Petermann, er warte jetzt, bis die Kollegen von der Kriminalpolizei kämen und der Arzt, das könne dauern, sie solle ruhig das Auto nehmen, er komme gewiss irgendwie ins Dorf zurück. Kollegen, das hat er gerne gesagt. Wenns sein müsse zu Fuss. Die Theaterscheune nämlich steht etwa drei Kilometer ausserhalb des eigentlichen Dorfkerns auf einer höheren Stufe jenes Tales, dem der Gletscher einst seine Gestalt aufgedrückt hat. Im Dorf hängt unten an der Abzweigung deshalb seit fünf Wochen ein Wegweiser in der Form eines aus Holz gesägten Pfeils für die auswärtigen Gäste: ›zum Eisenmoritz‹.

»Halbe Stunde, wenn ich beim Helgenstöckli geradewegs hinuntersteche«, sagt er, »das schaffe ich locker.«

»Pass auf, dass es dich nicht auf den Hintern haut«, sagt seine Frau, als sie in der Handtasche ihren Autoschlüssel sucht.

Die Vorstellung amüsiert sie, einen Moment lang den tragischen Anlass vergessend, der die beiden dazu veranlasst, getrennt nach Hause zurückzukehren.

Der direkte Weg ist steil. Der Regen hat ihn glitschig gemacht, das weiss auch der Polizist.

»Mach dir keine Sorgen«, sagt Petermann und nimmt mit Genugtuung zur Kenntnis, dass sein Wort, das Wort einer Respektsperson, etwas gilt. Grüppchenweise ziehen die Leute von dannen, diskutierend die einen, stumm sinnend die anderen.

Niemand lacht mehr, wie sie noch während des Theaters gelacht hatten, wenn Eisenmoritz sich über die Gemeindeoberen und den geheimen Dorfkönig, einen Bauunternehmer, der – moderner Alchemist – jeden Quadratzentimeter vergolden kann, lustig machte oder sich nach einem Sturz mit dem Velo, Schnee, Glatteis, höllenmässig satanend aufgerappelt hat.

Wachtmeister Petermann blickt auf sein Schuhwerk. Es gibt geeignetere Schuhe, aber auch schlechtere, denkt er. Eine Scheune ist kein Stadttheater.

Düsentrieb, der schon dabei war, als die Feuerwehr vor ein paar Jahren den toten Burri aus dem abgebrannten ehemaligen Taglöhnerhaus barg, ist schockiert. Er sagt nichts, glotzt Löcher in die Luft. Was soll er schreiben? In Gedanken hatte er den Text vorformuliert. Letzter Vorhang eben. Erwartungen übertroffen. Delete. Von vorne anfangen. Wird ihm nichts anderes übrigbleiben.

Bei einigen Theaterleuten, nicht bloss bei der Präsidentin, kommt eine grosse Wut hoch über Habermachers Tat. Erstens hat der Novize ihnen, den altgedienten, den bewährten, auch wenn keiner es zugeben würde, die Hauptrolle weggeschnappt – Kreienbühls Entscheid – und zweitens wird nichts aus einem fröhlichen Dernieren-Fest. Auf Schreiber Schmidlins Dessertteller steht noch ein Stück Schwarzwäldertorte von der Grösse eines Bissens. Er bringt ihn nicht mehr die Speiseröhre hinunter. Muss er sich schuldig fühlen? Mitschuldig? Ein Text kann doch nicht töten. Man wird einen Text, gut 40 Seiten lang, aneinander gereihte Buchstaben, Papier bloss, doch nicht für einen Selbstmord verantwortlich machen können. Christoph Schmidlin hat die Festwirtschaft nicht verlassen. In sich versunken sitzt er auf der Festbank. Davonschleichen möchte er. Katze sein. Unsichtbar werden. Werden sie ihn ansprechen, ihm Vorwürfe, ja ihn verantwortlich machen?

Der Höhepunkt und das Ende. Darauf hatten sich

die Theaterleute gefreut. Darauf hatten sie hingelebt. Wenn die Belastung der letzten Monate abfällt wie eine schwere zweite Haut, ein Astronautenanzug von einer Haut, und einer grossen Erleichterung Platz macht, die neue Freiheiten verspricht. Oder ein Loch. Und jetzt? Wie müsste jemand beschaffen sein, der heisse Himbeeren auf Vanille-Eis mag, nachdem er Viktor in seinem Blut hat liegen sehen?

Professionelles Glotzen. Keine Umfrage unter den Promis, kein kommentierendes Fazit der Produktionsleitung, des Festwirtschaftsverantwortlichen, des Regisseurs. Düsentrieb muss radikal umdenken. Delete. Formatieren. Nichts mit aufgeräumter Stimmung nach dem Fallen der letzten Gardine. Nichts mit finaler Höchstleistung. Kein Happyend für Eisenmoritz.

Von einem tragischen Ereignis wird er schreiben und zwischen den Zeilen sein Unverständnis für das Ereignis durchblicken lassen, wird von der tragischen Duplizität der Ereignisse berichten, die niemand erwartet hätte, mit der rhetorischen Frage zum Schluss: Reicht es nicht, wenn Eisenmoritz am Ende des Stücks den Tod findet? Wenn die Chefin nur nicht noch einen Kommentar verlangt!

Ja, man nimmt es ihm übel, dem Toten, dass er die Festfreude nicht bloss getrübt, sondern verunmöglicht hat. Man nimmts persönlich. Als absolute Gemeinheit ihnen gegenüber, die sich so Mühe gegeben hatten. Und nicht wenige ewige Besserwisser sagen, nachdem der Alkohol seine Wirkung entfaltet hat, die darin besteht, die wahren Gedanken über die Zunge zu schleusen ohne Umweg über die Zensurinstanz eines klaren Verstandes, sie hätten ihm nie recht getraut, dem Habermacher, dem, wie sich jetzt zeige, hinterhältigen Lehrerlein, hätten es immer geahnt, ja gewusst, dass da etwas faul sei. Jetzt habe man den Dreck. Des einen Wut, der anderen Enttäuschung.

Sogar Carmen Oppliger, Viktors Kollegin, welche die Marianne gespielt hat, hätte ihm das nicht zugetraut. Obwohl sie jüngst in einer Illustrierten etwas von bipolarer Störung und Borderline-Syndrom gelesen und dabei einen Moment lang, nur ganz kurz, zuerst an den Eisenmoritz, die Theaterfigur, dann aber auch an Viktor Habermacher hatte denken müssen.

Noch stehen wenige Theaterbesucher herum, diskutieren mit jenen aus dem Verein, die in der Verantwortung stehen. In Judith Kronenberg bricht sich der Ärger über Viktor Habermacher Achterbahn sozusagen. Sie kann nicht nur nicht verstehen, sie unterstellt dem Darsteller des Eisenmoritz Böswilligkeit: Hat er dem Verein ein ausgelassenes Schlussfest missgönnt? Wollte er ihr, der Präsidentin, die Derniere vorsätzlich vermiesen? Die Zentrifugalkraft wutschwangerer Gedanken verhindert jegliches Bemühen um eine sachliche Einordnung des Geschehenen.

Dabei hat sie eine saubere Ansprache vorbereitet, hätte gerne, wie es sich gehört, allen Helfern und Helferinnen, allen Spielerinnen und Spielern und den grosszügigen Sponsoren herzlich gedankt für ihr Engagement, das ein solches Experiment – Theater in der Scheune – erst ermöglicht habe, und sie hätte geschlossen mit den Worten: Ende gut – alles gut!

»Du darfst das nicht persönlich nehmen«, versucht Paul Lötscher, der Küchenchef, zu trösten.

»Das macht man doch nicht«, sagt Kronenberg, »wenn ich meinem Leben ein Ende setzen wollte, angenommen, würde ich nicht noch andere mit hineinziehen.«

»In einem solchen Moment denkst du kaum an die anderen«, wirft Lötschers Tochter Nathalie ein.

Sie hatte – Papa Paul wars nicht verborgen geblieben – ein verschämtes Auge auf den ledigen Lehrer im besten Alter geworfen; sein eindringliches Spiel hat sie überzeugt. Diese Feinfühligkeit, diese Empfindsamkeit. Ein Mann mit Gefühlen. Das Poltern und unflätige Getue, die groben Flüche und Ausfälligkeiten, die im Theater so gut angekommen waren, nichts als inadäquate Versuche, mit dieser Hochsensibilität und Verletzlichkeit irgendwie zurecht zu kommen. Ventil für den Frust. Scheint nicht ausgereicht zu haben, denkt sie, die als Fachfrau Gesundheit auf der Notfallstation im Kantonsspital Sursee arbeitet.

»Wer vor den Zug springt«, wirft der Küchenchef in die Runde, »denkt auch nicht an den Lokomotivführer, der keine Chance hat zu bremsen, und bei vollem Bewusstsein sieht, was er anrichtet. Denkt nicht an die Arbeiter, welche die verstreuten Überreste des zerfetzten Körpers zusammenlesen müssen.«

Was für ein übles Puzzle, denkt Paul Lötscher und erschauert bei der Vorstellung.

Judith Kronenberg bleibt dabei: »Das macht man einfach nicht.«

»Es sei denn, man will etwas zeigen«, sagt Nathalie, »aber was?«

»Und wem?«, ergänzt ihr Vater.

Dem Bau-Unternehmer Geri Keiser, dem Hauptsponsor des Theaterprojekts – die Schaltafeln für den Theaterbeizboden, Baumaterial auch zur Dichtmachung des Festwirtschaftsdaches, Stützbalken, dazu Bares im tiefen fünfstelligen Bereich –, hätte Judith Kronenberg noch ein Präsent überreichen wollen.

Daran denkt im Moment niemand. Hermann Nievergelt, der Künstler aus dem Nachbardorf, bekannt durch seine Installationen mit ausgestopften Hühnern, hat aus Alteisen eine Plastik gemacht, die man Geri Keiser hätte schenken wollen als bleibende Erinnerung an Eisenmoritz. Etwas für den Garten seiner Villa. Die Erinnerung ist rot und tot. Hartnäckig. Überaus bleibend. Ein Ausbund an ideeller Nachhaltigkeit.

Evelyne Keiser, Geris Angetraute, möchte das Bild löschen, drängt nach Hause, obschon sie weiss, dass ihr Hirn kein Computer ist, wo eine Datei einfach zu löschen wäre. Sie schaut ihren Gatten von der Seite an. Der versachlichte Blick der Fremden. Die erzwungene Aussensicht. Ein kräftiger Mann, obwohl er schon länger nicht mehr selber zur Maurerkelle greift. Ein starker Mann. Weiss, was er will, und nimmt es sich, weil er sich ein Recht darauf zuschreibt.

Frau Keiser ist einst Lehrerin gewesen im Dorf; dieser Mann hat ihr imponiert. Ein Mann der Tat, nicht des Wortes. Im Gegensatz zu Viktor. Im Hinterland hatten Viktor und Evelyne ihre ersten Berufsjahre verlebt. Verliebt verlebt. Er auf dem Menzberg, sie in Willisau. Und nun, bald 40, Mitte des Lebens, ist ein Leben erlöscht. Was schreiben sie in der Todesanzeige? Wie schreibt man eine solche Todesanzeige? Die Eltern, Evelyne hat sie gekannt, nun vollends allein.

Einer will nicht recht traurig sein, obwohl er ein ernstes Gesicht macht. Geschieht ihm recht, denkt Geri. Seine Frau drängt nach Hause. Keiser erzählt ihr nicht alles. Die Bauerei ist Männersache. Da weht ein rauerer Wind als in der pädagogischen Feinwäscherei, wo so weichgespült wird, dass Lehrlinge später keinen Zusammenschiss mehr ertragen, ohne gleich zum

Lehrlingsamt zu rennen. Die Sprüche kennt Evelyne. Schlimmer noch: Die Mütter rennen für die Prinzen.

Seinen beiden Söhnen wird das nicht passieren. Die Berufswahl steht an, und sie sind vernünftig. Grossmehrheitlich. Von der Pike auf wie er. Zuerst wird Maurer gelernt. Der Zweite soll meinetwegen studieren, denkt er, aber etwas Brauchbares, Praktisches. Wozu übertriebenes Hirnen führt, zeigt keiner deutlicher als das verschiedene Lehrerlein. So denkt Keiser. Nicht Umweltwissenschaften oder Psychologie. Architektur vielleicht? Oder aber lieber noch etwas bodenständiger: Bauingenieur, Statiker. Die Tochter ist bereits in der Lehre als Kauffrau. Auf der Gemeindekanzlei im Dorf, da laufen die Fäden zusammen. Aber die Buben sollen zuerst fremdes Brot essen: Er kennt die Mitbewerber, wenn es um Arbeiten im Baugewerbe geht, die eine gute strenge Ausbildung garantieren.

Evelyne Keiser versucht, ihren bösen Verdacht zu versorgen sozusagen, doch die Schublade will sich nicht schliessen lassen. Ein Zipfel schaut heraus und lacht sie aus. Sie weiss um Geris Kaltblütigkeit, wenn es darauf ankommt.

· Keiser ist der Patron. Wenn einer nicht spurt, wird er entlassen. Keiser schafft Arbeitsplätze! Und wenn die Gemeinde nicht spurt, weiss Keiser sie unter Druck zu setzen. Glaubte doch der Habermacher in einem Anfall an Selbstüberschätzung, er könne ihn an der Gemeindeversammlung im Frühling an den Pranger stellen!

Natürlich sitzt Keiser in der Kommission zur Revision der Bau- und Nutzungsordnung. Natürlich weiss er zuerst, wer wo Bauland verkauft oder ein altes Haus. Natürlich schlägt er zu, wenn er günstig ein Grundstück erwerben kann. Selbstverständlich schätzt der

Gemeinderat seine Arbeit in der Kommission und die Tatsache, dass er seinen Firmensitz nicht in eine Gemeinde verlegt hat, die mit einem niedrigeren Steuerfuss ködert. Noch nicht. Alles hat seinen Preis. Und alle.

Evelyne Keiser will nach Hause; der Vorfall hat ihr auf den Magen geschlagen. Geri will noch nicht nach Hause, denn er weiss, seine Frau wird nicht schlafen können. Seine Frau ist etwas empfindlich, und sie glaubt sogar, im Grunde sei auch er, Geri, nicht der Holzbock oder Betonkopf, den er zu sein vorgibt. Alles Fassade. Es kommt darauf an, wie tief du gräbst, und irgendwo ist jeder empfindsam, so denkt seine Frau und hat damit ihre Lebensaufgabe gefasst. Dabei hat sie sogar recht: Wenn der Zahnarzt den Nerv ausbohrt, braucht auch Geri Keiser eine örtliche Betäubung.

Geri fürchtet ihre schlaflosen Nächte. Wenn sie zu weinen beginnt, muss er sich zusammenreissen, dass er nicht aggressiv wird. Auf dem Bau soll ihm einer nicht so kommen. Das Leben ist keine Ponyfarm. Im Leben wird einem nichts geschenkt. Das Faustrecht gilt, nur die Schöngeistigen haben das noch nicht merken wollen. Seine Frau, denkt er, kann sich dank ihm den Luxus leisten, ans Gute im Menschen zu glauben.

Was ist denn sozialer, hat er ihr einmal an den Kopf geworfen, ein Staat, welcher die Steuergelder leichthin von oben nach unten umverteilt, also die Faulen für ihr Nichtstun noch belohnt und die Tüchtigen schröpft, oder er, der den Leuten Arbeit und Verdienst gibt? Und damit indirekt ein gutes Steuersubstrat generiert.

Xaver Petermann steht vor dem mobilen Klo und überwacht so den äusseren Eingang zur Garderobe.

Wachtmeister Petermann. Dass über den Zuschauerraum und die Bühne von der inneren Seite der Scheune her Legionen von Ameisen sich vom Absperrband
nicht davon abhalten lassen, von Habermachers noch
warmem Blut zu kosten, und dabei riskieren, kleben
zu bleiben oder in ihrer Gier zu ertrinken, kann er
nicht bemerken. Die schwarze Katze huscht geduckt
beinelnd an Petermann vorbei und nimmt Platz im
Trockenen unter dem Vordach der Tenne.

Drinnen in der Festwirtschaft räumen die Frauen
des Jodlerklubs gedankenverloren, doch eingedenk ihrer Pflicht, die Tische ab und beginnen die Küche zu
reinigen. Sie wissen, was zu tun ist. Arbeit hat noch
immer geholfen. Schmidlin ist abgeschlichen, endlich.
Die Frauen tun es jetzt, statt erst am Sonntagmorgen.
Was gemacht ist, ist gemacht. Versuchen das Posi-
tive zu sehen. Noch sind die Tropfen der gebrannten
Crème halb flüssig und leicht abzuwischen. Schmidlins
Tortenstück endet im Abfallsack.

»Ich komme gleich«, sagt Keiser.

»Gib mir bitte den Autoschlüssel«, sagt seine Frau
bestimmt, »mir ist kalt geworden.«

Keisers Auto verfügt über eine Standheizung wie
seine Lastwagen. Keiser hat gleich vor der Scheune
parkiert. Privileg des Hauptsponsors. Ob Geri die Anspielungen von Eisenmoritz verstanden hat? Man kann
hören und nicht verstehen wollen, denkt Evelyne Keiser und wartet. Man kann sich nicht betroffen fühlen
wollen. Viktor hat die Rolle mit Leben gefüllt, Viktor,
mit dem sie einst studiert hatte und der in den ersten
Jahren, nicht hier im Dorf, im Hinterland, als sie an be-
nachbarten Schulen unterrichtet hatten, mehr als nur
Kollege gewesen war.

Was hätte daraus werden können? Wenn nicht Geri in ihr Leben getreten wäre, damals an der Fasnacht, Geri, der Grosskotz an der Pauke der Guuggenmusik im Dorf, weitherum bekannt und an vielen Monsterkonzerten und Maskenbällen präsent. Geri, der Frauenheld, der Lebemann, den es zu zähmen galt. Geri, die Aufgabe?

»Gehen wir«, sagt Geri Keiser nun zu seiner Frau.

»Ja, gehen wir«, sagt Evelyne Keiser, verabschiedet sich von Judith Kronenberg mit drei Küsschen, winkt in die Runde und hängt sich bei ihrem Mann unter. Den Schirm brauchen sie nicht mehr. Ihr Auto steht gleich um die Ecke, keine dreissig Meter.

»Am Montag wird wie geplant abgeräumt«, wirft Geri Keiser Melchior Kaufmann zu, der eben das Klo verlassen hat und sich wieder in die Scheune begeben will, wo er nun die Stühle stapeln wird, zehn Stück pro Stapel.

»Verstanden, Chef«, sagt er, »und die Mulde für die Sachen, die wir nicht mehr brauchen können, das Blech, die verbeulte Autotüre, die verrosteten Ketten und so?«

»Lasse ich hinstellen. Montagvormittag. Aber aufpassen: Das reine Metall separat!«

Der Boss hat etwas gelernt im Theater, denkt Melchior auf seinem Weg zurück in die nun endgültig menschenleere Scheune und muss leise schmunzeln. Lebendmenschenleer, korrigiert er sich rein innerlich und weiss nicht, was er von der Sache halten soll. Ob er als Augenzeuge warten muss, bis die Kriminalpolizei kommt? Immerhin hat er als Erster den toten Habermacher entdeckt. Nochmals wischen? Nein, das kann jetzt warten.

Nach und nach leert sich der Platz zwischen Scheune und Remise. Licht ist noch in beiden Gebäuden, und der Scheinwerfer, befestigt am Dach der Festwirtschaft, blendet nicht mehr viele Leute. Sie haben den Schauplatz des grausigen Geschehens verlassen, und wer Viktor gesehen hat in seinem Blut, wird keinen ruhigen Schlaf finden. In den Gehirnen der Dorfbewohner rasen Gedanken in alle Richtungen gleichzeitig.

»Glaubst du an Selbstmord?«, fragt Simon Fischer, der Nachbar des Toten, seine Frau, als beide die Treppe hoch zu ihrer Wohnung steigen. Viktor hat eine Dreieinhalbzimmerwohnung gemietet im neuen Block an der Kirchgasse im Dorf. Fischer macht den Hauswart, zusammen mit seiner Frau. Das heisst, sie macht die Arbeit, und auf sein Konto überweist die Baugenossenschaft den Lohn.

»Besser, er hats dort oben gemacht als hier«, sagt Agnes und stellt sich ein Massaker in der Waschküche vor.

»Aber du brauchst doch einen Grund!«, sagt er.

»Gründe findest du immer.«

»Und wenns ein Mord wäre? Wenn der Selbstmord nur arrangiert wäre? Gibt es Augenzeugen? Hat jemand den Schuss gehört?«, sagt er im Wissen, dass nicht immer alles so ist, wie es aussieht. Er kennt den Hundekot von Hubers Labrador vom zweiten Stock und kann ihn vom Katzenschiss im Garten unterscheiden.

»Ich habs ja nicht gesehen, aber hast nicht du gesagt, das Schiesseisen habe einen Schalldämpfer drauf gehabt?«, fragt sie.

»Ja, schon, aber das sagt noch nichts aus darüber, wer abgedrückt hat.«

»Die Polizei wirds schon herausfinden.«

Um dieses Vertrauen in den Staat und seine Vertreter beneidet er seine Frau.

So reden die einen, und die anderen machen sich Gedanken. Kriminalistische auch, denn in jedem Tatortfilm hat der Täter einen Grund für seine Tat. Wer hätte denn ein Motiv, den Lehrer Habermacher meuchlings zu erschiessen? Wem stand er im Weg? Führte der brave Herr Lehrer etwa ein Doppel-, ein Dreifachleben? Verfügte der Mann über gefährliches Wissen? Hatte Habermacher etwas in der Hand gegen jemanden mit Macht und musste deshalb aus dem Verkehr gezogen werden?

Handkehrum: Viktor hat den Eisenmoritz in einer Dringlichkeit gezeigt, dessen Not und Zerbrechlichkeit, ja Dünnhäutigkeit, so glaubwürdig herübergebracht, gerade in den aberwitzigen und gleichzeitig ganz konkreten Monologen, die auch für Profis eine grosse Herausforderung darstellen, dass einer, der ihn nicht gekannt hat, hätte annehmen können, er spiele nicht eine Rolle, nein, er spiele nicht weniger als sich selber. Die Nöte eines Unangepassten, der, in die Enge getrieben, keinen Ausweg aus seinem inneren Labyrinth findet.

»Ein Feinfühliger im Konflikt mit der Gesellschaft«, hat die ›Luzerner Zeitung‹, der grosse Bruder von Düsentriebs Blatt, in ihrem Premierenbericht geschrieben.

In seinem Elternhaus in Sursee, das er nach deren Umzug in eine kleinere Wohnung im Städtchen, später ins Altersheim, mit seiner Familie übernommen hat, streicht sich Anselm Anderhub, Oberleutnant bei der Kriminalpolizei Luzern, Volkes Mund würde ihn Kommissar oder Inspektor nennen, die Haare glatt. Immerhin sind sie trocken, doch halt etwas zusammengedrückt. Hat ja nicht wissen können, dass er nachts aufgeboten wird. Auch nach über 30 Jahren im Dienst der Gerechtigkeit empfindet er solche Einsätze als Zumutung. Nachtarbeit halt, Bestandteil seines Auftrags.

Trudi, seine Frau, mag es nicht, wenn er mit feuchten Haaren ins Bett kommt, aber Anderhub steht auf naturgetrocknete Haare; den Föhn verachtet er.

»Stromvergeudung«, sagt er, wenn sie ihn daran erinnert, dass erstens das Kissen feucht werde und zweitens die Gefahr, sich zu erkälten, mit nassen Haaren bei offenem Schlafzimmerfenster nicht zu unterschätzen sei. Wortverschwendung.

Anderhub weiss von seiner Neigung, die er, fragte man ihn um eine Selbstdeklaration an, liebenswürdigen Starrsinn nennen würde.

Trudi, seine Frau, hat sich damit abgefunden im Wissen darum, dass es schlimmere charakterliche Eigenheiten gibt. Und an Therapien glaubt sie schon lange nicht mehr. Gerade Starrsinnige tendierten zu Therapieresistenz. Als Krankenschwester im Teilpensum, zweimal wöchentlich übernimmt sie im Pflegeheim in Sursee den Nachtdienst, hat sie ihre Erfahrungen gemacht. Und auch als Ehefrau eines höheren Kriminalers. Den sie Selmi nennt. Die Ansammlung von Konsonanten im Namen Anselm, deren Zweidrittelmehrheit, erschwert die Aussprache, und Anselm ist froh, haben sie ihn auch in der Schule schon Selmi genannt, denn Ansi wäre zu nahe bei Hansi gewesen. Lieber italienische Schokolade als amerikanisches Normeninstitut.

Anderhub mag es nicht, vor Mitternacht, kaum in

den Schlaf gestürzt, bereits wieder geweckt zu werden. Pikettdienst ist Pikettdienst. Allzu häufig kommt das ja nicht vor, tröstet er sich. Er hat sich im Laufe der Dienstjahre angewöhnt, im Unvermeidlichen etwas Positives zu sehen, ein Wesenszug, der in seinen Augen das Leben wesentlich vereinfacht. Also steigt er nach der Minimaltoilette in sein Auto, den Hut nicht vergessen, und ab gehts zum Weiler Oberschwand, dem Weiler oberhalb des Dorfes, wo es einen Todesfall gegeben habe, wie er von einem Kollegen aus Luzern telefonisch erfahren hat.

Alles deute auf einen Suizid hin, hatte der Kollege gesagt, er solle doch mal einen Augenschein nehmen; die Fachleute vom kriminaltechnischen Dienst seien bereits unterwegs. Der Dorfpolizist habe den Dorfarzt aus den Federn geholt; der dürfte schon oben sein. Oder bereits wieder am Schlafen.

Fotograf Konrad Bieri vom kriminaltechnischen Dienst der Luzerner Polizei ist an der Arbeit und leuchtet mit drei Scheinwerfern den Tatort aus.

»Scheissameisen!«, ruft er, als er auf deren Strasse ein mittleres Massaker verursacht. »Und die Spinnweben überall!«

Der Arzt aus dem Dorf hat den Tod schnell festgestellt. Doch damit ist die medizinische Arbeit nicht getan.

»Ein klarer Fall für die Gerichtsmedizin«, sagt Anderhub, nachdem der Fotograf seine Bilder gemacht hat.

»Aber er hat sich doch selber, das ist doch evident ...«, sagt Judith Kronenberg, die, sich ihrer Verantwortung bewusst, zusammen mit Xaver Petermann die Stellung gehalten hat. Totenwache sozusagen. Nicht, dass er noch wegkommt, hat Petermann zu witzeln versucht und die Befürchtung geäussert, die Katze dort unter dem Dach könnte die Bedeutung des Absperrbands nicht verstehen.

»Gibt auch noch Arbeit für den Ballistiker«, sagt der Kommissar, dem die Stellung der rechten Hand zusammen mit der Lage der mutmasslichen Tatwaffe etwas arg konstruiert vorkommt. Und den Kronenbergs Wortschatz aufhorchen lässt. Den Hinweis, Evidenz im juristischen Sinne sehe anders aus, verkneift er sich.

»Wer hat die Leiche entdeckt?«, fragt Anderhub.

Xaver Petermann erschrickt. Hätte er Melchior Kaufmann nicht nach Hause gehen lassen dürfen?

»Der Mann, der für die Reinigungsarbeiten zuständig ist«, sagt Petermann, »aber der ist auch nach Hause gegangen.«

»Hast du die Adresse des Mannes?«, will Anderhub wissen. Er mags unkompliziert: Polizist ist Polizist, Kollege Kollege. Xaver und Anselm. Wobei Xaver nachfragen muss: An was? Selm.

»Melchior wohnt in Sursee; ich kann Ihnen das Mitgliederverzeichnis unseres Vereins schicken«, kommt Judith Kronenberg dem Dorfpolizisten zuvor. Und ja, natürlich könne sie das diese Nacht noch erledigen, wenn es so pressiere.

»Ich muss mit ihm reden, gehört zur Routine, immerhin fand der Todesfall nicht in einem Wald statt, sondern inmitten einer grösseren Gesellschaft«, sagt Anderhub. Ihm fällt ein Fall von Suizid ein, den eine Frau im Surseer Wald begangen hatte. Ein Orientierungsläufer hatte sie gefunden, an die Wurzeln einer Eiche angelehnt. Eine jüngere Frau, Mutter von vier halbwüchsigen Kindern, eine Frau, die nicht mehr konnte, nicht mehr wollte. Immerhin gabs einen Abschiedsbrief. In der leeren Medikamentenschachtel, eingeklemmt in den Beipackzettel. Anselm hatte sie vom Sehen her gekannt, tragische Geschichte. Stadtgespräch für einige Wochen.

»Haben Sie allen Ernstes das Gefühl, jemand habe Viktor erschossen?«, insistiert Judith Kronenberg.

»Ich habe gar kein Gefühl«, sagt Anderhub, »doch sofern es keine Zeugen für einen Suizid gibt, und offensichtlich hat niemand der hier anwesenden Personen gesehen, wie der Mann zu Tode gekommen ist, wie er die Waffe gegen oben gerichtet an die Gurgel gesetzt hat, solange ist auch ein Mord nicht auszuschliessen, gute Frau.«

Er möchte den paternalistischen Ton rückgängig machen, macht den kurzen Schlaf für den Fauxpas verantwortlich. Trudi sei Dank für die Sensibilisierung. Seine Frau hat ein Gespür dafür, ihren Ehemann auf unangebrachte Tonlagen aufmerksam zu machen, ohne ihn blosszustellen.

Die Spezialisten nehmen Fingerabdrücke und fluchen ob der Menge an verschiedenen Fingerbeerenspuren, bis Judith Kronenberg ihnen klar macht, in welchem Raum sie sich befinden. DNA-Proben werden von Bürsten und Kämmen gepflückt, von den Weissweingläsern auf der Querverstrebung des Scheunenskeletts. Wenn sie schon da sind, die Spezialisten, wollen sie gute Beute einfahren. Judith Kronenberg denkt an die Kosten und ist froh, dass sie nicht auf ihren Verein überwälzt werden können. Dann wird die Leiche in ein weisses Tuch eingepackt, auf eine Tragbahre gelegt und abtransportiert.

»Hat der Mann Verwandte?«, fragt Anderhub die Präsidentin des Theatervereins.

»Seine Eltern wohnen meines Wissens in der Nähe der Stadt, in Kriens, wenns mir recht ist«, sagt die Präsidentin.

»Also hat er keine eigene Familie«, mutmasst der Polizist mit einer gewissen Erleichterung, denn einer jungen Frau und den Kindern das Ableben eines jungen Vaters beibringen zu müssen, fällt in jedem Fall schwer.

»Nein, Viktor hat keine Familie.«

»Adresse der Eltern?«

Sechs Stühle stehen da, einer ist belegt. Auf diesem Stuhl in der Künstlergarderobe liegen Viktors zivile Kleider. Spritzer, rot und gräulich. Das Hemd hängt über der Lehne, die Hose wartet auf der Sitzfläche auf ihre Entfaltung. Die Busentasche des Hemdes ist nicht leer; ein roter Kugelschreiber lugt hervor.

Brauchen die immer noch rote Schreiber, um die Fehler zu markieren, denkt Anderhub, wo man doch weiss, dass rot aggressiv macht. Oder, im Falle des Blutes, die Folge einer Aggression ist.

Er blickt auf die Ameisen, emsig wie je, und von einer Sachlichkeit in ihren Ver- und Entsorgungsaktivitäten, um die er sie beneidet.

Wäre er Lehrer, er würde grün verwenden. Er zieht sich Handschuhe über und greift in die Tasche des Hemdes. Dann nimmt er sich die Hose vor. Schlüssel, eine Handvoll Kleingeld, Kaugummi, der gegen Mundgeruch wirken soll, eine Büroklammer. In der linken Gesässtasche eine übel aussehende Agenda.

Kunststück, denkt er, angesichts der Dicke der Agenda und deren Platz in der Hose, und zu seinem Kollegen Wagner, der aus Luzern nachgekommen ist, sagt er: »Die Untersuchung könnte ergiebig werden.

Bankkarten, Supercard, Cumulus, Identitätskarte. Und da: ein Aufgebot für einen ärztlichen Untersuch.«

»Ergiebig?«, sagt Silvio Wagner und runzelt die Stirn, »seit wann sind Suizide ergiebig?«

Telefonnummern, handschriftliche Notizen, wenn auch kaum lesbar, der Führerschein, ein paar Banknoten, ein zusammengefalteter Stundenplan. Langsam kann sich Anderhub ein vages Bild machen von Lehrer Habermacher: ein Messie?

5

Am Montagmorgen in der Zentrale in Luzern tanzt Silvio Wagner gegen Mittag mit der Auswertung 1 von Habermachers Agenda an. Die Auswertung seines Telefonverzeichnisses im hinteren Teil des Büchleins. Eine hübsche Tabelle hat er gemacht, denn er kennt Anderhubs Ansprüche. Übersichtlichkeit ist ihm wichtig. Jedenfalls fordert er sie von seinen Mitarbeitern ein, während er für sich das Recht herausnimmt, chaotisch sein zu dürfen, ja zu müssen, denn die Lösung von Kriminalfällen erfordere zuweilen Fantasie, Kreativität, ein Quantum Querdenkerfähigkeiten, wenn das lineare Vorgehen nach Schema Ausbildungstheorie im Sand verlaufe. Etwas suchen und zufällig etwas anderes, viel Bedeutenderes finden. Serendipität, eines jener neuen Fremdwörter. Gefällt Anderhub besser als Prokrastination, nicht nur die Wortgestalt und der Klang, vor allem die Bedeutung.

Die Agenda also. Ein Blatt A4, darauf eine Tabelle mit drei Spalten. Zuvorderst der Name, dann die Telefonnummer, und dahinter, in der breitesten Spalte mit der Überschrift ›Bemerkungen‹ eben Raum für Notizen. Als der Kommissar das Papier sieht, erinnert er sich an die Zettel des Opfers in der Busentasche. Viktor hatte sich ähnliche Zettel gemacht. Tabellarische to-do-Listen. Verzweifelte Versuche, so kommt es dem Polizisten vor, Ordnung in ein allzu kompliziert gewordenes Leben zu bringen?

»Anselm, Ich glaube nicht an ein Verbrechen«, sagt Silvio Wagner zu Anderhub.

»Und warum nicht?«

»Ein Mörder hätte uns nicht so viele Spuren hinterlassen. Ein Fressen für uns, nicht? Ich meine, es wäre doch ein Leichtes gewesen, diese Agenda endgültig auf Nimmerwiedersehen verschwinden zu lassen.«

»Nicht jeder Mörder handelt rational. Im Affekt kannst du nicht klar denken, Silvio. Contradictio in Adjecto. Ein Widerspruch in sich. Oder er denkt, als Mörder der überlegten vorsätzlichen kaltblütigen Sorte, ganz klar und eisig, nämlich weiter.«

»Hä?«

»Er antizipiert unsere Gedanken, Silvio, unsere mutmasslichen, deine von vorhin, die Gedanken, die jeder sich macht, unreflektiert, weil sie ihm logisch erscheinen.«

»Aber an die Pistole samt Schalldämpfer hat er gedacht.«

»Oder sie.«

»Oder der Selbstmörder«, sagt Wagner.

Hättest du gerne, Selbstmord, abhaken, erledigt, denkt Anderhub. Dabei sollte es doch bloss nach Selbstmord aussehen, Wagner. Immerhin eine Möglichkeit. Würfest du deine Agenda und den Inhalt deiner Busentasche weg, bevor du dich selber abknallst? Würde dich das kratzen, wenn die Angehörigen sehen könnten, wann du wieder einen Arzttermin hättest beim Zahnarzt oder bei der Psychiaterin, dessen Verschiebung mindestens 24 Stunden im Voraus zu melden ist? Oder Coiffeur? Oder Gesundheits-Check? Auto-Service? Ein Rendezvous? Kümmert dich in diesem Augenblick die Tatsache, dass der Dentist vergeblich auf dich warten wird und du auch das Telefon der Praxisassistentin nicht mehr beantworten kannst? Was würde dich eine Rechnung für einen nicht wahrgenommenen Termin scheren?

Manchmal habe ich das Gefühl, du hast deinen Beruf verfehlt, Wagner. Fehlt nur noch der jeder kriminalistischen Ethik spottende Spruch: Und wenns ein Mord wäre, würde das den Toten auch nicht wieder zum Leben erwecken.

»Gute Arbeit, danke«, sagt Anderhub, als er das Papier in der Hand hält, »ich werde mich mal mit den Eltern unterhalten, die wissen ja noch nicht einmal, dass ihr Sohn seit gestern Abend tot ist.«

Wagner ist froh, muss nicht er diesen Job übernehmen.

»Du versuchst unterdessen die Tabelle zu vervollständigen«, weist er Wagner an, »da sind noch zu viele Lücken. Die Vorwahl des Auslandes sollte kein Problem sein. Und dann unbedingt den Handynummern nachgehen!«

Anderhub macht das nicht gerne, anrufen, und dann so tun, als ob er sich verwählt habe. Er hat das Gefühl, man sähe durchs Telefon hindurch, wie er errötete ob seiner Notlüge.

Für Anselm Anderhub ist das Telefon eine Krücke: Sie hilft gehen, aber man ginge lieber ohne sie. Und den Schmerz lässt sie nicht vergessen. Er erinnert sich an den verstauchten Fuss. Beim Betriebssporttag am Nachmittag vor Auffahrt hat er sich vor Jahren die Bagatell-Verletzung beim internen Fussballturnier zugezogen.

Seither wählt er den Golfschnupperkurs auf der Anlage in Oberkirch. Und es ist abzusehen, wann Anderhub sich der Jass-Fraktion anschliessen würde. Noch hat die Einsteigdiebegewerkschaft nicht Kenntnis von diesem Tag, da die Gesetzeshüter in geringerer Dichte unterwegs sind, noch wissen die Drogendealer nichts von der mageren Strassenpräsenz ihrer Spielverderber am Betriebssporttag.

Er will nicht telefonieren, käme sich feige vor, riefe er Habermachers einfach aus dem Büro an und hängte ab. Eigentlich reglementswidrig, dieses abgekürzte Verfahren. Nein, Anderhub, das ist er sich schuldig, geht hin, steht hin, sagt, was zu sagen ist. Und hofft auf Einblicke, im besten Fall Erkenntnisse. Möchte das Milieu riechen, die Familienkonstellation spüren. Welche Bilder hängen an den Wänden? Fotos in der Wohnwand? Das familiäre Mikro-Klima inhalieren. Den wachen Blick, den darf er nicht im Büro lassen. Anderhub meldet sich ab. Er steigt in den freien Dienstwagen und fährt Richtung Kriens, die Parallelstrasse zur Obergrundstrasse, denn so kann er den Pilatusplatz mit seinen Ampeln hinterfahren sozusagen und Zeit gewinnen.

Ein Besucherparkplatz ist noch frei vor dem Mehrfamilienhaus im Obernau, wo Habermachers wohnen. Der Spielplatz erscheint, als hätte hier seit 20 Jahren kein Kind mehr gespielt. Zwischen den Verbundsteinen und den Betonplatten spriesst kein Hälmchen. Auf diese Schaukel würde er nicht einmal mehr seine Grosskinder setzen, denkt er angesichts des Rostes am Gestänge und der von Hitze, Kälte und Nässe gespaltenen Sitzflächen aus Holz. Die Leere des Vormittags draussen, und der Polizist vermutet hinter den Vorhängen zahlreiche Augenpaare, die jede Bewegung wahrnehmen unten, Finger, die abdrücken, Fotos machen mit dem Handy. Man kann nie wissen.

Einst Familienquartier, wo das Leben pulsierte, nun trostloser Warteraum fürs Betagtenheim. Vorletzte Station. Anderhub denkt: Wird es ihm und seiner Frau einst nicht anders gehen? Wenn die Arbeit im und ums Haus nicht mehr zu schaffen ist, der Garten zu gross, der Staubsauger zu schwer. Sursee verfügt über ein nettes Altersheim, zentral gelegen hinter dem Markt-platz. Und das Schönste am Leben ist, dass es einen im Regelfall sanft hinführt, so einen Schock vermeidend: Man gewöhnt sich durch die wiederholte Betrachtung in Nachbarschaft und Bekanntenkreis an das, was einem blüht. Alterswohnung, Spitex, Pflegeheim.

So denkt Anderhub und sieht in den Besuchen im Altersheim, wo Trudis Mutter sich eingerichtet hat, ein Übungsfeld. Die Perspektiven sind nicht zu leugnen: ein umständliches Alter, letztlich der Tod. Und man hofft insgeheim doch auf ein sanftes Entschlafen über Nacht, schmerzlos, ein Hinwegdämmern vielleicht, wo die Grenze zwischen Traum und Wachheit sich auflöst. Einweg-Anästhesie. Anderhub kennt diese unsichere Zwischenwelt, was gilt jetzt und wo bin ich, wenn erst das Erwachen wieder Klarheit schafft. Dieses Erwa-chen gilt es dannzumal, in weiter Ferne, irgendwann einmal, zu verhindern; der Tod als Traum ohne Ende?

Es ist nicht das erste Mal, dass er Verwandten einer getöteten Person eine solche Nachricht überbringen muss. Von Routine kann deshalb noch lange keine Rede sein. Er stellt sich immer vor, eines seiner Kinder käme um, jeder Herzschlag kann bei jedem der letzte sein, und er wäre der Empfänger der traurigen Bot-schaft. Jugendlichkeit schützt gar nicht; das Risiko un-terscheidet sich bloss graduell. Was bräuchte er? Wie würde er reagieren? Verlöre er die Contenance, wenn ihm ein Kollege beibringen müsste, seine Tochter sei bei einem Verkehrsunfall umgekommen? Oder steht ihm die Implosion näher als die Explosion?

Anselm Anderhub hat alles erlebt, die Mutter, welche schluchzend zusammenbricht und ihm in die Arme fällt, die Frau, die stieren Blicks hysterisch zu schreien beginnt, aber auch den Vater, der, so schien es ihm, nichts anderes erwartet hat, als den finalen Entscheid seines Sohnes, dem Leben ein Ende zu bereiten.

»So, hat ers jetzt gemacht.« Kommentar eines Vaters, steinreich, bekannte Grösse in Politik und Wirtschaft, Fritschivater oder so, jedenfalls eine Fasnachtsgrösse seinerzeit, einer der Honoratioren der Stadt, als er ihm mitteilen musste, dass sein Sohn sich das Leben genommen hat. Den Satz vergisst er sein Leben lang nicht, den Tonfall inbegriffen: Feststellung, nicht Frage. So, hat ers jetzt gemacht. Fehlte nur ein Wort: endlich. Anderhub hat sich das voreilige Verurteilen abgewöhnt.

»Wir wissen es schon«, sagt Frau Habermacher, als Anselm Anderhub sich vorgestellt hat. Die Präsidentin des Theatervereins hat es offenbar als ihre Pflicht angesehen, die Eltern zu informieren. Chapeau. Ein Vorwurf liegt nicht im Satz. Trockene Sachlichkeit: Wir wissen es schon. Der erste Schmerz ist verdampft.

»Kommen Sie herein«, sagt Frau Habermacher.

Anderhub wischt die Schuhsohlen am Türvorleger ab und tritt ein. Eine Macke, hat ihm Wagner mal gesagt, als er das tat, obwohl die Strasse trocken war und sie nicht aus dem Moor gekommen waren. Kinderstube, hatte Anderhub geantwortet, Visitenkarte, und war sich nicht sicher, ob Wagner ihn verstanden hatte.

»Danke«, sagt Anderhub und blickt sich um, schickt sich an, die Schuhe auszuziehen.

»Lassen Sie«, sagt Frau Habermacher.

»Wenn Sie meinen«, sagt Anderhub und ist nicht unglücklich über diesen Bescheid, den Kollege Wagner in seiner tollpatschigen Art nie provoziert hätte.

»Ihr Mann ist nicht da?«

Die Stille in der Wohnung und der wache Blick des Polizisten, bar jeglicher offensichtlichen Neugier, die kopfscheu machen könnte. Der Kommissar kann scharf schliessen. Den Hut, ein Utensil mit vielen Vorteilen, der Träger kann die Augen bewegen, ohne dass ein Gegenüber das bemerkt, hat er selbstredend gelüftet und bedächtig auf den Tisch gelegt, wo das angefangene Kreuzworträtsel der Coop-Zeitung offen unter einem blauen Kugelschreiber da liegt. Mit etlichen Lücken noch. Autor der Maigret-Romane? Simenon. Einfaches Volk bei den Römern: Plebejer.

»Nein, er hat heute Morgenschicht. Er wird etwa um zwei Uhr nach Hause kommen; er weiss es, die Präsidentin des Theatervereins«, sagt Frau Habermacher.

Viktors Vater arbeitet als Chauffeur bei den Verkehrsbetrieben der Stadt Luzern, das hatte er in Wagners Tabelle unter ›Bemerkungen‹ gelesen. Seine Frau bestätigt dies.

»Nicht mehr lange«, sagt Frau Habermacher, »nächstes Jahr wird er pensioniert.«

Anderhub seinerseits denkt zuweilen und immer häufiger daran, sich frühzeitig vom Staatsdienst abzusetzen. Doch er sagt nichts, bloss mit Trudi hat er darüber gesprochen, geht niemanden etwas an. Im Büro schon gar nicht. Noch zwei Jahre, dann ist er sechzig. Vorher braucht er gar nicht zu rechnen.

Der Kommissar überlegt sich, wie er ins Gespräch einsteigen sollte. Es gibt Kollegen, die gehen stets gleich vor, nach Plan, den sie sich vorher zurecht gelegt haben. Schulmässig sozusagen. Oder wie sies im Militär gelernt haben: nach Punkten. Anderhub ist anders. Er versucht, die Stimmung im Moment aufzunehmen, nicht zu brüskieren, ohne aber Ziel und Auftrag, Hintergründe eines Verbrechens aufzuspüren, zu vergessen. In den besten Momenten überlegt er gar nicht, sondern gehorcht seiner Intuition. Sie soll ihm den Weg weisen, nicht ein totes Schema.

Meist war er damit gut gefahren, auch wenn er den Begriff Bauchgefühl nicht mag. Sind nicht auch die Nazi-Anhänger ihrem Bauchgefühl gefolgt? Ein Familienfoto steht auf einem alten Buffet. Links die Mutter, rechts der Vater, dazwischen der Bub. Verlorene Blicke. Sieht er alte Familienfotos, jene seiner und Trudis Familie machen keine Ausnahme, erschrickt er, ohne genau zu wissen, worüber. Ist es die Zeit? Die Papier gewordene Bedeutungslosigkeit, die sich in Familienfotos manifestiert? Unangebrachte Sentimentalität? Je älter, desto strenger die Blicke. Anderhub weiss: Es dauert keine 50 Jahre, und die Bilder werden weggeworfen.

»Wann können wir Viktor sehen«, fragt Mutter Habermacher und bittet Anderhub, doch Platz zu nehmen.

»Kein schönes Bild, das muss ich Ihnen offen sagen, Frau Habermacher, und noch liegt der Bericht der Forensiker von der Rechtsmedizin nicht vor«, sagt Anderhub, und er nimmt im Blick von Viktors Mutter ein leises Erstaunen wahr.

Hatte Judith Kronenberg, die Präsidentin des Theatervereins, Viktors Mutter dahingehend informiert, dass ein Suizid vorliege? Und dies ohne die kriminalpolizeilichen Abklärungen abzuwarten? Er traut ihr das nicht nur zu; das Gegenteil würde ihn überraschen.

»Ist Viktor Ihr einziges Kind?«, fragt Anderhub, obwohl er das Familienfoto gesehen hat, und er erschrickt selber am meisten über die Verwendung der nicht ganz aktuellen grammatischen Zeit. Andererseits: Kind bleibt Kind; die Erde bleibt rund.

»Ja«, sagt Frau Habermacher, gefasst, und dem Kommissar wird bewusst, dass sie, nach menschlichem Ermessen und Wissen, nie Grossmutter sein wird, ein Status, den seine Frau seit einigen Jahren hat und geniessen kann.

Und Grossvater Anderhub denkt, man könnte die Ruhe dieser Frau bewundern, man könnte aber auch aus dieser Ruhe schliessen, dass Habermachers die Hoffnung, je Grosseltern zu werden, schon lange aufgegeben haben. Getreu einer verbreiteten Lebensdevise, die auf nichts hofft und nichts erwartet, um nicht enttäuscht zu werden. Kann man das überhaupt? Oder ist es wirklich die Hoffnung, die zuletzt das Zeitliche segnet?

»Dann hat sich Viktor also nicht selber das Leben genommen?«, fragt Frau Habermacher unsicher in Stimme und Blick.

Steckt in der Frage ein Hauch Hoffnung? Worauf denn? Selbstmord, Suizid begeht man; das Leben nimmt man sich. Anderhub sieht im Ausdruck eine andere Qualität. Die Mutter hat ihm das Leben geschenkt. Der Sohn hat es sich genommen. Nicht seiner Mutter, nicht seinen Eltern, nur sich. Anderhub zuckt mit den Schultern.

»Ich kann es Ihnen im Moment noch nicht sagen, obwohl einiges darauf hindeutet.«

Hätte er das nicht sagen dürfen? Der Polizist hat sich vor vorschnellen Schlüssen zu hüten und sich im Zweifelsfalle einer Äusserung zu enthalten, vor allem aber steht es ihm nicht zu, der Verbreitung von Gerüchten Vorschub zu leisten.

»Wissen Sie, Viktor hat es nicht leicht gehabt in seinem Leben«, erzählt die Frau.

»Wie meinen Sie das?«, fragt der Kommissar, nachdem er ein paar Sekunden hat verstreichen lassen in der Hoffnung, sie spinne den Faden aus eigenem Antrieb weiter.

»Bereits die Geburt. Sie haben ihn mir mit einer Saugglocke entreissen müssen«, sagt die Frau, und Anderhub sieht, was sie nun umschreibt: einen durch die Saugglocke etwas unförmigen, leicht in die Länge gezogenen Kopf, als hätte er eine riesige Beule.

Spätfolgen? Schädigungen des Gehirns? Man könne das nicht beweisen, habe das auch nie gewollt, auf jeden Fall an der Intelligenz habe es Viktor nicht gemangelt. Der Kommissar stellt beruhigt fest, dass sie von ihrem Sohn in der Vergangenheit spricht.

»Aber die Intelligenz ist nicht das ganze Hirn, wenn Sie verstehen, was ich meine, Herr Kommissar«, sagt Frau Habermacher nun, und Tränen lassen ihre Augen wässrig erscheinen.

»Freilich nicht.«

»Sagen Sie mir, wann ich Viktor sehen kann. Und die Beerdigung müssen wir auch noch organisieren«, sagt Frau Habermacher.

»Spätestens übermorgen sollten die Untersuchungen abgeschlossen sein, so dass einer Beerdigung am Samstag nichts im Weg stehen dürfte«, sagt Anselm Anderhub.

»Das macht mein Mann«, sagt Viktors Mutter, und ihr Blick in die Küche, wo ein Pfannendeckel Geräusche von sich gibt und Wasser auf die Kochplatte schwappt, verrät dem Kriminalpolizisten, dass die Frau zu tun hat.

»Ich werde mich wieder melden, Frau Habermacher, wann passt es Ihnen?«, sagt er.

»Ich bin eigentlich immer zu Hause«, sagt sie.

»Hat Ihr Mann die ganze Woche Frühschicht?«

»Ja«, sagt Frau Habermacher.

»Und wenn Ihnen noch etwas einfällt, das ich wissen müsste, hier meine Telefonnummer.«

6

Max Hunziker, Chef der Fachgruppe Delikte Leib und Leben der Kriminalpolizei Luzern, sitzt auf seinem Sessel im Büro, dreht seine Schnauzhaare zwischen Daumen und Zeigefinger und studiert die Akte Viktor Habermacher. Dienstagmorgen. Scheint ein Einzelgänger gewesen zu sein. Aber wieso macht er im Theater mit?

Er erinnert sich an einen ähnlichen Fall vor drei, vier Jahren. Der hatte nicht Theater gespielt, hatte es aber beim Regionalen Bienenzüchterverein bis in den Vorstand gebracht. »Ein klassischer Fall von Überkompensation«, hat der Psychologe damals geschrieben, was »bei hoher Intelligenz im besten Fall ein Leben lang gut gehen« könne. Komme nicht selten vor, bei Menschen mit Asperger-Syndrom, aber auch bei manisch-depressiven Personen.

Hunziker hatte die Akte Habermacher eingefordert, um sich ein Bild zu machen vom Mann, dem Anderhub keinen Suizid zutrauen will. Nächtliche Schweiz-Rundfahrten, sieben Mal erwischt mit zu hoher Geschwindigkeit, meist auf der Autobahn, einmal Scheck weg für drei Monate. Und irgendwann hat der Bienenzüchter ein Kind totgeschlagen.

Hunziker greift zum Telefon und ruft Anderhub zu sich.

»Du warst bei seinen Eltern, dein Eindruck?«

»Der Vater war nicht da, und die Mutter, so schien mir, hat mit dem Leben abgeschlossen. Auf jeden Fall zeigte sie keine Zeichen der Überraschung«, sagt Anderhub.

»Wie kommst du zu dieser Einschätzung?«

Er habe das Gefühl, sie habe ein solches Ende ihres Sohnes erwartet, einen Unglücksfall, einen Suizid, etwas Unerhörtes. Nein, er glaube sogar, sie habe etwas viel Schlimmeres erwartet. Wie gesagt: Überrascht schien sie nicht zu sein.

»Etwas Schlimmeres?«

»Ich weiss nicht, Amok oder so. Reine Vermutung.«

»Aha.«

»Sie nahm die Sache ziemlich cool, dabei ist Viktor ihr einziges Kind«, sagt Anderhub.

Ob sie nur so tut als ob? Wenn der Sohn Theater spielen kann, wieso solls die Mutter nicht können, denkt Anderhub. Irgendwo her kommen Talente und Schwächen.

»Warten wir die Ergebnisse der forensischen Spurensicherung noch ab«, sagt Hunziker, »und dann möchte ich den Fall möglichst schnell abschliessen. Haben weiss Gott noch anderes zu tun. Deutet ja wirklich alles darauf hin, sein Charakter und die psychische Disposition, ja der ganze Lebenswandel, dass der junge Mann nicht zurecht kam und wohl genug hatte von seinem Leben. Muss grausam ermüden, dieses ewige Auf und Ab, stelle ich mir vor.«

Ja, die Frühreifen, denkt Anderhub. Und meint die frühreifen Einschätzungen und Urteile mit.

Auf dem Weg zurück in sein Büro, in Gedanken versunken, stösst Anderhub mit Hunzikers Sekretärin Andrea Zurfluh so unglücklich zusammen, dass die den Kaffee für ihren Chef verschüttet.

»Tschuldigung«, sagt Anderhub.

Frau Zurfluh schüttelt den Kopf, verdreht gleichzeitig die Augen und holt einen neuen Kaffee, während sich Anderhub im Schrank des Pausenraums einen

Lappen besorgt. Schuldbewusst wie er ist, Träumer, als der er erscheint.

Lappi, denkt Zurfluh.

Schlappi, denkt Anderhub. Und meint sich selber.

Er glaubt nicht an Selbstmord, zu einfach, zu glatt ginge alles auf, die manisch-depressive Veranlagung, das viel bemühte Loch nach der Euphorie des Theatererfolgs. Feld-, Wald- und Wiesenpsychologie at its best. Das stinkt doch so was! Und der Hunziker scheint darauf hereinzufallen.

»Das Wagnersyndrom«, seufzt er.

»Hast du etwas gesagt?«, fragt Andrea Zurfluh mit der zweiten Tasse Kaffee in der Hand, als sie sich an Anderhub, der auf den Knien den Boden aufnimmt, vorbeischlängelt.

»Was habe ich?«, fragt der.

Wie ein Hund, denkt Zurfluh, wie er, den Lappen in der Hand, treuherzig zu ihr hochblickt. Devot, irgendwie. Blicken so die Kunden einer Domina?, schnellt es ihr durch den Kopf. Und sie kann sich ein Lächeln nicht verkneifen; die blosse Vorstellung, sie dressiert den Unterhund Anderhub mit der Peitsche in der Hand und einem Zuckerbrot zwischen den Beinen, lächert sie.

Anderhub fährt zum Tatort hoch. Er stellt sein Auto vor der Scheune ab. Die schwarze Katze lauert auf der Wiese. Den Kommissar nimmt sie beiläufig wahr, und er bewundert einmal mehr die Fähigkeit des Katzentiers, unbeteiligt zu wirken und im entscheidenden Moment, völlig fokussiert, zu tun, was zu tun ist, wenn die Maus den finalen Fehler begeht. Zeit und Geduld, Augenzeuge einer solchen Aktion zu werden, gehen dem Polizisten ab.

Anderhub sieht die beiden Container, einer für die reinen Metalle, der grössere für Reststoffe, Bauholz, Plastikgeschirr, auch die Absperrbänder, ein Farbkübel (der Eisenmoritz hat ja auch sein Haus mit Fratzen verunziert), die Plastiktischtücher mit dem Schriftzug des zweiten Hauptsponsors, der Bank im Dorf drauf: unsortiert. Restmüll gemischt. Verbrecher und Polizisten könnten viel lernen von Katzen, denkt Anderhub, als er in die Tenne tritt.

Melchior Kaufmann stapelt die letzten Stühle. Seit der Derniere, der doppelten Derniere, sind zwei Tage vergangen. Die Festwirtschaft ist nicht mehr zu erkennen. Die Türe ist abmontiert, das Innere kahl, leer die Holzwände, an denen während zwei Monaten alte landwirtschaftliche Gerätschaften von Sicheln über Holzrechen, Ochsenjoch bis zum Zaumzeug für Pferde hingen. Und Blechdeckel von Pfannen, Sägen.

Die Metallteile, im Theaterstück die Requisiten, Atmosphäre schaffend in der zur Werkstatt des Eisenmoritz umgebauten Tenne, sind, wenn nicht wieder an ihrem alten Ort, wo sie weiter Staub ansetzen können, im Container. Hat Kaufmann nicht am Abend des Todesfalls schon Stühle gestapelt? Irgendwie kommt ihm der Mann bekannt vor. War noch da, als er kam, war weg, als er ging.

»Sie haben den Toten entdeckt?«, fragt Anderhub, nachdem er Melchior Kaufmann mit einem Räuspern auf sich aufmerksam gemacht und anständig gegrüsst hat.

»Ah, der Kommissar. Guten Tag!«

»Sie waren der Erste am Tatort, stimmts?«, fragt der Polizist.

»Ja, ich habe gewischt wie immer, und plötzlich kam

da ganz langsam unter dem Vorhang hindurch Blut geflossen, eine dünne Spur, hab zweimal hinschauen müssen, da hab ich den Vorhang einen Spalt geöffnet und Viktor gesehen«, sagt Melchior.

Klingt wie ein vorbereiteter Satz, denkt Anselm Anderhub und erinnert sich daran, dass er in jener Nacht auf Sonntag, als Viktor Habermacher in seinem Blute lag, die noch Anwesenden nach der Person gefragt hat, die Habermacher kurz nach dem Ende der letzten Theateraufführung tot entdeckt hat. Er erinnert sich auch daran, wie Xaver Petermann schuldbewusst ein paar Zentimeter kleiner geworden war.

Kein schönes Bild sei das gewesen, und wenn er nicht gewusst hätte, dass das Habermacher sein muss, wenn er nicht die Kleider getragen hätte, das russige Gewand des Eisenmoritz. Und wenn er nicht dessen komischen Tick gekannt hätte, diese Extrawurst des grossen Künstlers, der nach dem Spiel allein sein muss, er hätte ihn am Gesicht nicht auf Anhieb erkannt. Ein übles Bild. Wenn man, mit Verlaub, von Gesicht überhaupt reden könne.

»Ich nehme an, Sie waren allein in der Scheune, als es passierte. Haben Sie etwas gehört?«

»Sie meinen den Schuss?«

»Zum Beispiel. Oder irgendwelche Geräusche, die Sie nicht einordnen konnten, irgendetwas Ausserordentliches, Auffälliges.«

»Das Palaver der Raucher vor der Festwirtschaft.«

»Ist das alles?«, insistiert Anderhub, »denken Sie scharf nach: Ist Ihnen nichts aufgefallen?«

Melchior Kaufmann versucht sich zu erinnern. Von vorne. Er sei nach der Aufführung zuerst ja noch in der Festwirtschaft geblieben, habe die Leute ja nicht aus der Tenne hetzen wollen.

»Nein, leise wars dort bestimmt nicht«, sagt Kaufmann. Unbestimmtes Gemurmel, daraus ausbrechend Lacher, klirrende Gläser. Bestellungen über grössere Distanzen hinweg. Man kenne da jemanden und dort, so ist das im Dorf, und um sich bei diesem hohen Lärmpegel verständlich zu machen, müsse man laut werden. Wies halt so sei in einer improvisierten Festwirtschaft.

»Und natürlich, das Gewitter!«, sagt er.

»Das Gewitter ging also am Ende des Theaterstücks nieder«, wirft Anderhub ein, animiert durch die Idee, der Donner könnte im Sinn des Mörders aktiv gewesen sein.

»Nein, beim Nachtessen vor der Aufführung wars am heftigsten, ich sag ja, Knall auf Blitz, auch noch ein paar Minuten drüber hinaus, als die Leute sich in die Scheune begaben, die letzten Ausbrüche, und dann hats geschüttet, praktisch während der ganzen Aufführung, die Blitzerei und Donnerei hatte sich etwas verzogen Richtung Sursee und Hinterland, Napfregion, vermute ich. Ich war ja nicht in der Scheune während des Theaters, ich war in der Küche beim Pauli, hab noch gesagt zu ihm, zum Glück hat die Scheune kein Blechdach, sonst hätte man wohl nicht viel verstanden drüben«, sagt Melchior Kaufmann.

»Aha«, sagt Anderhub. Wenn der nur chronologischer erzählen könnte.

Melchior Kaufmann beschreibt jetzt aus der Küchenperspektive, wie die Leute sich nach dem Theater ins Trockene der Festwirtschaft gerettet hätten, gerannt seien sie und geschnauft hätten sie, dabei seien es ja kaum zehn Meter von der Tenne in die Remise.

»Und dann sind Sie aus der Küche der Theaterbeiz hinüber in die Tenne gegangen, um Ihre Arbeit aufzunehmen«, sagt der Kommissar. »Wann war das?«

»Ich schaue nicht auf die Uhr, wenn ich arbeite«, sagt Kaufmann.

Aber er könne erst arbeiten, wenn die Leute weg seien. Da warte er lieber eine Viertelstunde zu lange; der Staub wird nicht weniger. Wenn die da im Weg herumstehen und wichtig tun und er muss arbeiten, sieht sich womöglich noch genötigt, sich zu entschuldigen dafür, dass er zu arbeiten hat, das gehe ihm tödlich auf den Geist.

»Also eine Viertelstunde nach dem Schlussapplaus.«

»Das könnte ungefähr hinkommen. Vielleicht 20 Minuten. Das Gewitter jedenfalls verzog sich nach und nach. Dafür setzte der Regen umso kräftiger ein.«

Man habe den Lärm aus der Festwirtschaft gehört, das Lachen und Grölen, wobei letzteres in der Regel erst nach Mitternacht seine hohe Zeit habe, wenn gewisse Leute nicht mehr wüssten, wie blöde sie tun wollten. Wie es eben so klinge, wenn viele Leute halb besoffen beisammen sässen und weiterbecherten. Und du lauter werden musst, willst du verstanden werden. Der Alkohol enthemme halt, das müsse er dem Polizisten wohl nicht erklären.

»Aber hier drin war niemand mehr«, sagt Anderhub.

So ganz allein sei er vielleicht nicht gewesen. Mit Bestimmtheit könne er das nicht sagen, und das zu kontrollieren, stehe nicht in seinem Pflichtenheft.

»Nach dem Schlussapplaus sind viele Besucher noch sitzen geblieben. Das hat mich manchmal genervt.«

Anderhub kann das verstehen. Beides, auch das Sitzleder gewisser Zuschauer. Erschlagen von den theatralen Eindrücken. Sie haben die Schlussszene nachwirken lassen; sie kriegen den Kopf noch nicht frei, wollen das nicht. Ihnen kam der Applaus zu früh, zu schnell wollte das Klatschen sie in die Wirklichkeit zurückholen, wo sie doch so schön schwelgen konnten in ihren Gedanken und Bildern. Sitzen und sinnen, sacken lassen, was sie eben gesehen.

»Es gab immer solche, die blieben noch 10, 15 Minuten in der Halbdunkelheit sitzen«, sagt Melchior, »ich hab mich nicht dafür gehalten, sie hinaus zu jagen, obwohl man sie lieber in der Festwirtschaft gesehen hätte.«

Er macht mit Daumen und Zeigefinger der rechten Hand die international bekannte Reibbewegung, die daran erinnert, dass zum Geist auch das Geld gehört.

Anderhub erinnert sich an den Premierenbericht in der ›Luzerner Zeitung‹, der gerade diese Nachhaltigkeit des Stücks – der Journalist hatte in einem Anfall wortschöpferischer Kreativität gar Nachhal(l)tigkeit geschrieben, das war ihm geblieben – herausgestrichen hat.

»Sie können also nicht mit absoluter Sicherheit sagen, dass die Scheune, ich meine der Spielplatz, Bühne und Besucherreihen, leer waren, als Sie sich an die Aufräumarbeiten machten?«, nimmt Anselm Anderhub den Faden wieder auf.

»Wir konnten unmöglich den Zuschauerraum auch noch bis in die letzte Ecke hinein ausleuchten«, sagt Kaufmann, »war schon schwierig genug, die Scheinwerfer sicher und sauber zu montieren, ohne einen Brand zu riskieren, Funkensprung, bei diesem Staub und den Spinnweben, die wir zwar vor jeder Aufführung wieder herunterputzten, das Gröbste wenigstens.«

Und zum Glück hätten die Naturschützer nichts vom Theaterprojekt in dieser Scheune, wo auch Fledermäuse zu tagen pflegen, gewusst. Will der Mann ablenken?

»Also nein«, sagt Anderhub.

»Ja, ich kanns beim besten Willen nicht mit Bestimmtheit sagen«, sagt Melchior Kaufmann.

»Danke.«

»Die Katze ist auch noch herumgestrichen an diesem Abend. Die kommt immer. Bin nicht ganz sicher, ob erst nach dem… Vorfall. War eines ihrer Jagdreviere, als die Scheune noch nicht Theater war. Schlaraffenland fürs Katzenvieh«, sagt Melchior.

»Die schwarze Katze?«

»Ja, die gehört meinem Bruder. Kaspar. Er wohnt gerade auf der anderen Seite der Strasse. Wo wir aufgewachsen sind.«

Und Kreienbühl hätte die Katze gerne ins Stück integriert, so im Sinne von »einziges Wesen, das dem Eisenmoritz die Stange hält«, lacht Melchior. Das hat er mitbekommen bei den Proben, wenn der Regisseur noch da eine rostige Kette aufgehängt haben wollte oder dort eine rustikale Kommode aufzustellen anordnete. Wünsche, die er, Melchior, nach Möglichkeit zu erfüllen hatte. Und erfüllte.

Die Katze sei bei den Proben immer zutraulicher geworden und habe sich oft im Kämmerchen, wo Viktor umgekommen ist, verwöhnen lassen. Streicheleinheiten, die beide Seiten beruhigen.

»Aber dressieren und bestechen lässt sich eine Katze, die etwas auf sich hält, sicher nicht«, lacht Melchior Kaufmann mit der Bestimmtheit des soliden Katzenkenners.

Und ein Kommissar, der etwas auf sich hält, denkt derweil Anselm Anderhub, lässt sich von der bequemen Suizid-Hypothese nicht korrumpieren.

Melchior stapelt die allerletzten Stühle. Das Kommunalfahrzeug ist auf den Nachmittag bestellt, die Stühle zurück in den Gemeindesaal zu bringen im Dorf unten.

»Hatte Habermacher Feinde?«, will der Kommissar fast beiläufig noch wissen.

»Nicht dass ich wüsste«, sagt Melchior, und die Stühle scheppern wie Katzengeschirr, schiebt man es beiseite.

»Hatte er Freunde?«

»Woher soll ich das wissen?« Kaufmann kann seine Ungeduld schlecht verstecken.

»War niemand eifersüchtig auf ihn, weil er die Hauptrolle spielen durfte, obwohl er ein Zugezogener ist, nicht dem Geschlecht der eingeborenen Theaterfamilien zugerechnet werden kann«, fragt Anderhub im Wissen darum, dass Gerechtigkeit und Gleichberechtigung hehre Ziele sind, unerreichbar, und es in jeder Gruppe höherer Primaten, grösser als zwei Personen, menschelt, nicht nur im Polizeikorps.

So viel er wisse, aber er sei ja bloss der kleine Gehilfe im Verein, weder im Vorstand, noch in der Spielkommission, so viel er wisse, sei es bald klar gewesen, wer die Hauptrolle spiele, sagt Melchior.

7

Trudi Anderhub will nicht immer alles wissen. Sie weiss auch, dass Selmi, ihr Commissario, es nicht mag, wenn sie ihn nach Geschäftlichem fragt. Berufsgeheimnis, das muss er ihr nicht mehr sagen. Gilt auch für Trudis Job im Pflegeheim. Anonymisiert lässt sich alles sagen, aber die interessanten Kriminalfälle sind schwieriger zu anonymisieren, weil die Zahl der Mörder geringer ist als jene der Demenzkranken. Und weil die Medien mit Vollgas auf Mordfälle abfahren, nicht auf die stillen Familientragödien.

Sie hält sich tapfer zurück. Obwohl sie spürt, wie ihn ein Fall so sehr beschäftigen kann, dass er im Kopf augenscheinlich Gedanken wälzt, während sie sich einen mit Leib und Geist präsenten Ehemann wünschte. Nachsicht ist die Mutter der lebenslänglichen Ehe. Trudi Anderhub giesst die Zimmerpflanzen, das Blaue Lieschen und den Drachenbaum, das Flammende Käthchen und den Philodendron. Gäbe es das Paradoxe, die krampfhafte Gelassenheit, Frau Anderhub wäre in diesem Moment ihre Patronin.

»Berufsgeheimnis; ich darf nichts erzählen«, hatte Anselm ihr schon bald klar gemacht. Kanzleiangestellte kennen das, die Praxisassistentinnen des Arztes, die Lehrpersonen, die Bankangestellten eh. Pflegefachfrauen wie Trudi sowieso. Dabei ist der Gattin des Kommissars eine gesunde Neugier keineswegs fremd. Sie hat sich freilich Disziplin auferlegt und wendet die Taktik des geduldigen Wartens an. Und ist damit stets gut gefahren. Irgendwann würde der Kommissarengatte nämlich anfangen, sich zu wundern darüber, dass sie sich nicht interessiert für seine wichtige Arbeit. Geradezu enttäuscht, um nicht zu sagen beleidigt wäre er im Grunde, wenn sie nicht wissen wollte, was ihn im Augenblick beschäftigt, umtreibt, ja absorbiert. Gerade der Fall Habermacher müsste sie doch packen.

Manchmal baut ihr Anselm eine Brücke, die er ohne schlechtes Gewissen als Teil seiner Ermittlungen abbuchen kann, als Versuch auch, dem Geheimnis der menschlichen Seele auf die Spur zu kommen. Seine Arbeit hält sich nicht an die Bürozeiten. Trudi als stille Teilhaberin ihres Gatten Falls, als mitdenkende Mitarbeiterin, ohne je auf einer kantonalen Lohnliste aufzutauchen, geschweige denn Pensionskassengelder zu beanspruchen.

»Kannst du dir vorstellen, dass ein junger Mann im Alter unseres Marco, vielleicht etwas älter, sich selber das Leben nimmt?«, fragt er sie beim Abendessen.

Trudi hat Ofengemüse gemacht, Peperoni, Zucchetti, Auberginen, dazu Bratkartoffeln, ebenfalls im Ofen. Wunderbar riechts, der Rosmarin, der Knoblauch. Ein Hauch von Korsika liegt in der Küchenluft, eine Spur Provence weckt Ferienbilder. Und dazu ein Pouletbrüstchen, denn Anderhubs sehen sich als gemässigte Karnivoren, jeglichen Extremismen abhold. Eigentlich Allesfresser.

»Wieso fragst du?«, sagt Trudi.

»Was muss deiner Meinung nach passieren, dass ein junger Mann mit gutem Beruf in gesicherter Stellung, zum Beispiel ein Lehrer, Hand an sich legt?« fragt er.

Sie hatten schon länger nichts mehr von Marco gehört, während Sarah, ihre Tochter, wenigstens wöchentlich einmal anrief und Trudi übers Handy Bilder von den Kindern schickte: Jessica auf der Rutschbahn; Josuas erste Schritte. Würde ihr drittes Kind Jeremias heissen oder Josephine? Anderhub sucht Codes,

Schlüssel, Regeln. Der Beruf hat sich immer in den Alltag geschlichen.

Marco mochte es nicht, wenn man sich um ihn kümmerte. Oder er tat wenigstens so. Oft schon hatten Anselm und Trudi zueinander gesagt: Jetzt warten wir. Bis Trudi schwach geworden war und ihn angerufen hatte. Marco schätzt Mutters Sonntagsbraten, doch seit er in Zürich lebt und als Oberassistent am Historischen Seminar der Universität nicht mehr vom Geldsack der Eltern abhängig ist, hören Anderhubs nicht mehr viel von ihrem Sohn. »No News is good News«, spricht sich Anselm Trost zu, wenn Trudi auf ein Lebenszeichen wartet, und er verweist auf die wohl strenge und zeitintensive Arbeit des Wissenschaftlers. Auch wenn er im Grunde gerade daran nicht glaubt.

Sind Wissenschaftler nicht in gewissem Sinne Autisten?, denkt er. Oder umgekehrt: werden Autisten nicht gerne Wissenschaftler? Marco ist sicher nicht Autist, sagt er sich, aber vielleicht hat er gewisse autistische Züge. Und wie stehts um ihn, Anselm Anderhub selber? Fort, weg, verschwindet! Es gibt Dinge, die will er nicht so genau wissen.

»Man sieht nie in einen Menschen hinein«, sagt Trudi, und meint in diesem Fall Viktor Habermacher.

Als ob Anderhub das nicht wüsste. Manchmal seien es Zufälle, Kleinigkeiten, die aus einem lebensfrohen Menschen einen verzweifelten machten. Eine Begegnung mit der falschen Person zum falschen Zeitpunkt am falschen Ort, und schon seis passiert, bestätigt Anselm und erinnert sich an Kriminalfälle in seiner Karriere, die just das illustrieren. Nicht nur als Automobilist stehst du fast jederzeit mit einem Bein im Gefängnis, wie der Volksmund sagt, denkt er. Im Nebel unterwegs sein, und das Velo hat kein Licht. Ein Fuchs

springt auf die Fahrbahn und du weichst unwillkürlich, einem zutiefst menschlichen Reflex gehorchend,
Leben zu retten nämlich, aus.

Als seine Frau nun ihr Beispiel bringt, sieht Anderhub zwei sich verbindende Gedankenwolken, nimmt
dieses Bild als Beweis für so etwas wie Telepathie, wie
sie zwischen Menschen, die einander nahe stehen, keine Seltenheit ist.

»Weisst du noch, als Steinbergers Jan vor den Zug
gesprungen ist?«, sagt Trudi.

Kein Mensch habe das verstehen können. Jung, gut
aussehend, erfolgreicher Gymnasiast, Sportler mit
Ambitionen, spielte Fussball bei den Junioren des FC
Luzern. Ein junger Mann mit rosiger Zukunft, hätte
man meinen müssen. Das verstand niemand, am aller-
wenigsten konnten die armen Eltern sich das erklären.

»Dann könnte also jeder Mensch«, stellt Anderhub
fest, wovon er schon lange überzeugt ist.

»Ja«, sagt Trudi, die zwar keinen Doktor in Psychologie vorzuweisen hat, sich aber als Krankenschwester
und Mutter, dies vor allem, auf ihre Fronterfahrung
verlassen kann.

»Ja«, sagt sie; es gebe Borderliner, bei denen man nie
sicher sein könne, eine Kleinigkeit könne das Gleich-
gewicht verschieben. Gratwanderer im Flachland, in
den Niederungen des Alltags.

Ja, weil sie sich selber nie sicher seien, sagt er.

»Bist du dir immer sicher?«, fragt sie.

»Borderliner, das hat der Chef auch gemeint, um seine Suizid-Theorie zu stützen«, weicht Anderhub aus.

Einmal mehr, denkt Trudi, ohne sich freilich zu grä-
men, hat sie sich doch an das Wesen ihres Selmi gewöhnt.

Jeder Mensch ist Borderliner, sinniert jener, die Unterschiede sind in den verschiedenen Grenzen zu sehen, die überschritten werden können. Anderhub denkt an den Bergsteiger auf dem Grat und den Automobilisten, der vor Jahren die Kurve beim Dorfeingang mit einem Tempo genommen hat, dass es ihn samt seinem Auto mit irrer Wucht an eine Hauswand geschmettert hat, die nachher ein Loch hatte. War das eine Sauerei!

Ein Klapf, zwei junge Menschen mit Migrationshintergrund mausetot, und Frau Giger, die in diesem Haus immer noch wohnt, muss froh gewesen sein, dass sie in diesem Moment nicht auf dem WC gewesen ist, denn da klaffte in der Mauer ein Loch. Noch heute erinnert der hellere Verputz dort an den Fall.

Ist nicht der Mensch selber grundsätzlich ein Grenzgänger zwischen Tier und Gott? Zwischen Engel und Teufel? Nein, Anselm Anderhub ist nicht frei von Anfechtungen. Ist nicht er selber schon, psst, in Versuchung geraten, nach einer Razzia im Rotlichtmilieu mal in Zivil und inkognito vorbeizuschauen?

Und als Primarschüler hatte er mit seinem Schulkollegen des Pfarrers Zwetschgenbaum dergestalt heimgesucht, dass Hochwürden am nächsten Tag ein Schild um den Stamm gelegt hatte mit der Aufschrift: Gott sieht alles. Kurz nachdem die Buben mit einem roten Filzstift den Satz »aber er verrät uns nicht« orthographisch richtig darunter geschrieben hatten, war einerseits die Zwetschgensaison vorbei und andererseits das Schild verschwunden.

Anderhub schnappt sich die Zeitung und legt sich nach dem Essen aufs Sofa. Eine wohlige Müdigkeit überkommt ihn. Er versucht zu lesen, muss dazu das Licht einschalten; bald schon ist Oktober, der Herbst.

Er kann sich nicht auf den Bericht über einen Skandal bei der Beschaffung der neuen Kampfflugzeuge konzentrieren, denn ein Bild will ihm nicht aus dem Kopf: der tote Habermacher, die Pistole.

Die Lage der Pistole lässt keine definitiven Rückschlüsse zu. Allein: Für Anderhub lag sie etwas zu nahe beim Toten. Stillleben mit Totem. So ungefähr. Statt Gefässe und Blumen, statt Meeresgetier und Gemüse Pistole und Leiche. Arrangiert eben.

Aber ein Gefühl lässt sich nicht beweisen, und wenn er nicht bald handfeste Hinweise auf Fremdeinwirkung fände, bekämen Silvio Wagner und Max Hunziker Recht, die beide, im Verein mit dem Untersuchungsrichter und der Staatsanwaltschaft, so Anderhubs Unterstellung, nichts lieber täten, als den Fall Habermacher möglichst sofort und ohne Umstände zu den Akten zu legen. Zu den erledigten selbstredend.

Indizien. Anderhub bräuchte Indizien. Auf morgen ist der Bericht der Gerichtsmedizin angesagt, und die Spurensicherer haben ihre Befunde ebenfalls in Aussicht gestellt. Er ahnt, befürchtet es. Nichts Verdächtiges, Fremdes, das nicht zu erklären wäre. Zu viele Spuren, da zu viele Leute. Dann die Kostenfrage, das Zünglein an der Waage. Suizid, Dutzendware. Der nächste Fall bitte!

»Kommst du noch auf ein paar Schritte hinaus?«, fragt Trudi.

»Muss das sein?«, erwidert Anderhub, und ihr Blick im Verein mit einer gerunzelten Stirn sagt deutlich: Ja, es muss.

»Tut dir auch gut, den Kopf auslüften.«

»Aber nicht die grosse Runde«, sagt er, während er sich ächzend erhebt, nicht ohne noch einen Blick auf die letzte Seite der Zeitung zu werfen: Familiendrama in einem norddeutschen Dorf. Eine verzweifelte Mutter hat ihre beiden Kinder aus dem Fenster geworfen und ist ihnen nachgesprungen.

Die meisten Gewaltverbrechen fänden nicht zwischen Personen statt, die einander nicht kennen, sondern unter Verwandten und Bekannten. Oh Anselm, mit solchen Einsichten gewinnst du keinen Blumentopf, und wenn darin Binsen wüchsen. Müsste er nicht den Theaterverein genauer unter die Lupe nehmen? Eifersucht, Missgunst sind starke Kräfte, denkt Anselm Anderhub. Es sei denn, es handelt sich beim Mord an Viktor Habermacher um einen Auftragsmord.

Er kennt keine Gruppe von Menschen, ob Verein oder Schulklasse, Armee- oder Polizeikorps, ohne Aussenseiter, und wenn die Betroffenen sich selber nicht als Randständige fühlen, will das nichts heissen. Anderhub kann beobachten und Zeichen lesen. Das bildet er sich wenigstens ein.

Und gibt es im Leben des Viktor Habermacher Frauen? Was weiss seine Mutter? Er hat das vage Gefühl, die gross gewachsene Frau mit den hochgesteckten grauen Haaren, sichtlich um Haltung bemüht, verschweige ihm Wichtiges. Sie weiss mit Sicherheit mehr von ihrem Sohn, als sie zu sagen gewillt ist. Wie bringt Anderhub die Frau zum Reden? Er glaubt nicht, dass Druck sie gesprächig macht; die Daumenschrauben liegen in der Vitrine des historischen Museums an der Reuss in Luzern. Und zusammen mit grausigen Folterprotokollen im Hexenmuseum auf Schloss Liebegg im Aargau.

Hat Wagner endlich die Agenda ausgewertet? Während Anselm die Schuhe schnürt und sich für den Marsch der Sure entlang nach Oberkirch und dann zum Spital hoch, wo das Café mit seinen Süssigkeiten und diversen Teesorten, die Trudi die Wahl nicht leicht machen, lockt, eine Jacke überwirft, beschliesst er, am nächsten Tag einen genaueren Blick auf Wagners Auswertung zu werfen. Haben die Polizisten etwas Entscheidendes übersehen?

Anderhubs mentale Abwesenheit während des Spaziergangs am Bach, wo ein Graureiher sich als Fischer versucht und sich von einem Polizisten in Zivil nicht beirren lässt, ist nichts Aussergewöhnliches. Und der Polizist weiss, dass auch Trudi einen Spaziergang still geniessen kann. Gemeinsam unterwegs sein, wenigstens physisch. Staunen darüber, dass unterschiedliche Dinge die Aufmerksamkeit auf sich ziehen. Auch die Gedanken wandern in unterschiedliche Richtungen.

Auf einer Brücke über die Sure, deren Ufer von Bäumen und Sträuchern bewachsen ist, die den Fischen auch schattige Stellen bescheren, staunt Trudi über die Grösse der Forellen im Bach, derweil Anselm wieder das Bild einer Wasserleiche hochkommt, angeschwemmt beim Wagnermuseum in Luzern, Richard, der Komponist, und nicht einmal der Blick auf die andere Seite, wo neue Häuser stehen, davor ein Teich, machen seinen Kopf frei. Fahrlässig, sagt er in der Annahme, dass junge Familien hier wohnen.

8

Haare verschiedenster Provenienz an Viktors Kleidern. Das hat Anderhub von Auge gesehen. Blonde, braune, graue. Frauenhaare? Das könnte auf eine promiskuitive Persönlichkeit schliessen lassen. Fingerabdrücke? Dutzende kleben im Raum, doch auf der Pistole nur jene von Habermacher. DNA-Proben? Da hats doch menschliches Zellmaterial, und wenns Kopfschuppen sind.

Die Spezialisten sind noch dran. Teure Sache; Suizid wär die günstigste Lösung. Aus dem Raum von Viktors Ableben haben die Ermittler Material mitgenommen. Die Auswertung kann noch ein paar Stunden bis Tage dauern. Massentests sind nicht vorgesehen, auch eine Kostenfrage, aber nicht nur, denn nicht nur waren die Eltern wenig überrascht vom Tod ihres Sohnes. Ein Gespräch mit Viktors letzter Psychologin, Frau Nünlist – die Agenda leistet halt doch gute Dienste –, zeigte eindeutig: Da braucht man keine grosse Fantasie zu haben. Viktor Habermacher sei, so ihre Aussage, während eines psychotischen Schubs, der unvermittelt, für Aussenstehende ohne jede Vorwarnung auftreten könne, in seinem Verhalten völlig unberechenbar und folglich auch suizidgefährdet. Gerda Nünlist äusserte sich nur sehr allgemein, auch sie kennt ihre Rechte und Pflichten, für die Ermittler aber deutlich genug. Zumal einige unter ihnen genau das erwartet hatten. Ausreichend starke Indizien für Polizei und Staatsanwaltschaft.

Anselm Anderhub hat an der Morgensitzung die Absicht kund getan, ganz ernst, die Wohnung des Verstorbenen zu besuchen, auch wenn Max Hunziker ihn dabei schräg angeschaut und Kollege Wagner den Kopf fast unmerklich geschüttelt hat. Schütteln getarnt, hat sich Anderhub gedacht, denn er hat sehr wohl gesehen, wie Wagner zuerst die Augen verdreht und dann sein Haupt bewegt hat.

»Dann mach, was du nicht lassen kannst«, hat Hunziker gesagt, »wer weiss.«

»Mir ist die Suppe einfach zu dünn«, hat Anderhub gesagt und nachgeschoben: »Wo bleibt da die Logik? Wer erschiesst sich selber schon, wenn er grosse Anerkennung geniessen kann, und wenns das letzte Mal ist?«

»Eben.«

»Was eben?«

»Weils das letzte Mal ist«, sagt Max Hunziker. Betonung auf dem ersten Wort.

»Für meinen Geschmack geht das zu glatt auf«, sagt Anderhub, »da steckt mehr dahinter.«

Und jetzt steht er vor der Türe zur Wohnung von Viktor Habermachers Nachbarin. Die Nachbarin unter Habermacher im Erdgeschoss des Achtfamilienhauses. Von unten nach oben. Von aussen nach innen. Von den Rändern ins Zentrum. Abtasten. Sich herantasten. Viktors Wohnung darüber läuft ihm nicht davon.

»Hatte er häufig Besuch?«, fragt er Frau Greter, eine ältere Dame, sicher gegen 80, alleinstehend.

»Wissen Sie, ich höre nicht so gut«, sagt Frau Greter, »und bei mir läuft immer das Radio.«

Soso, denkt Anderhub. Aber wenn über ihr, in der Wohnung des Lehrers, stets Party gewesen wäre, hätte sies auch mitbekommen, wenn sie taub wäre. Die Erschütterung.

»Seit mein Mann gestorben ist, brauche ich das, Stimmen um mich«, sagt sie.

Alles klar. Aufgehoben sein im Stimmenmeer, im Ozean trostfröhlicher Weisen. Dafür also sind die Fröhlichschwatzer, deren überdrehtes Aufgestelltsein auf ihrem Weg über den Äther zu den Ohren der Radiohörer nicht verblasst, angestellt, denkt Anderhub, Witwentröster, Mütterunterhalter, Zeittotschläger. Existieren die Delikte ›Beihilfe zum Zeittotschlag‹, ›assistierter Zeit- und Geistmord‹? Und was müsste alles darunter fallen?

»Also ist Ihnen nichts aufgefallen in letzter Zeit? Damenbesuch? Besuche überhaupt?«

Sie habe auch schon gedacht, er sei vielleicht, sie zögert, sucht Worte, sagt dann, »vom anderen Ufer«, aber einmal habe sie ihn in der Stadt gesehen in Frauenbegleitung. Ist schon länger her. Am Bahnhof in Luzern. Zweimal habe sie hinschauen müssen. Das mache sie ja sonst nicht, Leute anglotzen, aber, da sie habe sicher sein wollen, und verboten seis ja nicht, habe sie zweimal vorbeigehen müssen, um die Gewissheit zu erlangen, dass sie nicht Gespenster sieht.

»Am Bahnhof fällt das ja nicht weiter auf; zudem ist es nicht aussergewöhnlich, dass man das richtige Geleise suchen muss, oder nicht?«, sieht Frau Greter sich bemüssigt, sich für ihre Neugier zu rechtfertigen.

»Interessant«, sagt Anderhub, »wann war das?«

»Das muss im Frühling vor einem Jahr gewesen sein, oder war es ein Jahr früher?«, sagt Frau Greter und kratzt sich dabei versonnen an der rechten Schläfe.

Anderhub kennt das: Er könnte nicht sagen, wie das Wetter vor einem Jahr gewesen ist. Und er bewundert Leute, die genau dies tun, mit einer Sicherheit, die ihn staunen lässt. Für ihn gilt: Vorbei ist vorbei. Er braucht klare Anhaltspunkte. Nicht umsonst bewahrt er seine

Agenden, Papier nicht Elektronik, auf. Er legt sie in die Schublade seines Bürotisches.

»Ich war im Spital, meine Schwester besuchen, die beim Spazieren von einem Velo angefahren worden ist.«

»Interessant.«

»Interessant? Sie sind gut! Stellen Sie sich vor, da spazierst du gemütlich dem Quai entlang Richtung Verkehrshaus, schaust den Schwänen zu, die den Kopfstand machen, beobachtest die gierigen Enten, die nervösen Blesshühner, das Dampfschiff, und plötzlich, wie aus dem Nichts, der hätte ja auch klingeln können, rammt dich ein Velofahrer von hinten, dass du hinfällst und dir die Schulter brichst.«

»Ich hab davon gehört, ja.«

»Und der ist einfach weitergefahren, dieser Rowdy. Wenn sich nicht Passanten um sie gekümmert hätten, ich weiss nicht, was…«, redet sie sich ins Feuer.

»Man hat ihn gefasst, soviel ich weiss«, unterbricht nun der Kommissar den unerwarteten Redeschwall und stellt sich das Nichts vor, aus dem der Radfahrer ins Sein getreten sein muss. Ausgespuckt aus einem schwarzen Loch?

»Ja, zum Glück!«, fährt Frau Greter fort, »aber nicht ein einziges Mal hat er meine Schwester besucht, nichts, keine Entschuldigung, kein Nachfragen, rein gar nichts, dabei wär das doch nichts als anständig, das Mindeste, oder nicht?«

»Doch, doch«, sagt Anderhub, »aber Sie wollten mir doch noch etwas sagen über Ihre Begegnung mit Herrn Habermacher und seiner Begleiterin.«

»Und jetzt wollen sies noch offiziell erlauben, das Velofahren am Quai, hab ich gelesen!«, ereifert sie sich.

»Das ist noch nicht durch«, beruhigt Anderhub die

Frau, »da fliesst noch viel Wasser die Reuss hinunter. Können Sie mir sagen, was Sie da gesehen haben, am Bahnhof?«

»Sie müssen entschuldigen, ich bin abgeschweift, ich weiss, aber es hat mich halt ziemlich hergenommen.«

»Das kann ich gut verstehen.«

»Ich habe mich gewundert, ehrlich gesagt, denn im Treppenhaus sagt er nie mehr als Guten Tag, ziemlich wortkarg, der Mann, aber da hat er mit einer jüngeren Frau geredet, ziemlich ernsthaft, so machte es den Anschein, ja geradezu aufgeregt hat er diskutiert, gestikuliert. Ich habe ihn nie so gesehen, denn hier im Dorf ist er der ruhige, unscheinbare, angepasste Lehrer.«

Da habe er schon anderes gehört, denkt Anderhub, die Autofahrten im Hochgeschwindigkeitsmodus, doch will er Frau Greter jetzt nicht nochmals aus der Spur bringen: »Und wann, sagen Sie, war das?«

Genau könne sie das beim besten Willen nicht sagen. Ihr Mann habe jedenfalls damals noch gelebt, also könne es nicht mehr als drei Jahre her sein.

»Und hier zu Besuch war sie nie?«

»Ich kann nichts beschwören, stehe ja nicht den ganzen Tag am Fenster, aber es war eine Schwarze, eine Afrikanerin wohl, das hat mich am meisten gewundert«, sagt Frau Greter.

Anderhub gehen wirre Gedanken durch den Kopf. Hat der biedere Lehrer Habermacher mit Drogen gehandelt, war er gar ein Schlepper, der auf dem Mittelmeer Flüchtlinge ertrinken lässt, Frauenhändler? Oder der Schläfer, unbeachtet, überangepasst, der wartet auf seinen grossen Auftritt? Und dann schämt er sich seiner Gedanken, hält er sich doch nicht für einen Rassisten, sondern einen aufgeklärten Menschen, ja sogar für einen Rationalisten.

»Ich danke Ihnen, Frau Greter«, verabschiedet er sich mit einem sicheren Händedruck. Es gibt Leute, die haben ein Talent, das Wichtigste beiläufig zu erwähnen.

»Nichts zu danken.«

»Und falls Ihnen noch etwas in den Sinn kommen sollte, zögern Sie nicht: Hier, meine Karte.«

Wie im Krimi, denkt Frau Greter. Und dieser komische altmodische Hut. Sherlock Holmes oder Maigret? Hercule Poirot? Frau Hermine Greter ist eine Leserin.

Den Schlüssel zu Viktors Wohnung hat ihm dessen Mutter nicht gerade aus freien Stücken und gerne überlassen. Mag sein, dass sie sich für den vermuteten Zustand von Viktors Junggesellenwohnung schämt. Erst als der Kommissar ihr in Aussicht stellte, dass die Polizei auch die Möglichkeit habe, sich mit Gewalt oder Durchsuchungsbefehl Zutritt zur Wohnung zu verschaffen, denn immerhin galt es einen Todesfall, um nicht zu sagen Mordfall, aufzuklären, rückte sie den Schlüssel heraus.

»Bringen Sie mir den Schlüssel nachher gleich zurück«, sagt sie noch, »denn übermorgen lassen wir die Wohnung räumen.«

Eine vernünftige Frau; Anderhub lobt sich für seine Überzeugungskraft. Marco und Sarah haben beide eine Kopie unseres Hausschlüssels, geht es Anderhub durch den Kopf, aber haben wir auch ihre? Heute Abend Trudi fragen. Eine Frau mit Realitätssinn. Die Wohnung wird geräumt, bevor der ehemalige Bewohner begraben ist.

Anderhub macht das nicht gerne. Er hat das Gefühl, er breche ein Tabu, er dringe in etwas ein, das ihn nichts angeht. Wie einst als Jugendlicher, als er in Abwesenheit der Eltern, Kirchenchorkonzert oder so etwas, in deren Schlafzimmer einen Blick ins Nachttischchen geworfen hatte. Dann redet er sich ein: Es geht mich etwas an. Ich bin der Ermittler. Es ist meine Pflicht, den Fall zu lösen. Weit hinten im Kopf fühlt er eine entfernte Verwandtschaft mit Silvio Wagner, aber nur ganz kurz, und dann ist er wieder gewissenhafter Polizist.

Typische Junggesellenwohnung, lange nicht gelüftet. Auf dem Tischchen zwischen Sofa und Fernseher liegt aufgeschlagen die ›Luzerner Zeitung‹. Samstagausgabe. Die zweitletzte Seite mit dem Kinoprogramm, Erotikstudios, buntes Allerlei, Konzertvorverkaufsstellen, Inserat einer privaten Handelsschule. Auf der Seite daneben die Agenda, unter anderem mit einem Hinweis unter der Rubrik ›Volkstheater‹, den ›Eisenmoritz‹ betreffend.

Nicht, dass es stänke, es müffelt bloss ganz leicht, abgestandene Luft halt. Wie sollte es anders sein. Pflanzen keine, Haustiere Fehlanzeige. Es sei denn, man zählte den Schimmelpilz am Luzerner Rahmkäse, der im Kühlschrank vor sich hin gammelt, zu den Lebewesen. Gut gefüllt ist der Schrank; Habermacher war weder Vegetarier noch Veganer, und die Fülle der Lebensmittel von Sauerkraut im Beutel bis Broccoli im Tupperware-Geschirr verrät dem Kommissar: Der Mann hat an eine Zukunft gedacht. Zumindest an ein Morgen. An die nächste warme Mahlzeit.

Auf dem Küchentisch steht eine angebrochene Flasche spanischen Rotweins. Am Teller, nicht abgeräumt, kleben Krusten einer Bolognese-Sauce. Ein einziger

Teller. Spaghetti klumpen in der Pfanne auf dem Kochherd, und ein unangenehmer Geruch ist ihm eben, als
er den Deckel abgehoben hat, in die Nase gestiegen.
Grauslich. Da faulen Kohlehydrate stinkfröhlich vor
sich hin. Der Kochherd ist verspritzt. Da drängt sich
Anderhub wieder das Bild ins Bewusstsein, das Bild
von der letzten Theaternacht auf der Oberschwand.
Unter dem Vorhang hindurch kroch die Flüssigkeit,
der menschliche Lebenssaft. Mehr als eine Nuance
dunkler als tomatenrot.

Was hat Anderhub denn erwartet? Einen fein säuberlich verfassten Abschiedsbrief auf blumigem Papier,
an den Fernsehschirm geklebt mit der Erklärung, er
habe nun endgültig genug von der ewigen Berg- und
Talfahrt und könne nicht mehr weitermachen, es sei
Zeit, den Schirm zu schliessen, kurz und möglichst
schmerzlos? Und im Postskriptum eine Entschuldigung bei den Eltern, die nichts dafür könnten, bei den
Kollegen in der Schule, die nun gerne über ihn, die
didaktische Wildsau und verschrobenen Tagträumer,
lästern dürften und bei den Theaterleuten, die sich
nun nie mehr mit einem Querkopf wie ihm mit seinen
Extrawürsten auseinanderzusetzen hätten?

Woher nimmt ein Suizident die Kraft, mit dem Zeigefinger den Abzug durchzuziehen, wo er doch weiss
um das Erschlaffen aller Glieder Sekundenbruchteile
später? Welches sind seine letzten Gedanken während
dieser heiklen, da feinmotorisch herausfordernden
Tätigkeit, denn die Richtung des Pistolenlaufs beim
Durchziehen des Zeigefingers – ja nicht abschlipfen
und einen peinlichen Streifschuss mit Blind- oder
Blödheit als Konsequenz riskieren – entscheidet über
Erfolg oder Misserfolg der finalen Aktion?

Tagebücher wären interessant, doch welcher Mann

schreibt Tagebuch? Wenn Männer schreiben, dann twittern sie wie die Spatzen mit dem aussichtslosen Versuch, deren Gehirnleistung zu übertreffen. Anderhub, wach auf, du bist kein professioneller Kulturpessimist! Du bist Zist, nicht Mist, nämlich Poli!

Man wird doch seine kleine Freude haben dürfen, erwidert der Kommissar dem kleinen Teufelchen im Dienste des Staatsschutzes und der bürgerlichen Sicherheit. Ja, er hat sich einmal mehr selber ertappt. Er wird die Spurensicherer herbestellen. Ob Hunziker einverstanden ist? Der Untersuchungsrichter, die Staatsanwaltschaft? Als Einsiedler wird er wohl nicht gelebt haben, der Habermacher. Die Wolldecke auf dem Sofa ist lange nicht gewaschen worden. Warum wählt ein Mensch eine derart heikle Farbe, fast hochweiss, uni, écru, da siehst du ja jeden Tropfen, der mehr ist als Wasser! Anselm Anderhub hat bei aller Eigenwilligkeit zwischendurch einen Sinn fürs Praktische, obwohl Trudi oft den Kopf schütteln muss, wenn er – selten zwar, aber es kommt vor – vergisst, nach dem Verrichten des kleinen Geschäfts, das er wohlweislich im Sitzen erledigt, die Spülung zu betätigen.

Entweder geht es um Geld oder Gefühle. Die letzten Tötungsdelikte stützen Anselm Anderhubs These. Da war der mittelalterliche schwule Mann, der seinen jungen Liebhaber mit den Händen erwürgte, weil er ihm seine ausschliessliche Liebe versagte. In den See geworfen, um einen Badeunfall vorzutäuschen. Angeschwemmt in der Nähe des Wagnermuseums hinter dem Eisstadion auf Tribschen. Richard, nicht Silvio. Kaum verwandt.

Da war jener Erbschaftsstreit, als ein Mensch dran glauben musste, weil er bei der Erbverteilung im Weg stand. Haben oder nicht haben. Sein oder nicht sein. Der Mensch, denkt Anderhub, ist erfinderisch bis aufs Blut. Da kommen ihm die Bilder hoch, die ihn nach der Lektüre des Zeitungsberichts nächtelang verfolgt hatten, die Bilder grässlichster Foltermethoden, die bei ihm Phantomschmerzen ausgelöst hatten. Finger, Augen, Genitalien. Die Fotos von Vivisektionsaktionen bei Affen haben dieselbe Wirkung, gestern in der Tagesschau. Ein unangenehmes Ziehen im Unterleib.

Und wenn er ehrlich ist, muss er zugeben: Es gibt das perfekte Verbrechen. Alle ungelösten Fälle stehen im Zeugenstand.

Von den Gefühlen tendiert die Eifersucht zum Hass, der seinerseits der Mordlust einen direkten Weg zu bahnen vermag. In Anderhubs Kopf streiten zuweilen bizarre Sätze um das Vortrittsrecht auf der Gedankenautobahn.

Bei Frauen steht die Gefühlsaufwallung vor der Geldgier, wenn es um Leben und Tod geht. Der Grad der Grausamkeit kann korrelieren mit der Gefühlsintensität.

9

Warum trägt Anselm Anderhub Hut? Wagner trägt keinen. Den Ansatz von Anderhubs Weizenwampe kaschiert kein Hut. Trügen alle Kriminalpolizisten Hut, wären sie schwieriger zu unterscheiden. Anderhubs Vorteil, was die Fülligkeit angeht, ist seine Grösse. Die Proportionen verschieben sich langsamer. Man müsste die Hüte auszeichnen wie im Militär. Dünne Streifen, fette Streifen, Spaghetti und Nudeln. Kränze.

Anderhubs Hut liegt auf der Hutablage der Garderobe. Trügen alle einen Hut, würde der Platz nicht reichen. Anderhubs Hut hat die Übersicht, die seinem Besitzer abgeht. Der Kommissar trägt den Hut nicht als Alleinstellungsmerkmal des Abteilungschefstellvertreters, eine Position, die er abgelehnt hat zugunsten der natürlichen Stellung des einfachen Dienstältesten, sondern vielmehr, um etwas in der Hand zu halten. Wenn schon die schlagenden Beweisstücke fehlen.

Muss er einer Mutter den Tod ihres einzigen Sohnes mitteilen, macht es sich gut, so bildet er sich ein, den Hut zu lüften. Dabei ist es vorab die schwindende Haarpracht, der die Luftzufuhr zu Gute kommt. Hut ab und einem Feigenblatte gleich vor die Genitalien. Armer Sünder. So sieht er sich vor der Türe stehen. Immerhin nicht mit leeren Händen.

Hat er ihn aufgesetzt, kommt der Hut zu Anderhubs Körpergrösse dazu, was sich darin ausdrückt, dass er sich mit seinen 1,85 Metern beinahe bücken muss, wenn er durch mitteleuropäische Normtüren Räume betritt. Beinahe, denn im Gegensatz zu alten Bauernhäusern, nicht nur jene im Wallis oder auf dem Ballenberg, rechnet man heute mit mindestens zwei Metern

Höhe. Ohne Hut. Im Freien spielt das keine Rolle. Und im Freien steht er, als er nochmals einen Augenschein vom Tatort vornehmen will. Ist ihm Entscheidendes entgangen? Hat er ein Detail verpasst? Seine Erfahrung hat ihn gelehrt, dass im Detail nicht nur der Teufel steckt, sondern auch die Lösung.

»Aha, der Herr Kommissar«, begrüsst ihn Melchior Kaufmann. Die Miene verrät keine Begeisterung.

»Scheisswetter«, sagt er, und die Arbeitsschuhe machen schmatzende Geräusche, wenn er die Schaltafeln zum Lastwagen trägt und sie mit Schwung auf die Brücke wuchtet.

Zwar regnet es nicht, doch der Weg an der Scheune vorbei zur Remise ist Morast geblieben. Ein ewiges Werk, müsste man da Gipsabdrücke von den Schuhspuren nehmen. Die Bretter waren der Boden der Festwirtschaft. Goldgelb, stabil montiert, sicher, für ein Trinkgeld gemietet vom Bau-Tycoon des Dorfes: Handwerk hat goldenen Boden. Anderhub will ohne Vorgeplänkel zur Sache kommen; Hunziker, der langsam ungeduldig wird, hat Anderhubs kryptische Mutmassungen ohne Finger und Zehen satt und drängt auf Ergebnisse.

»Es gibt keinen anderen Zugang von aussen zur Künstlergarderobe?«, will Anderhub wissen.

Künstlergarderobe ist gut, denkt Melchior Kaufmann: »Nein, da neben dem Scheisshaus ist die provisorische Türe. Die haben Sie ja selber absperren lassen.«

»Das war der Dorfpolizist.«

»Stimmt, der Petermann.«

Aber er hätte sie kennen müssen von der Nacht, als er aus dem Bett gepiepst wurde. Das Alter? Anderhub gibt sein Erschrecken nicht zu erkennen. Noch gut sieben Jahre bis zur Pensionierung. Provisorisch, die Türe.

Also nicht abschliessbar. Und Anderhub mutmasst, ja antizipiert, was ihm Melchior nun erklärt. Dass nämlich, für das Publikum nicht sichtbar, die Schwestern von Eisenmoritz, aber auch der Moritz selber, wenn sie ihren Abgang rechts ins Dunkle hinein hatten, plötzlich wieder von links her auftreten konnten, indem sie aussenherum wieder zur Garderobe zurückkehrten. Leise, versteht sich; das Publikum sollte nichts hören. Da konnte ein Gewitter gute Dienste leisten. Und gegen innen war ja der Vorhang der Garderobe. Anderhub lässt Melchior labern.

»Clever, Herr Polizist, clever«, sagt Melchior, »und sie mussten auch aussen herum, wenn es regnete.«

Das grenze ja schon fast an Zauberei, sagt Anderhub, schämt sich seines spöttischen Untertons, rechnet mit Kaufmanns Nachsicht und nimmt einen Faden auf. Publikum.

»Gibt es eine Liste der am Abend der Derniere anwesenden Personen?«, fragt er Melchior.

»Da müssen Sie nicht mich fragen«, erwidert jener.

Aber er nehme schwer an, dass die Vereinspräsidentin über die Übersicht verfüge. Etwas anderes würde ihn überraschen.

»Die ist gut, die Judith, auch wenn sie Haare auf den Zähnen hat.«

Melchior stellt seine Arbeit nicht ein, trägt Schaltafel um Schaltafel zum Lastwagen, während Anderhub ihm zusieht und die Lautstärke seiner Stimme der Distanz zum Werktätigen anpasst. Die schwarze Katze beobachtet die Situation aus dem trockenen Unterstand unter dem Vordach der Scheune. Nicht nur sie ist des Multitaskings fähig.

Verspeist Melchior Kaufmann zum Znüni eine Cervelat mit Brot, kalt, nicht gebraten, und ›Waldfest‹

nennen die Leute diese Mahlzeit der Handwerker und Waldarbeiter, wirft er dem Tier jeweils etwas Wursthaut zu, die sich zwischen seinen Zähnen verfangen hat. Und je nach Laune einen leckeren Bissen Füllung.

Ob er sich an spezielle Gäste erinnere, will der Kommissar wissen. Speziell sei ein weiter Begriff, sagt Melchior, der so nichts mit einem König gemein hat, vielmehr das Arbeitstier zu verkörpern scheint.

»Halt Auffällige, Leute, die man nicht hier erwarten würde, Auswärtige vielleicht«, ergänzt der Polizist.

Der nützliche Idiot, fährt es Anderhub durch den Schädel. Das Pferd in George Orwells ›Animal Farm‹, ewig ausgenützt, selten getätschelt, schicksalsergeben seinen Dienst leistend. Karmisch seine Naivität. Anselm schlägt sich mit der Faust an die Stirn, als wollte er seine Vorurteile in die ewigen Jagdgründe verbannen.

»Ich meine, ist Ihnen jemand aufgefallen; waren Leute da, die man nicht an einer Theateraufführung erwartet hätte?«, sagt Anderhub.

Er, Melchior, habe doch bestimmt einen Blick entwickelt für solche Ausreisser aus der Masse des üblichen Theatervolks, verfüge über eine grosse Erfahrung wie keiner, unvergleichlich, einzigartig, wenn er doch zwanzig Abende hier oben verbracht habe. Dick streicht er ihm den Honig ums Maul.

Nun stellt und gesellt sich Melchior zu Anderhub. Beinahe vertraulich wird der Mann. Ob der Kommissar allen Ernstes meine, er habe sich alle Aufführungen zu Gemüte geführt? Um Gotteswillen! Einmal reicht. Die Hauptprobe. Nein, sein Pflichtenheft beinhalte weder die Besuche – er habe den ganzen Sommer über bei den Vorbereitungen schon genug mitbekommen – noch die Beobachtung der werten Besucherschaft. Nur damit das geklärt sei.

»Ich kann Ihnen schon sagen, wer da war, hab ihnen die Tenntüre aufgehalten, damit sie rasch ins Trockene kamen: der Bauunternehmer als Hauptsponsor, der Keiser Geri, war mit seiner Frau da, durfte sogar am Schluss noch auf die Bühne«, sagt Melchior Kaufmann.

Übrigens sein Chef. Auch die Sozialvorsteherin als Vertreterin des Gemeinderats sei da gewesen. In Vertretung des Gemeindepräsidenten, der sich krankheitshalber habe abmelden müssen. Und der Schulpflegepräsident. Und den Sigristen habe ich gesehen, ein paar von der Lehrerschaft, der alte Käsermeister, der Bildhauer Nievergelt.

»Und viele Auswärtige, sogar eine halbe …, aber das darf man ja nicht mehr sagen heute.«

»Was darf man heutzutage nicht mehr sagen?«, insistiert Anselm Anderhub.

»Eine Frau mit dunklerer Hautfarbe«, sagt Kaufmann, das Adjektiv durch eine langsame Aussprache betonend.

»Interessant«, sagt der Kommissar.

»Aber das will nichts heissen, wir haben bei uns auch Afrikaner, selten zwar, und Araber; der Keiser ist nicht heikel, wenn das Preis-Leistungsverhältnis stimmt«, sagt Kaufmann.

»Was meinen Sie damit?«, fragt Anderhub nach.

»Nichts.«

Soll er ihm mit einem Verhör drohen, dem armen Würstchen? Beschäftigt Keiser am Ende Schwarzarbeiter? Doppelt schwarz, dunkelschwarz. Umgeht er für besseren Profit Vorschriften, kratzt er an flankierenden Massnahmen? Müsste er jetzt nachhaken? Oder würde dies Kaufmann noch verstockter machen? Immerhin geht es um die Aufklärung eines Todesfalles, im schlimmsten Falle um einen Mord. Oder würde er mehr erfahren, wenn es ihm gelänge, Melchiors Vertrauen zu gewinnen? Wie? Der Kommissar ist nicht der Duzfreund der Welt.

Anselm Anderhub stellt sich vor: Wie wäre ich vorgegangen, wenn ich Viktor Habermacher hätte umbringen wollen? Voraussetzung Nummer eins: Ich muss um seine Macke, nach jeder Vorstellung allein in der Garderobe verweilen zu wollen, wissen. Voraussetzung Nummer zwei: Ich kenne die Zugänge, bin vertraut mit der Lokalität, weiss, wo ich mich verstecken kann, um im entscheidenden Moment, wenn das Gewitter alle Leute in die Festwirtschaft treibt oder zieht, zuschlagen zu können. Abdrücken natürlich. Oder beides, wie es scheint, zuschlagen, um ihn ausser Gefecht zu setzen, und dann den Selbstmord samt Schuss drapieren.

Die Lauerstellung also. Das mobile Baustellen-Klo? Wer unterdrückt nicht sein Bedürfnis, wenn es draussen schüttet, dass Gott erbarm? Andererseits: Lässt sich dieses Bedürfnis gerade bei Wassergeräuschen auf dem notdürftig reparierten Dach des Schuppens nachhaltig unterdrücken? Gross die Gefahr, entdeckt zu werden. Noch andersseitiger: Wer bemüht sich, bis zur Klo-Box vorzudringen, wenn man im Trockenen unter dem Scheunendach zum Wohl der Nesseln loswerden kann, was die volle Blase verlassen will?

»Ich denke männlich«, rügt sich Anderhub.

»Waren Sie zum Zeitpunkt des Gewitters, just nach Ende der Vorstellung, noch im Zuschauerraum?«, fragt der Kommissar den Melchior.

Der muss nicht lange nachdenken, denn nicht nur der verstorbene Hauptdarsteller hatte sein Ritual.

»Nein. Ich hab jeweils zwanzig Minuten, eine halbe

Stunde gewartet, bis ich mich an die Arbeit gemacht habe«, sagt Kaufmann.

Verluften lassen. Hat er das dem Polizisten nicht schon erzählt? Wo hat der sein Hirn? Will er mich auf die Probe stellen? Jeweils nach dem Schlussapplaus habe er sich in der Küche noch gemütlich ein Bier genehmigt. Sicher ab der zweiten Aufführung, nachdem er gemerkt habe, dass es Leute gibt, die gut und gern noch zwanzig Minuten blieben, da die Geschichte sie offenbar derart hergenommen hat.

»Das kann Pauli, der Küchenchef, bestätigen«, sagt er mit einer Mischung aus Rechthaberei und Gewissheit.

»Gemach, gemach«, beruhigt Anderhub das Theaterfaktotum, »ich glaube Ihnen auch so.«

»Das will ich hoffen«, sagt Melchior, und ist jetzt doch ein wenig König geworden, was Anderhub freut und als gute Grundlage für die weitere Zusammenarbeit sieht.

Faktotum, woher ist ihm dieser Begriff zugefallen? Und was steckt in dessen Mitte? Kaufmann macht sich wieder an seine Arbeit.

Die Mutter aller Fragen: Wo beginnen? Dabei hat Anderhub schon lange begonnen. Selbstzweifel befallen ihn. Hat Wagner doch recht? Da muss er durch. Anderhub kennt das Gefühl, was dasselbe freilich nicht angenehmer macht. Es gibt nichts, woran er sich halten könnte. Keine heisse Spur. Eine mittlere Lauwärme bloss. Medioker. Dio mio, die komischen Wörter, die ihn plötzlich heimsuchen!

Wenn es denn ein Mord gewesen ist, muss derselbe sehr genau geplant gewesen sein. Lokale Wettervorhersage inklusive. Hat es einen Sinn, die Besucherliste der

Derniere abzuklopfen? Rechnet der Täter damit, dass die Besucher die ersten Verdächtigen sein würden? Dabei hat er schön ruhig gewartet, im Schopf vielleicht, hinter der Scheune, in der verkommenen Hundehütte unter der Einfahrt in die Tenne, wo das Theater gespielt wurde. Unangemeldet. Ohne Eintrittskarte. In einem Kartoffelsack. In einem Getreidesack wie Max und Moritz. Eisenmoritz. Aber nicht gemahlen, im Gegenteil, vollkommen zusammengesetzt, höchst konzentriert auf seine Mission.

Oder hat er sich in der Pause erst unters Publikum gemischt, um den Zeitpunkt für seine Tat nicht zu verpassen? Eintrittskarten werden da keine mehr kontrolliert. Hatte er Komplizen? Hat er in einer früheren Vorstellung, ja schon bei den Proben – Düsentrieb hat doch, um die Leute einzustimmen, Publikum zu generieren, von einer öffentlichen Probe einen Bericht gemacht – die Lokalitäten inspiziert und rekognosziert? Einige Gaffer haben Fotos gemacht, vorher – nachher – das ist schwer anzunehmen.

Anderhub blickt um sich; er scannt die Umgebung. Wo gibt es bessere Möglichkeiten, sich zu verstecken, als auf einem vor Jahren ausrangierten landwirtschaftlichen Anwesen, das weder Tierschutzbehörden noch Feuerwehrinspektoren noch interessiert? Das Gerümpel rund ums Gebäude, auf einen Wagen liegen und einen Sack drüber, da sieht dich nachts kein Mensch, die Sträucher. Da drüben das Bienenhaus. Dass der Täter sich wörtlich in die Nesseln gesetzt hat, glaubt er weniger, aber die Holunderbüsche bieten zu dieser Jahreszeit gute Deckung. Auch einer Täterin. Und die Katze schweigt, auch wenn sie allenfalls in ihrer Behaglichkeit gestört wurde. Kennt alternative Lauerplätze und Schlummerorte.

»Der Schreiber ist auch dagewesen«, sagt in Anderhubs Sinnen hinein Melchior Kaufmann, nachdem er wieder zwei schwere Schaltafeln auf den Lastwagen gehievt hat.

»Schreiber?«

»Ja, der, wie sagen sie, Autor des Stücks, hat früher mal, allerdings nur ein paar Jahre, hier auf der Gemeindekanzlei gearbeitet, Stellvertreter des Gemeindeschreibers, darum kennt er die hiesigen politischen Verhältnisse, der Schmidlin«, sagt Melchior.

»Das heisst?«, ermuntert Anderhub.

Er spürt eine Bereitschaft. Will Melchior etwas loswerden?

»Der Eisenmoritz spart nicht mit Anspielungen, auch der Keiser als Dorfkönig bekommt sein Fett weg, nicht namentlich, klar, aber die Eingeborenen wissen schon, wer gemeint ist, man merkts, wenn sie lachen«, fährt Melchior weiter.

Und er erinnert sich an die Proben und wie sie einander angeschaut haben, als der Habermacher, also der Eisenmoritz, gegen Ende des Stückes hin mit Blick aus dem Jenseits auf sein Dorf hinunter über den Baumeister des Dorfes einen Satz äussert, der immer ein wissendes Schmunzeln, wenn nicht halblautes Lachen provoziert hat: Er baut verdichtet und verdient verdichtet.

Aha, es arbeitet, denkt der Kommissar, und er zweifelt an seiner Menschenkenntnis, hat er den fleissigen Theaterarbeiter doch böse unterschätzt.

Vielleicht geht da noch etwas. Nur den Fluss nicht unterbrechen. Und er enthält sich eines Kommentars.

»Und sogar der Pfarrer, der im Stück ja nicht gerade gut wegkommt, war da«, sagt Melchior, als er mit einer neuen Ladung an Anderhub vorbeikommt.

Jener kommt sich nun komisch vor, angesichts des roten Kopfes eines werktätigen Menschen. Unnütz. Einer, der die Arbeit nicht sieht. Sozusagen der Gegenentwurf zu Melchior Kaufmann. Max Hunziker will Ergebnisse. Was soll er ihm sagen, wenn der Chef nach dem Stand der Ermittlungen fragt?

Glücklicherweise, denkt der Kommissar, sind die Medien noch auf den Doppelmord in Basel fixiert und zweifeln die Suizid-Theorie nicht an. Einer mehr, ders nicht geschafft hat. Besser als unter den Zug. Oder Amok. Er denkt an den Amoklauf im Zuger Kantonsparlament vor einigen Jahren. Die Beerdigung Habermachers findet am Samstag statt. Obduktion? Der Zug ist abgefahren.

Ob er wisse, wo der Autor jetzt wohne?

»He?«, sagt Kaufmann.

»Wo wohnt der Schmidlin jetzt?«, fragt Anderhub, indem er seine Stimme hebt.

Das könnten ihm die Oberen vom Theaterverein sicher sagen, er habe nur gehört, dass er jetzt beim Kanton arbeite, aber wo genau? Bürogummi irgendwo. Kantonale Steuerverwaltung? Oder Parlamentsdienste? Er glaube, mal so etwas gehört zu haben, aber sicher sei er nicht. Auf jeden Fall unterbeschäftigt, dass er noch die Zeit hat, ein solches Theater zu schreiben.

Der Kommissar enthält sich erneut eines Kommentars und bezweifelt, ob ihn ein Besuch bei Schmidlin weiterbringen könnte.

»Noch eine ganz persönliche Frage, Herr Kaufmann: Trauen Sie Viktor Habermacher zu, sich selber erschossen zu haben?«

»Ich kann nicht in Köpfe hineinblicken und weiss nicht, wie es in seinem Kopf drin ausgesehen hat, aber es braucht in meinen Augen doch ziemlich Mut, eine Waffe zu nehmen, sie zu laden und sich eine Kugel in den Kopf zu jagen im Wissen darum, dass die Tat nicht rückgängig zu machen ist, und wenn der Versuch misslänge, auch mit dieser Möglichkeit wäre ja zu rechnen, wäre er vielleicht bloss behindert oder debil.«

Einen Satz von dieser Länge und Komplexität hat Anselm Anderhub von Melchior Kaufmann noch nie gehört und nicht erwartet.

10

Der Schulleiter ist ein höflicher Mensch.

»Möchten Sie einen Kaffee?«, sagt er, während die beiden Männer auf das Lehrerinnen- und Lehrerzimmer zuschreiten.

Es riecht in jedem Schulhaus eigentümlich. Nach Schule? Hat sich der Prüfungsangstschweiss der Jahrzehnte in den Winkeln des Treppenhauses abgelagert? Da schafft keine Grossreinigung in der Sommerferien, ja nicht einmal eine Renovation nachhaltig Abhilfe. Eine feine Nuance Pissoir ist drin, dazu eine Prise muffiger Luft mit Stockflecken-Aroma. Anderhub versucht zu analysieren. Und Schuhwichse? Bohnerwachs? Aber nicht bei Steinboden. Und wenn man hektoliterweise Duftstoffe in die Gänge und Räume entliesse, vergebliche Liebesmüh wärs, da von geringer Nachhaltigkeit, und würde das ruchbar, käme bestimmt ein Elternteil und protestierte gegen den Vergiftungsversuch durch synthetische Duftstoffe, denn da seien Moleküle drin, die nicht nur aufs Hirn schlügen, sondern auch karzinogene. Nanopartikel. Notwehr: Stosslüften nach jeder Lektion. Und wer einmal für längere Zeit drin ist, riecht nichts mehr.

Anderhub muss leise lachen, als er das Schild liest an der Türe. »Nein, danke«, sagt er, und seine Gedanken sind noch immer bei diesem Raum, einem Heiligtum in seiner Schulzeit, der Raum, wo, so hatte er sich jeweils vorgestellt, über Sein oder Nichtsein der Schüler auf der Kippe zwischen Promotion und Relegation entschieden wurde an den Konferenzen zum Jahresende.

Nicht bei Anderhub. Seine Schulkarriere war nie gefährdet. Er wusste, wann es ernst galt. Nicht auffallen, durchgleiten, durchschleichen, möglichst unbemerkt:

nicht sein bewusster Entscheid, Anderhubs Natur. Für seine Arbeit bei Leib und Leben kann es nur von Vorteil sein, wenn man nicht auffällt, sagt er sich. Und wenn sie ihn unterschätzen, die Bösewichte der Welt: Ihm soll das recht sein. Für sich selber hat er die Lehre gezogen: Unterschätze niemanden, keinen Melchior und keine Frau Habermacher. Und auch keinen Wagner. (Er kann es sich nicht oft genug einreden; die Versuchung, es zu tun, wächst mit jedem Erfolgserlebnis.)

»Lehrkraftraum«, entweicht seinem Mund.

»Was meinen Sie?«, fragt Schulleiter Anton Meier.

»Ah, nichts«, sagt Anderhub, als Meier die Türe hinter sich schliesst, »hab nur gerade halblaut darüber nachgedacht, wie man dem Lehrerzimmer heute wohl sagt. Lehrkörperkäfig. Lehrpersonencontainer. Lehrendenraum.«

Und er erklärt dem Schulleiter, der ob Anderhubs Äusserung grossäugig irritiert, den Kopf nach hinten gereckt und dadurch ein Doppelkinn produzierend, in die Welt blickt, was er vom Korrektheitswahn in staatlichen Institutionen hält. Epidemisch. Die Formulare, stets beide Geschlechter ansprechend. ›Der/Die Verdächtige‹ ist ein Glücksfall. Der Spitzel und die Spitzelin: Das fällt ihm nicht zufällig an diesem Ort ein. ›Andorra‹ von Max Frisch hat man gelesen, seinerzeit. Und die bilden sich in ihrer Bildungsfabrik ein, sie seien modern!

Im Schulleiter, das merkt er gleich, hat er einen Gesinnungsgenossen gefunden, während Trudi zu Hause solche Monster zu Anselms Erstaunen keineswegs stören. Eine Fachfrau Gesundheit ist schliesslich kein Fachmann.

Laut lacht Meier auf, als Anderhub ihm das mit der Spitzelin erzählt, prustet los, was einen Schüler, der

vom WC kommend um die Ecke flitzt, leicht verun-
sichert, und er leistet seinen Beitrag zur Belustigung:
»Wissen Sie, was S/S heisst?«

Da Meier den Schrägstrich mit Absicht nicht ausge-
sprochen hat, wähnt Anderhub sich im Geschichtsun-
terricht, dreissiger Jahre des 20. Jahrhunderts, empfindet die Frage des Schulleiters als schiere Beleidigung,
sträfliche Unterschätzung des polizeilichen Bildungs-
standes, die der Schulleiter nun leicht verlegen lachend
entschärft, indem er die Antwort selber gibt und den
Trennstrich als Konjunktion nachliefert: »Schülerinnen und Schüler.«

Inzwischen habe sich beim Bildungs-Departement
eine neue Schreibweise etabliert, wohl um solch peinliche Situationen, wie sie beide sie eben erlebt hätten,
zu vermeiden. Zumal mit Lehrpersonen aus Deutschland zu rechnen sei. SuS. Das sei keineswegs eine ver-
stümmelte Susi, auch keine Modedroge und noch viel
weniger ein Brotaufstrich oder eine Sauce, sondern be-
deute schlicht ›Schülerinnen und Schüler‹. Das jüngste
Beispiel hat er kürzlich in den Unterlagen der Schulso-
zialarbeiterin gelesen: »KuJ.«

»Was?«, fragt Anderhub nach, »Das sind doch die
sündhaft teuren japanischen Karpfen!«

»KuJ, nicht Koi«, klärt Meier, ein Mensch mit nicht
zu verachtender Allgemeinbildung, auf, »Kinder und
Jugendliche.«

Anderhub stellt sich eine Person vor, einen Lingu-
isten, der bei der kantonalen Verwaltung einzig dazu
angestellt ist, für eine politisch korrekte Sprache zu
sorgen, ihm zur Seite gestellt ein wissenschaftlicher
Mitarbeiter, darf um der politischen Korrektheit willen
gerne auch eine Mitarbeiterin sein, die sich um eben-
solche Abkürzungen kümmert. Der Abkurz – die Ab-

kürzung? Sparen! Sparen? Ja, Buchstaben. Aber ob sich die Kosten für die Beschäftigung einer qualifizierten Abbreviationsfachfrau amortisieren lassen? Die Frage stellen, heisst, sie negativ beantworten. Denn alle paar Jahre sind die Abkürzungen flächendeckend departementsübergreifend zu erneuern. Eine dringende Massnahme zur Erhaltung der geistigen Flexibilität der Belegschaft.

Ein Glas Wasser nähme er gerne, sagt der Kommissar. Er spürt die unsicheren, fragenden Blicke der wenigen bereits Anwesenden. Die L/L mit Zwischenstunden. Meier hat dem Wunsch Anderhubs entsprochen und keine spezielle Konferenz einberufen. Der Polizist will die Atmosphäre spüren.

Nach der Lauerstellung, die er oben in der Scheune, angeregt durch die mausende Katze auf der Wiese, zu eruieren versucht hat, nun die Lauerstimmung im Lehrkraftraum, im Lehrkörperbehältnis. Oder doch mehr ›leer‹ denn ›lehr‹? Überhaupt nicht: Der Raum füllt sich langsam, denn eben hat die Glocke mit der Big-Ben-Tonfolge zur grossen Pause geklingelt.

Anton Meier macht sich einen Kaffee und reicht Anderhub ein Glas Wasser. Etwas abgestanden, denkt der Kommissar, lau. Wasser, Stunden in den Leitungen zurückgehalten, denn, wie er sieht: Die meisten L/L sitzen vor einem Kaffee. Drei Tischreihen, bestehend aus je drei Tischen, stehen im Raum. Nach und nach gehen die freien Plätze aus. Nach dem Kontrollgang zum persönlichen Kästchen, die unterschiedlich gefüllt sind – Leere hier, Chaos da –, was zu Spontanurteilen und Verurteilungen verführen könnte, gehts zur Kaffeemaschine. Da bildet sich eine Schlange.

Habermachers Fach quillt beinahe über. Anderhub nimmt wahr, dass es einigen nicht ganz wohl ist. Skeptische Blicke treffen ihn. Was will der bei uns, liest er in den Blicken. Wie ein Vertreter, der Lehrmittel oder Wandtafeln verkaufen will, sieht er nicht aus, der trüge gewiss eine Krawatte, goldene Manschettenknöpfe, und ein einnehmendes Lächeln umspielte seinen Mund. Wer das Anstehen bei der Kaffeemaschine nicht aushält, schnappt sich ein Glas und lässt ein paar Sekunden das Wasser laufen, bevor er das Glas füllt. Aha, denkt Anderhub, der Schulleiter trinkt nicht Wasser.

»Viktor war das fünfte Jahr an unserer Schule«, sagt Meier am separaten kleinen Tischchen zu Anderhub, »und wir wussten um seine gesundheitlichen Probleme. Andererseits muss man jedem Menschen doch eine Chance geben. Zudem war er in entsprechender Behandlung, und in der Regel hatte er seine Probleme dank guter medikamentöser Einstellung gut im Griff.«

»In der Regel, sagen Sie«, wirft Anderhub ein.

Die vielsagenden Floskeln, »eigentlich«, das hat noch gefehlt.

»Es gab im dritten Jahr einen Zwischenfall, als er in der Schule eingeschlafen ist, nachdem er, wie sich nachher herausstellte, denn er war mitten in der Nacht auf der Autobahn mit 180 Stundenkilometern geblitzt worden, kaum geschlafen hatte. Kam sozusagen direkt in den Unterricht«, sagt Meier.

»Das hatte keine Konsequenzen?«, fragt der Kommissar und wundert sich: Wer hat hier seine Verschwiegenheitspflicht verletzt?

Oder hat Habermacher selber davon erzählt? Selbstbezichtigung? Musste er den temporären Entzug des Führerscheins gegenüber der Schulleitung begründen, weil er beim Sporttag nicht mit dem Auto wie üblich den Besenwagen machen konnte?

»Es gab natürlich Diskussionen in der Schulkommission, auch im Gemeinderat, und wir haben Viktor nach eingehendem Gespräch zum Fachlehrer gemacht: Physik, Chemie, Biologie, um ihn von den Klassenlehrerpflichten, das heisst der ganzen Elternarbeit, die nicht einfacher wird, wenn gewisse Eltern ihre Sprösslinge mit Juristen-Hilfe zum Schulerfolg verdammen wollen, zu entbinden«, sagt Schulleiter Meier.

Dass bei solchen Menschen eine erhöhte Suizidgefahr bestehe, sei ja wohl nicht von der Hand zu weisen, zumal auf Phasen der Selbstüberschätzung, ja des Grössenwahns, Zeiten von Allmachtsfantasien, Phasen folgten, in denen der Mensch sich seiner Ausbrüche bewusst werde und sich dafür schrecklich schäme. Und die Scham könne zu Kurzschlusshandlungen führen, das sei allgemein bekannt.

Die Theatergesellschaft habe, so sehe er dies nun, in der Retrospektive, einen Schub Viktors positiv nutzen können, denn seine Leistung in der Darstellung des etwas verwirrten Alteisensammlers mit seinen grossartig abstrusen pseudophilosophischen verbalen Verrenkungen zwischen Nonsens und Tiefsinn sei über die Region hinaus gewürdigt worden, was sogar zu zwei Zusatzvorstellungen geführt habe, sogar das Lokalfernsehen sei da gewesen, das sich selten in dieses Tal der Ahnungslosen verirre, ebenso das Regionaljournal. Die letzte mit dem tragischen Ende, wie der Kommissar ja wisse. Der zitiert ja die Zeitung, fährt es Anderhub durch den Kopf, bevor er fortfährt.

»Und die Sache mit der Macke, dass er jeweils nach der Vorstellung allein sein wolle, war ebenfalls allgemein bekannt?«

»Viktor war nicht dumm, wie eine psychische Störung nichts mit der Intelligenz zu tun hat. Oft sei das Gegenteil der Fall. Er hat sich offenbar, wer weiss, mit Hilfe seiner Psychiaterin, Strategien zurecht gelegt, um mit seinem Problem umzugehen«, sagt Schulleiter Meier.

Und wenn Wagner doch recht hat?

»Glauben Sie an Selbstmord«, fragt Anderhub.

»Ich kann es nicht ausschliessen; für die meisten Leute hier ist der Fall eigentlich klar, keine Frage. Der Fall aus dem emotionalen Hoch in die Tiefe des Loches, wenn der Applaus wegfällt und du dich allein wiederfindest. Ist er sich dessen bewusst geworden? Wobei, wie mir an der Premiere schien, der Applaus Viktor eher peinlich berührte als euphorisierte. Aber aussen ist nicht innen.«

Das kann Anderhub nachvollziehen: Ins Licht blicken, sich blenden lassen, dabei möchte man doch wenigstens Augen sehen, nichts da. Eigentlich. Nur grelles Licht, Umrisse einiger Köpfe, klatschende Hände, stampfende Füsse, aber nur wenige.

»Andererseits die Struktur, der Rhythmus, die Euphorie auch, über zwei Monate hin, ist auf einen Schlag weg. Das muss einer erst verkraften können«, sagt Meier, »dazu kommt: Wer sollte denn ein Motiv haben, ihn umzubringen?«

Heute hat Anselm Anderhub den Hut im Auto gelassen. Keiner sieht ihm den Kommissar auf Anhieb an; doch wenn er seinen Blick in die Runde schweifen lässt, macht er noch immer in einigen Blicken von Lehrpersonen Misstrauen aus. Halbe-halbe, denkt er: An der Oberstufe ist die Schule noch nicht ganz in Frauenhand.

»Welches war Viktor Habermachers Stammplatz«, fragt Anderhub, und im allgemeinen Raunen, im Schimpfen über die bösen Buben, die wieder einmal alle Pissoirs mit WC-Papier verstopft haben, was den Hauswart derart in Rage brachte, dass er flugs die Türe zu allen Herren-Toiletten abgeschlossen hat, im Klirren der Tassen und Gläser, im Lärm aus dem Gang, wenn eine Lehrperson das LZ betrat, fühlt er sich sicher vor unerwünschten Lauschern.

Anton Meier deutet auf den leeren Stuhl auf der Fensterseite der äussersten Tischreihe.

»Stammplätze, kein Witz?«, fragt der Kommissar, der einen solchen hatte machen wollen.

»Sozusagen«, erwidert der Schulleiter, lachend wie ein Schulbub, der beim Spicken erwischt worden ist, »zumindest, wenn alle Lehrpersonen anwesend sind.«

In einem so grossen Kollegium sei es normal, dass sich Gruppen und Grüppchen bildeten, meint er. Man sucht sich die Nachbarn aus, wenns geht. Gemeinsame Interessen, fachliche Gemeinsamkeiten. Die irrationalen Gründe sind oftmals die wichtigsten, ist Anderhub versucht zu sagen, oder wie der Volksmund sagt: Kann man einander riechen? Er denkt an die Sitzungen auf dem Hauptquartier der Kriminalpolizei in Luzern.

Deo ist nicht Deo. Silvio ist nicht Theo. Und Andrea nicht Trudi. Vom Geruch des Schulhauses nach Schule, Drill, Pissoir und Pausenapfelaktion, beim Eintritt virulent, nimmt er nichts mehr wahr, und Anderhub bewundert im Geist die erstaunliche und erschreckende Anpassungsfähigkeit des Menschen.

»Sie sind doch der Polizist, der nicht an Habermachers Selbstmord glaubt.«

Anderhub wird aus seinen Gedanken gerissen, die

eben noch vom Bild an der Wand, eine grosse, farbige, aufgezogene Fotografie des Lehrkörpers, in Anspruch genommen wurden: Wer ist da Viktor?

Schulleiter Meier stellt den Mann vor, der sich auf dem Weg zum Abwaschtrog befindet, wo die leeren Tassen mit Wasser gefüllt werden, auf dass sich die braunen Kaffeespuren nicht festsetzen können: »Herbert Duss, Klassenlehrer der 2B.«

»Freut mich, Herr Duss, Anderhub, Kriminalpolizei Luzern«, sagt Anderhub, indem er sich halb erhebt, er müsste wieder mal etwas für seine Muskulatur tun, und Duss die Hand hinstreckt.

Der muss zuerst seine Tasse loswerden, kommt aber – zwei Schritte reichen – unverzüglich zurück.

»Haben Sie einen Augenblick Zeit? Sie waren auch an der letzten Vorstellung?«, fragt der Kommissar.

»Ich habe eine Zwischenstunde«, sagt Duss.

Dann klingelt bereits wieder die Glocke, die das Ende der Pause ankündigt, ein Stühlerücken, lauernde Blicke. Sie treffen auch Herbert Duss und fragen: Was wird da gemischelt? Sonst stellt der Chef uns den Besuch doch vor? Anstandsregeln Grundkurs. Ist das am Ende einer von der kantonalen Schulaufsicht? Oder doch bloss ein Vertreter von Reissnägeln, Büroklammern und Radiergummis? Könnte sein: Der Herbert als Materialchef macht für die Schulen des Dorfes die Bestellungen von Tafelschwamm bis Geodreieck.

Anton Meier öffnet die Fenster des Lehrerzimmers und bietet sein Besprechungsbüro an: »Hier ist zu viel Betrieb, da kommen immer wieder Lehrpersonen, manchmal sogar Schüler, die telefonieren müssen.« Wie heisst das? Lehrende und Lernende. Anderhub erinnert sich an jenen Gemeindepräsidenten, der es an der Gemeindeversammlung besonders gut machen wollte, indem er die Stimmberechtigten und Stimmberechtigtinnen begrüsste. Und speziell die Mitgliederinnen und Mitglieder der Finanzkommission. Gemeinderäte und Gemeinderatten. Nein, das nicht, das möchte Anderhub unverzüglich löschen, das geht zu weit; kaum jemandem fällt Anderhubs halbspastisches Kopfschütteln auf; es ist der Versuch eines Kopfleerens.

Ob Habermacher Freunde gehabt habe hier?

Herbert Duss stutzt. Freundschaften unter Lehrern des gleichen Teams seien eher selten, sagt er, denn zuweilen überwiege das Konkurrenzdenken. Am schlimmsten seis bei den Hauswirtschaftslehrerinnen, und man kann den S/S nicht einmal verargen, wenn sie lieber zu jener Lehrerin gingen, die Bonbons verteilt und in ihren Lehrplan auch den Besuch des Fitnesscenters hineininterpretiert, als zu jenen, bei denen man die Pommes frites noch selber schneiden muss.

Überall dieselbe Leier, denkt Anderhub. Dabei müsse man kaum Angst haben um seine Stelle, solange man sich keine kriminellen Handlungen zu Schulden kommen lasse. Man geht sich mehr oder weniger weiträumig aus dem Weg oder umgekehrt: sucht sich halt die Personen aus, die einem passen, ist doch normal.

»Viktor hatte sicher, das darf man so sagen, eine Randstellung im Kollegium«, fährt Duss weiter.

Was sich, das sage er jetzt einfach mal, nicht nur im Sitzplatz im Lehrerzimmer manifestiere.

Aha, denkt Anderhub, und nicht einmal die Stirne gerunzelt hat Schulleiter Meier, der ebenfalls am Tisch sitzt und sich bemüssigt sieht, einen Satz in die Runde zu werfen: »Wir bilden in erster Linie eine Zweckgemeinschaft, sind sicher kein Familienersatz, doch beim

Lehrerturnen nehmen immerhin jeweils ein gutes Dutzend Teammitglieder teil.«

Feinde?

»Das ist ein starkes Wort«, meint Duss.

Doch, Zweckgemeinschaft, das sehe er auch so. Vor dreissig Jahren habe man noch im Dorf wohnen müssen, Wohnsitzpflicht habe man dem gesagt, und zwar habe der Gemeinderat da den Finger drauf gehalten wegen der Steuern. Das sei eine andere Zeit gewesen. Heute habe er manchmal den Eindruck, Unterrichten sei ein Job wie jeder andere. Von gegen 100 Lehrpersonen, viele Teilpensen, könne man jene, die im Dorf wohnen, an einer Hand abzählen. Meier, der selber in Sursee wohnt, bestätigt dies: »Man will sich nicht auffressen lassen, möchte sich abgrenzen, nicht noch beim Einkaufen Elterngespräche abhalten, was ja auch nachvollziehbar ist.« Viktor aber habe hier gewohnt.

11

Anselm Anderhub und seine Frau sitzen am Gartentisch in ihrem Surseer Einfamilienhausquartier unweit des Bahnhofs. Fünfzigerjahrbauten mit schönem Umschwung. Vor fünf Jahren neu verputzt, aufgehübscht, hat Marco gespöttelt, frische Farbe: ein freundliches Gelb statt des abgeschossenen Weiss. Neue Fenster und Läden, Wärmepumpenheizung. Und unweit des Friedhofs. Sinnen und still geniessen. Zentral. Anselm hat sich ein Bierchen in den Tiefkühlschrank gestellt. Trudi blickt in die Birke. Wer weiss, wie lange die Idylle noch lebt. Die alten Sträucher haben sie gerodet, um mehr Licht zu gewinnen. Ein nachbarlicher Wettstreit: Ruckstuhls nebenan haben auf Sonnenenergie gesetzt und bezahlen seither keine Stromrechnungen mehr. Wenn das erste Hochhaus an der Bahnhofstrasse, eben im Bau, in der Adoleszenz sozusagen, befruchtet von den Verdichtungsmissionaren Junge kriegt, kann es schnell gehen. Je näher dem Bahnhof, desto dichter; das scheint das Credo zu sein. Anselm stellt sich Sursee in 20 Jahren aus der Vogelperspektive vor. Das historische Kernstädtchen, mit Heimatschutzpreisen bedacht, umzingelt von Hochhäusern, die lange Schatten werfen.

Auf Nachbars Tanne gibt eine Amsel eine Serenade zum besten. Altlage, denkt Anderhub, im Vergleich zum Sopran des Buchfinken, der auf der Birke des Nachbarn auf der anderen Strassenseite Platz genommen hat. Wo man singt, da lass dich nieder. Mittwochabend. Ein lauer Spätseptembertag neigt sich seinem Ende zu; nach den Gewittern am Wochenende sollte es bis Samstag trocken bleiben. Schäfchenwolken am blauen Himmel, harmonisch verteilt. Sie könnten ei-

nen Duschvorhang zieren oder einen Duvetanzug,
denkt Anderhub. Und sie könnten sich bösartig zu-
sammenrotten, zu dichten Wolken wachsen, die sich
irgendwann irgendwo wieder entleeren müssen. Immerhin dürfen Trudi und Anselm sich nach diesen
intensiven Regenschauern am Wochenende heute das
Tränken der Gartenpflanzen sparen.

Der Garten ist Trudis Passion, und sie betreibt ihr
Hobby mit viel Herzblut. Anselms Beitrag erschöpft
sich im Füllen, Tragen und Leeren der Giesskannen.
Und er rühmt Trudis Blumen, nicht nur die Rosen, die
sie wohlüberlegt, sich auf Fachliteratur abstützend, ge-
pflanzt hat, denn nicht alle brauchen gleich viel Sonne.
Die Primeln im Frühling, in allen Farben blühen sie,
und wenn Trudi meint, sie verblichen mit jedem Jahr
und die Blüten würden jährlich kleiner, tröstet er sie
mit dem Hinweis auf das Schicksal alles Kreatürlichen,
den Menschen eingeschlossen. Einst hatten sie Gemü-
sebeete angelegt, damals, als Marco und Sarah noch
klein waren und die Eltern ihnen die Liebe zur Scholle
hatten vermitteln wollen. Rüebli, Kartoffeln, Kohlra-
bi, Kopfsalat. Mehr symbolisch, nicht die Menge. Und
Blumen.

Bei Sarah hats gefruchtet; sie hat einen derart grünen Daumen, dass Orchideen bei ihr besser gedeihen
als Trudis. Was jene, zugeben würde sie das jedoch nie,
leicht eifersüchtig werden lässt. Und diese Tatsache lie-
fert die Bestätigung des Glaubens von Anselm an die
prinzipielle Ungerechtigkeit der Welt, eine Überzeugung, die in all den Jahren kaum von ihm auf seine
Frau abgefärbt hat.

Anselm hat die Zeitung durchgeblättert und mitten
im Wirtschaftsbund nach den Börsenseiten die Todesanzeigen studiert, die Jahrgänge der Verschiedenen.

»Die Einschläge kommen näher«, sagt er zu seiner Frau, wenn er jemanden entdeckt, der jünger ist als er.

Sie sind nicht selten, was das Gerede von der immer höher werdenden durchschnittlichen Lebenserwartung in das richtige Licht stellt. Was heisst schon Durchschnitt? Rein theoretische Grösse, wenn man die Geburtsdaten der Gestorbenen anschaut. Und nichts, worauf man ein statistisch begründetes Recht hat, da kannst du beleidigt tun, wie du willst.

Und einer ist deutlich jünger: Viktor Habermacher. Tragischer Unfall, heisst es da. Das heisst alles und nichts, lässt die Fantasie Blüten treiben. Die Leute werden denken, er sei mit einer Wingsuit abgestürzt, als er Vogel habe spielen wollen oder Superman. Oder ist er am Ende doch vor den Zug gesprungen?

Spekulationen wuchern bei den Rentnerinnen und Rentnern. Es soll Leute geben, die in solchen Fällen die Zeitungen der letzten Tage konsultieren, um der Todesursache auf den Grund zu kommen. Wo gabs einen tödlichen Verkehrsunfall? Sind zwischen Reiden und Sursee Zugausfälle gemeldet worden mit Personenschaden, um Verspätungen zu erklären? Auch der Sport fordert regelmässig Opfer; der Tod kann sich in jedem Ressort verstecken. Leute mit Zeit, verkappte Privatdetektive, die sich mangels Auftrag von aussen selber Aufträge erteilen, um ihrer Existenz tieferen Sinn und Bedeutung zu verleihen.

Manchmal findet sich auch ein Hinweis auf einen Freitod. Wir können seinen Entscheid nicht verstehen, müssen ihn aber akzeptieren. Da weisst du sofort, was los ist. Der Entscheid verrät: Da hat jemand nicht mehr weitermachen wollen. Oder ein Hinweis darauf, dass die Person müde geworden ist im Lebenskampf. So ähnlich klingen diese offensichtlich versteckten Hinweise, und wer könnte den Schmerz der Eltern nicht nachvollziehen, die akzeptieren müssen, dass die, so sagt es der gesunde Menschenverstand, natürliche Ordnung – die spätere Generation ist gehalten, die frühere zu überleben – auf den Kopf gestellt worden ist?

»Der Mensch ist erst wirklich tot, wenn niemand mehr an ihn denkt« (Bertold Brecht): Dieser Satz steht über dem Namen von Viktor Habermachers Todesanzeige.

Bietet die Zeitung ihren Kunden einen Sinnspruchservice an?, fragt sich Anderhub. Oder sind es die Bestatter, die bei Bedarf und mit geringer Kostenfolge Sinnsprüche zur Auswahl stellen?

Darunter die Namen der Eltern, eine Tante mit Familie, zwei Onkel, keine Geschwister. Aber das weiss er. Haben sie ihn gekannt, seine Verwandten? Sicher war jemand aus der Liste Pate des Verstorbenen. Wenn Anselm Anderhub ins Grübeln gerät, kann er gerne grundsätzlich werden, was er als höhere oder tiefere Philosophie zu betrachten pflegt, auch wenn er dabei bloss in einen Zustand halbbewussten Dämmerns gerät. Oder gerade deswegen: ein Bewusstseinszustand zwischen Traum und Wachheit, Bewusstheit und unreflektierter Selbstverständlichkeit? Ist das die Seinsweise des Tieres? Kommt er in diesem Zustand seiner eigenen Auflösung in diesem Gefäss, das die religiösen Menschen Schöpfung nennen, nahe? Die allumfassende Verbundenheit von allem mit allem? Der Felsbrocken vom Rossberg als Bruder des Sempachersees. Nimmt der Rhododendron sich selber als Rhododendron wahr? Träumt der Schimpanse im Zoologischen Garten anders als sein Bruder in der Demokratischen Republik Kongo?

»Machst du noch ein Spiel?«, ruft seine Frau aus der Küche und reisst Anderhub aus seinem Sinnen über die Bestimmung der Kellerassel und der heimtückischen Zecke, über Familienkonstellationen, deren Zufälligkeiten und die Millionen und Milliarden Mikrokosmen nebeneinander und mit Überschneidungen, Schnittmengen sozusagen, beliebig kommen sie dem Aussenstehenden vor, geworfen sind wir, ach, und doch muss ihnen eine Logik oder wenigstens eine gewisse Plausibilität innewohnen.

Muss? Nein, für Anderhub muss nichts.

»Spiel?«, sagt Anderhub.

»Ja, ich habe Lust auf eine Partie Rummy.«

Anderhub seufzt: Auch das noch, doch es fällt ihm kein triftiger Grund ein, das Ansinnen seiner Frau abzulehnen. Mit den Kindern hatten sie oft Karten gespielt, doch zu zweit jassen, das haben Trudi und Selmi schnell herausgefunden, macht keinen Spass. Zu leicht auszurechnen ist das Spiel. Das Überraschungsmoment, wenn jemand die falsche Karte zieht, anders spekuliert, nicht die gleichen Schlüsse zieht, nimmt exponentiell ab, je weniger Menschen mitspielen.

Nicht so beim Rummy. Da ist Kombinatorik gefragt, und eigentlich müsste allein diese Tatsache Anselm zu Gute kommen, nimmt man doch einer einsichtigen Logik folgend an, dass die Kombinatorik die genuine Stärke des Kriminalpolizisten sein muss. In seinem Element müsste er sich fühlen! Das Denken in Varianten, in Möglichkeiten und Konstellationen. Nichts da. Anselm hasst das Spiel mehr noch, als er Monopoly gehasst hatte, diese ganz perfide Früherfassung und Frühförderung des kalten, nur auf seinen Vorteil bedachten Kapitalisten. Ausnehmen bis zum Bankrott der Gegner, Schule der Skrupellosigkeit. Aussaugen, bis aufs Blut die Macht des Besitzes ausspielen. Die als Spiel camouflierte Erziehung zum erfolgreichen Bürger und Spekulanten. Zumindest deren Sympathisanten. Kannst mir die Miete nicht bezahlen? Pech gehabt. Dann gibst du mir halt die Vereinigten Bergbahnen, hast gar keine Wahl!

Da Anselm nicht auf einer Bank arbeitet, hat er sich früher bisweilen geopfert, denn da zu verlieren, erschien ihm nicht unehrenhaft, und Niederlagen im Kampf um Zürich Paradeplatz und die Luzerner Weggisgasse musste er nicht persönlich nehmen. Auch Chur, Thun und Aarau sind schöne Städtchen. Sogar Winterthur. Zudem: Es ist ja nur ein Spiel. Ein zutiefst eindimensionales.

Aber Rummy. Er redet sich ein – und äussert das auch gegenüber seiner Frau –, dass er in der Freizeit nicht auch noch denken wolle. Eine Strategie, Niederlagen erträglich zu machen, den Schmerz derselben für sich abzufedern. Und tatsächlich: Statt im Kopf alle (oder wenigstens einige) Möglichkeiten durchzuspielen, was Zeit in Anspruch nimmt, leistet er sich im Spiel mit seiner Frau den Luxus, kaum oder unbedacht seine Zahlen auf die Tischplatte zu legen. Locker vom Hocker. Kindlich naiv. Kindliche Strategie?

Im Blick seiner Frau freilich liest er zuweilen den Vorwurf: Gib dir doch etwas mehr Mühe. Ein Sieg über einen Deppen würde auch Anderhub keinen Spass machen, darin versteht er seine Frau. Und dann macht er ihr die Freude, markiert stirnrunzelnd den Denker in Möglichkeiten, sich das Hirn zermarternd, um endlich doch das Naheliegendste nicht zu tun, weil er die einschlägige Kombination nicht erkannt, zu weit gesucht hat, was seiner Frau die Gelegenheit gibt, ihre Zahlenreihen auf den Tisch zu legen, die letzte Zahl noch irgendwo anzuhängen und damit das Spiel für sich zu entscheiden. Einmal mehr.

Anderhub hasst Rummy, weil er in der Freizeit nicht denken mag. Das sagt er, aber im Grunde erträgt er es schlecht, wenn seine Frau besser ist als er. Im Denken, in der Kombinatorik, seiner Kernkompetenz. Das trifft ihn doppelt, und deshalb regrediert er in die Kindheit, stellt, was er nicht kann, als nicht erstrebenswert dar, im klaren Wissen darum, dass just dieses Spiel genau sein Ding sein müsste. Kombinieren, neue Konstellationen kreieren, um seine Zahlen loszuwerden. Strategie des unreifen Menschen: Was ich nicht kann, will ich nicht können. War einst auch Sarahs Strategie gewesen, als sie Kind war.

Viel lieber spielt Anderhub Karten. Auch da ist Kombinatorik gefragt, aber das Glück, die Karten spielen eine grosse Rolle, und die Herausforderung besteht darin, aus miesen Karten das Maximum herauszuholen. Ein Vorteil beim Rummy ist nicht zu verachten: Es gibt Joker, die man für jede Zahl einsetzen kann.

Im richtigen Leben fehlen ihm die Joker. »Der Mensch ist erst wirklich tot, wenn niemand mehr an ihn denkt«. Wer denkt an Habermacher? Der Mörder. Die Mörderin. Der Wagner kaum. Hat der Mörder einen Joker eingesetzt? Wagner würde sich beim Rummy hintersinnen, stellt sich Anderhub vor. Wenn es nur dem Chef, Hunziker, nicht in den Sinn kommt, Rummy zum Pflichtspiel zu erklären! Oder Sudoku. Und Trainingslager organisiert unter der Affiche: interne Weiterbildung. Zum Teufel mit diesen Rätseln!

Er funktioniert anders, und Anderhub hat auch eine Erklärung: Verbrechen sind keine Mathematikaufgaben, so wenig wie deren Aufklärung. Rationalen Elementen stünden immer auch irrationale zur Seite oder gegenüber, auch, so seine Überzeugung, beim von aussen gesehen kaltblütigsten Mord. Die Ausführung könne rational geplant werden – das perfekte Verbrechen – doch bei den Motiven wirds heikel.

Der Tod Habermachers erscheint ihm aus der Distanz einer halben Woche als Hinrichtung. Finales Ergebnis einer Abrechnung. Das Ende eines Spiels.

»Gib dir doch etwas mehr Mühe, Selmi«, sagt seine Frau, »das ist nicht lustig, wenn du dir keine Mühe gibst.«

»Ich gebe mein Bestes«, schwindelt Anselm Anderhub.

»Du bist gar nicht bei der Sache, gibs nur zu«, sagt Trudi, »studierst an deinem Fall herum; ich sehs dir doch an!«

Natürlich hat sie ihn durchschaut, wie sie ihn immer durchschaut. Die Erfahrung von 34 Ehejahren. Frau Anderhub hat sich damit abgefunden, dass ihr Mann nicht abschalten kann. Anselm verbietet sich einen Rechtfertigungsversuch, und sie weiss ja, wen sie geheiratet hat.

12

Junggesellenschlafzimmer. Das Duvet zurückgeschlagen beim Ausstieg, und so liegt es noch da. Zerknittert, zusammengesackt die Daunen statt locker aufgeworfen, wie Trudi das vollbringt, jeden Morgen, wenn Anselm schon längst im Regionalexpress sitzt Richtung Luzern. Und wenn sie Nachtdienst hat, noch nicht zu Hause ist, wenn er zur Arbeit geht, macht ers selber und staunt über die Leichtigkeit, mit der so ein Duvet fliegt, im Flattern Luft tankt und sich sanft und bauchig niederlässt.

Anderhub schlägt mit der flachen Hand auf Viktor Habermachers Matratze. Da tanzen die Staubmilben Rock'n'Roll, denkt er. Auf dem Nachttisch das Textbuch vom ›Eisenmoritz‹. Als Lehrer wird er wissen: Ohne Repetition keine Sicherheit. Darunter die Fernbedienung für den Fernseher. Also hat er noch den Text verinnerlicht, bevor er eingeschlafen ist, vor seiner letzten Nacht.

Hätte er, wenn er selber Hand an sich hätte legen wollen – welch mehrdeutiger Ausdruck – den Suizid nicht eher während des Stücks vollzogen als klammheimlich? Frontseite des ›Blick‹! Und vielleicht noch jemanden mitgenommen auf seine letzte Reise? Nein, nicht die Marianne, aber vielleicht den Schulleiter oder den Beton-Keiser? Mediale Resonanz global! Solches geht Anderhub durch den Kopf: Wenn schon Aufsehen, dann richtig.

Anderhub nimmt das spiralgebundene Dokument, blättert darin: Habermachers Einsätze sind mit grünem Leuchtstift markiert, handschriftliche Notizen drauf, eckig, klein, für den Polizisten mit Mühe nur entzifferbar. Notizen Habermachers, aufgrund der Anweisungen des Regisseurs, nimmt er an. Regiehinweise der spontanen Art, aus dem Spiel, aus der konkreten Situation während der Proben geboren. Die Kreuze als Fussnoten stehen für Änderungen am Text, ergänzende Regieanweisungen, explizite, die Regisseur Kreienbühl verewigt haben wollte.

»Ins Publikum blicken, aber niemanden fixieren, leicht über die Köpfe blicken«, heisst es auf Seite 27. »Stimme lauter werden lassen, wie ein Crescendo« auf Seite 37, bevor es zur spektakulären Sturzflucht aus dem Gemeindehaus mit Todesfolge kommt. Alle Achtung, denkt Anderhub: Da hat einer ernsthaft gearbeitet, nicht bloss auswendig gelernt und brav aufgesagt.

Anselm Anderhub hebt die Matratze an der rechten unteren Ecke an; der gelbe Überzug, Fixleintuch, rutscht weg. Da also hat Viktor geschlafen. Die nackte Matratze hat Flecken. Graue Ränder begrenzen Kontinente, die sich ohne Plattenverschiebungen, allein einer nächtlichen Inkontinenz geschuldet, gebildet haben könnten. Da träumst du, du seist auf dem Klo, und lässt fahren, bis du erwachst, weil du wirklich in einer kleinen Pfütze liegst, die erkaltend als unangenehm empfunden wird.

Anselm Anderhub hat das in seinem Leben einige Male erlebt, was für die Intensität und Lebensnähe seiner nächtlichen Träume spricht, ihn aber stets äusserst peinlich berührt hat. Ja, geschämt hat er sich über den Kontrollverlust. Nun kann er lachen. Sperma vielleicht. Da, Blut. Mücke oder Mensch? Kratzen oder Stechen?

Er hebt die Matratze nochmals an und denkt an seine Grossmutter, nach deren Ableben Vater Anderhub die schwere und unhandliche Rosshaar-Matratze seiner Mutter einer besonders genauen Inspektion unterzogen hatte, in der Hoffnung, ein Geheimfach mit Wertsachen zu entdecken. Alte Schule halt. Und tatsächlich war in einer Ecke ein Notgroschen eingenäht, an den sich die Grossmutter, ihrer Altersdemenz geschuldet, nicht mehr erinnern konnte. Ein Zehnerbündel Hunderternoten, die nur noch die Nationalbank zurücknimmt, drei Goldvreneli, eine goldene Brosche. Dass das Misstrauen gegenüber den Banken gute Gründe hat, braucht nicht weiter ausgeführt zu werden, hat Anselm Anderhub schon damals gedacht, eingedenk der Äusserung des Autors des Sinnspruchs über Habermachers Todesanzeige: Was ist ein Banküberfall gegen die Gründung einer Bank? Oder sinngemäss.

Er stellt die Matratze nun auf gegen das weisse Büchergestell, er kennt das Billy vom Schweden, um sie eingehend untersuchen zu können. Dazu muss er auf den Lattenrost treten, was zwei Latten aus der Fassung und den Mann ins Stolpern bringt, worauf die Matratze ihn vermutlich erschlagen hätte, wäre sie aus Metall gewesen.

Max Hunziker hat im Einvernehmen mit der Staatsanwaltschaft den Fall, der, zumindest im Nachhinein, nie wirklich einer war, offiziell abgeschlossen. Weder bestehen die Eltern von Viktor Habermacher darauf, dass da eine Untersuchung wegen eines unnatürlichen Todesfalls geführt werden soll, noch haben die kriminaltechnischen Recherchen ausreichend harte Verdachtsmomente zu Tage gefördert, die eine kostenintensive Weiterführung rechtfertigen würden. Gegen einen Ausbau der Untersuchungen spricht zudem die Tatsache, dass keine weiteren Opfer zu beklagen sind. Für den Dorfarzt war die Sache ohnehin so klar wie für die Theaterpräsidentin. Der arme Mensch hat nicht mehr gewollt, nicht mehr gekonnt. Kurzschluss zum Abschluss?

Sogar Schmauchspuren wurden festgestellt an der Hand des Toten; da konnte Anderhub noch lange sagen, das beweise gar nichts, unterstreiche vielmehr die potenzielle Hinterhältigkeit, ja Perfidie eines mutmasslichen Mörders. Natürlich hat er sich gehütet, Derartiges zu sagen. Wer wird sich schon freiwillig der Lächerlichkeit preisgeben. Silvio Wagner grinst Anderhub frech ins Gesicht.

»Nichts Handfestes, Anselm, auch wenn dus nicht wahrhaben magst und dein Bauchgefühl etwas anderes sagt«, meint er.

»Wir haben schon Theater gemacht bei weit weniger konkreten Anhaltspunkten, das weisst du ganz genau«, erwidert Anderhub, »aber es kommt eben darauf an, ob jemand und wer ein Interesse an einer seriösen Aufklärung eines Falles hat. Wäre der Tote ein hohes Tier, Oberstkorpskommandant, Regierungsrat oder Wirtschaftsführer, sähe die Sache auf jeden Fall anders aus.«

»Da hast du recht, aber das ist im Leben halt so.«

»Alle Tiere sind gleich, aber einige Tiere sind gleicher als gleich«, sagt Anderhub, was Wagner den Kopf schütteln lässt.

»Was willst du damit sagen?«

»Schwein muss man sein.«

»Hä?«

»Nichts.«

Silvio Wagner macht sich kurz Gedanken über die Verwendung der Verben ›sein‹ und ›haben‹ im Zusammenhang mit einem grunzfähigen Säugetier, das dem Menschen nicht nur, was seine Essgewohnheiten betrifft, ähnlicher sein soll, als dem mitteleuropäischen Homo Sapiens Sapiens lieb ist, sondern auch genetisch oder genomisch, kommt aber zu keiner abschliessenden Beurteilung der mentalen Verfassung seines werten Kollegen.

Snowball und Napoleon, denkt Anderhub, glücklich darüber, dass es ihm gelungen ist, sich an Schweinenamen zu erinnern, denen er in seiner Schulzeit begegnet war. George Orwell.

Dass dem Theaterverein nichts lieber wäre, als wenn der Fall bald dem Vergessen anheimfiele, ist Anderhub schon in der Nacht des Todesfalls auf dem Weiler Oberschwand klar geworden. Er bringt dafür sogar Verständnis auf. Da kommt der Spruch vom bevorzugten Ende mit Schrecken gegenüber einem Schrecken ohne Ende zu Ehren. Ihn hat weit mehr frappiert, wie die Präsidentin weniger der Tod ihres vielgepriesenen Hauptdarstellers beschäftigt hat als vielmehr der Ruf der Theatergesellschaft, der durch diesen saublöden Todesfall in Mitleidenschaft gezogen werden könnte. Menschen sind manchmal komisch, denkt er. Würden sie, um eine vermeintliche Peinlichkeit zu vermeiden, über Leichen gehen? Den schönen Schein um den Preis des Lebens wahren?

Für Max Hunziker ist Viktor Habermachers Tod ein klarer Fall von Suizid, auch wenn er Anderhub leiden sieht und sogar nachvollziehen kann, dass der Entscheid einem berufenen Kriminalisten mit Intuitionen und Ahnungen wehtun muss.

»Hast du mir die aktualisierte Telefonliste?«, sagt Anderhub.

»Frauengeschichten«, sagt Wagner und reicht ihm ein Blatt.

Der Hausarzt, die Schulleitung, die Eltern, die Psychiaterin, das sind die Festnetznummern. Interessant, denkt er, und er liest hinter zwei Handynummern die Namen von zwei Frauen: Evelyne Keiser, Ashanti Zihlmann. Und eine Nummer mit der Landesvorwahl 00254, das ist nicht Europa, das ist Afrika, Kenia. Wagner kann etwas, man muss ihm bloss sagen, was er tun muss.

»Danke«, sagt Anderhub, »ich werde mich gelegentlich hinter die Frauengeschichten klemmen.«

Keiser? Er verweigert dem Frohlocken einen Ausbruch. Wagner könnte ja selber darauf kommen. Oder verschliesst er absichtlich die Augen vor der offensichtlichen Brisanz?

»Ich gebe dir noch 10 Tage, und wenn du bis dann nichts Substanzielles in der Hand hast, keinen mindestens mutmasslichen Täter, dann musst du die Sache in Gottes Namen vergessen«, sagte Hunziker. Wenn sie bei jedem Menschen, der seinem Leben ein Ende setzt, ein solches Theater machen würden, wäre die Abteilung dauerbeschäftigt ohne Zeit für die wirklich kapitalen Verbrechen. Er habe das mit der Staatsanwaltschaft so abgesprochen.

Anderhub hatte sich beinahe zu Dank verpflichtet gefühlt. Eine Deadline drückt, aber jetzt muss er zuerst die Matratze loswerden. Er ächzt unter Habermachers Matratze, alt bin ich geworden, denkt er, und wenn ihn Andrea Zurfluh, die Sekretärin, in dieser Situation sähe, versänke er ausgepresst durch die Zwischenräume des Lattenrostes hindurch vor Scham in den Boden hinein, durch Parkettboden und Betondeckel hindurch, bei Frau Greter in der Wohnung darunter einen Beuysschen Fettfleck an der Decke hinterlassend.

»Aua!«, schreit Anderhub, denn er hat sein Knie am Fussende des Bettgestells angeschlagen, doch wie das schlimmste Übel sein Gutes hat, so erweist sein Sturz sich, obwohl er sich in heiss gepressten Spontanfluchorgien ergeht, als Segen.

Während er sich nämlich unter Aufbietung der körperlichen Kräfte, Oberschenkel, Arme, befreit von seiner Last, nehmen die Finger seiner rechten Hand an der Matratze metallische Teile wahr. Ups! Sie haben ihm, verdammt, die Handhaut angeritzt.

»Ein Reissverschluss«, entfährt es ihm.

Und das nicht am Rande, nein, mitten in der Liegefläche, aber auf der unteren Seite. Er stemmt die Matratze samt Kontinentalumrissen in die Höhe – Christophorus Anderhub, Anselm Atlas – und dreht sie dergestalt ab, dass sie nun verkehrt herum teils auf den Lattenrost, teils auf den Parkettboden, in dem er mit seinen Körpersäften eben noch zu versinken und im unteren Stockwerk als klebrige, braunrote Stalaktiten – die Alternative zur Vorstellung, als braungelber Fettfleck zu enden – von der Decke zu hängen sich vorgestellt hat, zu liegen kommt.

Einen Augenblick lang schaltet Anderhubs Polizistenhirn auf Rot. Ist einem Psychopathen wie Habermacher nicht alles zuzutrauen? Hat er seinen Tod am Ende selber inszeniert (wenn Wagner jetzt seine Gedanken lesen könnte …)? Schauspieler bis zum bitteren Ende! Manipulator als zweite Natur! Doch genau dieser Gedanke an Wagner reanimiert Anderhubs Trotz, und er verdrängt, was er eben gedacht: Hat Habermacher sein Geheimfach mit einer Einrichtung gesichert, die dem unbefugten Öffner des Reissverschlusses ein Messer in die Hauptschlagader haut? Oder arbeitet er mit tödlichem Gift? Als Chemielehrer an der Schule im Dorf ist er doch wie kaum ein anderer an der Quelle von allerhand Chemikalien! War, korrigiert er sich umgehend.

Wie er sie hasst, diese Anfechtungen, diese dreckigen giftigen Würmer des Zweifels und der Skepsis im Hirn, deren lähmende Wirkung einsetzt ohne physische Präsenz, und derer er nur mit seinem Trotz, einem Jetzt-erst-recht-Stossgebet, Herr werden kann!

Anderhub hat nun, zwischen den herausgefallenen Latten stehend, welch lächerliches Bild er abgibt, freien Zugang zur Unterseite der Matratze, und er greift mit Daumen und Zeigefinger der rechten Hand den Schiebergriff, zieht ihn zu sich bis zum Endteil, dem Prellbock sozusagen, und nichts ist passiert. Keine Faust ist herausgesprungen, keine Giftspritze hat ihn attackiert – obwohl: seinen Kopf hat der Kommissar sicherheitshalber leicht abgedreht zurückgezogen; man kann nie wissen. Eine saubere 90-Grad-Kurve hat der Reissverschluss vollzogen; die Wunde in der Matratze gibt nun deren Innereien frei, Schaumstofflagen hellgelb, hellgrün, beige. Matratzenoperation. Und Anderhub verliert jeden Respekt, greift mit seiner Hand unter die oberste gelbe Schaumstofflage, die äusserste, stösst auf etwas Hartes, Schokolade? Nein, ein Buch ists, ein schwarzes Notizbuch.

13

Geri Keiser ärgert sich nicht mehr über seinen Familiennamen, den er einst lieber mit ›a‹ gelesen und geschrieben hätte. In der Primarschule hatte er noch geträumt davon. Cäsar Geri. Die Römer, Karl der Grosse. Natürlich wäre es schön gewesen, dieses Bild: Am Kran, höher als der Kirchturm, ist des Nachts zu lesen, wer im Dorf das Sagen hat, obzwar offiziell die Demokratie gilt und das Land nie eine Monarchie gewesen ist. Der Namenszug hätte ihm schon gepasst, doch er tröstet sich, ›Keiser‹ sieht wenigstens halbaristokratisch, viertelmonarchistisch aus.

Aber heute wäre es ihm auch egal gewesen, Huber oder Graber zu heissen. Natürlich, Tiefbau macht er auch. Seine tüchtigen Arbeiter. Jetzt grübelt Keiser über der Zeitung mit Habermachers Todesanzeige. Haben sie am Ende ihn gemeint, die Hinterbliebenen, der ihn nicht vergessen, immer an ihn denken soll? Geri Keiser staunt über seine Erkenntnis: Man kann den Satz als Fluch lesen. »Der Mensch ist erst wirklich tot, wenn niemand mehr an ihn denkt«. Vergesst ihn, und lasst ihn endlich sterben, den Hund, den elenden.

Ob man es ihm übel nehmen, ob er sich verdächtig machen würde, als indirektes Eingeständnis, dass Habermacher einen Nerv getroffen hat, bliebe er der Abdankungsfeier fern? Andererseits: Wer kann erwarten, dass er jenem Menschen, der ihn frontal angegriffen hat an jener Gemeindeversammlung, die letzte Ehre erweist? Keiser weiss zu delegieren, wenn es sein muss; er delegiert nicht, wenn es um die Wurst geht. Die Goldwurst. Exkrement des Märchenesels.

In der Kommission, die sich mit der Zonenplanung

befasst, geht es um die Wurst. Wenn nicht um die Nier-
stücke. Die bevorzugten Lagen, die, davon träumt der
Gemeinderat seit Jahren, steuerkräftige Bewohner ins
Dorf ziehen sollen. Nicht sein Bier. Für die Abdankung
des Lehrerleins reicht eine Delegation. Anstandsab-
ordnung, damit die Kirche im Dorf bleibt. Geri Keiser
wird Evelyne, seine Frau, bitten, ihn zu vertreten.

Düsentrieb, Prophet des Offensichtlichen, ist der Suizid-Theorie gefolgt, die ›Luzerner Zeitung‹ hat diesen
aussergewöhnlichen Todesfall im Bauernhoftheater
nicht einmal mitbekommen. Wenn man über jeden
Selbstmord berichten müsste, wo käme man hin, was
brächte das! Abgesehen von der profitablen Todesanzeige, diese Quadratmillimeter nimmt jede Zeitung
gerne, von Viktors Vater in die Wege geleitet; den
Brecht-Spruch haben Habermachers nicht dank Internet, sondern eifrigem Blättern im Altpapier gefunden.

Bestand ja auch keine Veranlassung, etwas anderes
zu vermelden, wenn die Sache für die Polizei klar ist.
Irgendwann hatte man auch aufgehört, jedes Mal zu
melden, wenn wieder einer vor den Zug gesprungen
war, in Reiden oder Sempach-Station, Sursee oder
Dagmersellen. Personenunfall, verkündet der Laut-
sprecher, um die Verspätung zu begründen, den Vorfall
zu kaschieren. Wer verstehen will, versteht den Code.
Nachahmungstaten, denen man nicht noch Vorschub
leisten wollte.

Ein Interview mit einer Psychologin ist am Don-
nerstag nach dem Vorfall im Lokalblatt erschienen,
was zumindest die Leute der Theatergesellschaft entlastet hat. Obwohl Judith Kronenberg die ganze leidige
Sache am liebsten vergessen hätte und eine persönliche
Stellungnahme verweigerte, nicht zitiert werden wollte

im Wissen darum, dass sie ihre Wut kaum hätte verstecken können. Düsentriebs Werk.

Die psychische Struktur einer manisch-depressiven Persönlichkeit sei ebenso wenig berechenbar wie voraussehbar, und die Verantwortung irgendwem zuschieben zu wollen, den Theaterleuten in diesem konkreten Fall, sei völlig daneben. Im Gegenteil: Es sei lobenswert von den Vereinen, sie denke da auch an den Fussballclub, Menschen zu integrieren, die eher am Rande der Gesellschaft stehen, sei es aus Krankheitsgründen oder aus Gründen der Herkunft, zumal es, was psychische Störungen und Erkrankungen angeht, Mittel und Wege gebe, therapeutische, in Verbindung mit Medikamenten, die Krankheit einigermassen in den Griff zu bekommen. Allerdings im Bewusstsein, dass immer etwas Unvorhersehbares passieren könne. Eine absolute Sicherheit gebe es leider nicht.

Die Fachfrau verwies auf den Fall eines ehemaligen Klienten, der sich auf dem Bürgenstock, dort, wo eine Art Aussichtspunkt gebaut worden sei ins Leere hinaus, nach einer Irrwanderung von Ennetbürgen auf den Berg hoch, hinunter in den Nebel gestürzt habe. Natürlich gehe einem ein solcher Vorfall nahe, doch letztlich stehe jeder Mensch selber in der Verantwortung für sein Handeln. Die persönliche Freiheit sei ein hohes Gut. Und sie kenne einen Kollegen, einen Psychotherapeuten, dessen Neffe noch bei ihm in Behandlung gewesen und nach jener Stunde vor den Zug gesprungen sei. Wer wolle, finde immer Wege.

Der Auslöser für eine solche Handlung könne für Aussenstehende unscheinbar sein. Was gegen aussen aussehe wie eine dramatische Zuspitzung mit einer inneren Logik – konkret die Derniere eines Theaterstücks –, müsse nicht zwingend der Wahrheit entsprechen. Der Mensch, unergründlich in seinem Wesen, sei eben gerade keine Maschine, die einem Programm, einer nachvollziehbaren Logik folge.

Die Ratlosigkeit trieft aus den Zeilen, denkt Anselm Anderhub, als er auf dem Klo seine Notdurft verrichtet.

Und er möchte diese Ratlosigkeit, die auch seine eigene ist, gleich mit hinunterspülen in die undurchsichtige Unterwelt der kommunalen Kanalisationsleitungen, die er bewundert und bestaunt, mit Fug und Recht, denn wenn das System plötzlich, veranlasst durch das irrtümliche Drücken eines falschen Schalters, rückwärts liefe, wie vielleicht Habermachers System regrediere, dann könnte es in vielen properen Bürgerhäusern äusserst ungemütlich werden.

»Du mit deinem Helfersyndrom, und wenn ich dich um etwas bitte, zierst du dich«, sagt Geri Keiser.

»Du verstehst mich miss«, sagt Evelyne, seine Frau, »natürlich gehe ich an Viktors Abdankung, aber nicht als deine Stellvertretung, sondern weil es mir ein Anliegen ist, dabei zu sein.«

»Aha.«

Natürlich weiss der Bauunternehmer von Evelynes und Habermachers einstiger Liaison.

Hätte er sich aufregen, gar Gefühle der Eifersucht entwickeln sollen? Nein. Sie geht. Das ist ihm recht, das reicht, schliesslich stehen die Motive der Anteilnahme und die Intensität der Gefühle so wenig auf dem Revers seines Vestons wie auf jenem ihres Deux-Pièces, noch stehen sie den Abdankungsteilnehmern ins Gesicht geschrieben.

Geri muss an eine Sitzung eines Baukonsortiums. Im Nachbardorf steht eine grössere Überbauung unter seiner Bau- und Federführung kurz vor dem ersten

Spatenstich, und er wird darauf achten heute, dass keiner seiner Kumpane ungeschoren davonkommt. Wer dabei sein will, hat seinen Obolus zu entrichten. Einer muss die Spielregeln machen. Ohne ihn kämen sie nicht zum Handkuss. Der Elektriker muss zwingend eine Wohnung kaufen, und die gleiche Pflicht haben auch der Sanitärinstallateur und der Maler. Geschäft und Gegengeschäft. So läuft das. Geri Keiser macht die Spielregeln. Wer aussteigt, ist weg vom Fenster. Keiser kennt seine Pappenheimer, das wird keiner riskieren. Kann sie ja vermieten, vererben, verschenken, weiterverkaufen. Später. Zuerst wird gekauft. Geri Keiser steht immer auf der sicheren Seite.

Anderhub öffnet im WC das Fenster. Seine Sitzung hat es ihm erlaubt, auch noch das Kreuzworträtsel im Lokalblatt zu lösen. Sitzen und loslassen: Er geniesst diese Minuten der Befreiung. Das Rätsel ist von der einfacheren Sorte, und er hegt den Verdacht, dass die Zeitung alle paar Wochen wieder dasselbe publiziert, was in ihm eine kleine Wut auslöst. Frechheit. Umgangssprachlich für Gefängnis, fünf Buchstaben, lächerlich. Oder der ewige Anführer der Hunnen, der seinen Anfang in der Mitte der umgangssprachlichen Justizvollzugsanstalt nimmt. Peinlich ist das. Die nehmen einen nicht ernst, halten einen für einfältige Trottel. Unterschätze nie jemanden, das hatte Anderhub sich zur Devise gemacht, beruflich und privat. Seis drum.

Immerhin ist das Rätsel in seinem Fall einem Ort angepasst, wo die Energie und die Konzentration leicht an den Schliessmuskel ausgeliehen werden können. Er schickt das Lösungswort nie ein, denn es wäre ihm nicht recht, ja regelrecht peinlich, seinen Namen als

Gewinner eines 30-Franken-Gutscheins, einlösbar im ›Sternen‹ im Dorf, wo Habermacher zu Tode gekommen ist, zu lesen.

Die Abdankungsfeier beginnt um zehn Uhr. Seine Frau hat den Kommissar gescholten. Noch am Samstag hältst du dich für unersetzlich, hat Trudi ihm an den Kopf geworfen. Dabei wäre Gartenarbeit angesagt, die vollen Grüngutbehälter müssten zur Sammelstelle, der Rasen, mehr Naturwiese geworden, will gestutzt werden. Miese Mischung aus Wut und Enttäuschung. Stimmt. Er hat keinen konkreten Auftrag – im Gegenteil, ausser jenem, den er sich selber gestellt hat, um Hunziker und Wagner zu trotzen. Und er versteht Trudi, ist aber auch Diener seiner professionellen Leidenschaft, was nicht ohne Friktionen zu leben ist.

»Kannst du wenigstens auf der Heimfahrt noch rasch einkaufen gehen?«, sagt Frau Anderhub gedämpft verärgert und streckt ihm die Einkaufsliste entgegen.

Ich werde ihr wieder einmal Blumen bringen, denkt Anselm Anderhub.

Er will es nicht verderben mit Trudi. Er weiss von Berufskollegen, denen die Frau davon gelaufen ist. Bürozeiten sind ein theoretischer Rahmen, und ein bisschen Überzeit gehört zum Leistungsauftrag in seiner Position. So weit will er es nicht kommen lassen. Haben sies denn nicht grundsätzlich gut miteinander?

Vielleicht käme er gerade morgen Samstag an der Beerdigung den entscheidenden Schritt weiter. Wieso sollte sich nicht just an diesem Tag ein Mosaikstein zum andern fügen und ihn klarer sehen lassen? Es gibt ihn, den glücklichen Zufall. Das Büchlein aus der Matratze hatte seine Hoffnung wenig aufgebaut. Vorerst, denn vermutlich waren seine Erwartungen zu hoch gewesen, insgeheim hatte er erwartet, hier den Schlüssel zur Aufklärung des Falles Habermacher zu finden. Offen, klar, unverschlüsselt. Eine Erpressergeschichte oder so. Altlasten, von krummen Geschäften herrührend. Eine Eifersuchtsgeschichte.

Gut, es hat Zahlen drin, aber die Schrift ist für ihn kaum zu entziffern, zu winzig sind die Zeichen. Mikrogramme, schiesst es ihm durch den Kopf, da war doch etwas, ein versponnener Poet, und wenn der wirre Kopf Viktor Habermacher ein Dichter wäre, dessen Schicksal es ist, in einer Schrift und Sprache zu schreiben, die sich dem breiten Publikum nicht auf Anhieb erschliesst?

Gedichte scheinen darunter zu sein, der grafischen Gestaltung nach zu urteilen, wenigstens teilweise. »Schau da«, sagte er nach seinem Hausbesuch beim Nachtessen zu seiner Frau: »Siehst du da, vier Zeilen, dann nochmals vier Zeilen, und am Schluss noch zwei Dreizeiler.«

Trudi mag es nicht, wenn ihr Selmi noch beim Essen den Akten mehr Aufmerksamkeit zukommen lässt als der Mahlzeit, die sie zubereitet hat. Und wenns bloss ein Müesli ist mit Brot und Käse garniert. Was Anselm ihr nun unter die Nase hält, weckt Trudis Neugier.

»Das ist doch ein Sonett!«

»Wie nett?«

»Sonett! Ein Gedicht mit einer strengen Form, zwei Quartette, zwei Terzette«, sagt Frau Anderhub.

Shakespeare habe übrigens nicht nur Dramen, sondern auch Sonette geschrieben.

»Aha!«

Anselms Kommentar enthält im Klang keine Überraschung, vielmehr eine Spur Desinteresse an poetischen Formen, obwohl er sich nun erinnert, in der

Schule mal etwas von Reim- und Rhythmusschemata gehört zu haben. Das Hirn ist ein eigenartiger Computer, denkt er. Ein Impuls, ein Stimulus zur richtigen Zeit, und eine Maschine beginnt zu rattern. Einen Mistzettler stellt er sich vor, der den Mist durcheinander wirbelt, Halbverrottetes nach oben kehrt. Und als seine Frau jetzt noch einen Hexameter deklamiert, schaut er sie mit offenem Munde an: »Quidquid agis, prudenter agas, et respice finem.«

Aus welcher Ecke ihres Schädelinhalts dieser Satz in ihren Gaumen gestürzt ist, weiss sie selber nicht. Doch er ist. Und da kullert doch gleich noch eine zweite Sentenz über ihre Lippen: »Tempora mutantur, et nos mutamur in illis.«

Seine schöngeistig interessierte Frau hat ihre schwachen fünf Minuten, denkt Anselm, oder vielmehr ihre starken, und er raunt: »Was bedeuten denn diese Sprüche?«

»Binsenwahrheiten«, sagt sie, »Die Zeiten ändern sich, und wir uns mit ihnen.«

»Ist das alles?«, fragt Anderhub und erkennt, dass dies der zweite Spruch gewesen sein muss, denn von Mutationen hatte er im Zusammenhang mit Veränderungen im Polizeikorps schon gehört, aber auch als Mitglied der Männerriege. Trudi versteht es, in Anselm Verschüttetes an die Oberfläche zu hieven, denn auch er hat in der Schule mal Latein gehabt, wobei ihm der geschichtliche und im weitesten Sinne kulturelle Aspekt immer wichtiger war als die Sprache, die Endungen, die Zeiten, der Ablativ. In vino veritas. Anderhub sucht die Wahrheit nicht im Wein. Ob der Keiser auch Temporärarbeiter beschäftigt?

Als Frau Anderhub ihm nun den zweiten, das heisst den erstrezitierten Hexameter noch übersetzt, kann er nicht umhin, die Römer zu bewundern. »Was immer du auch tust, handle weise und bedenke das Ende.« Wäre auch ein schöner Grabspruch für Viktor Habermacher. Passte zur Todesanzeige. Grundsätzlich zu jeder.

Ein Lebensmotto, gegen das nichts vorzubringen ist und das auf jeden Grabstein passt. Sogar auf jede Geburtsanzeige, streng genommen, obwohl damit der postnatalen Euphorie – auch die gibts, nicht nur die gleichnamige Depression – der Garaus gemacht würde. Auch an vollends der Desillusionierung verfallene Mütter und Väter kann der Satz gerichtet sein. Er kommt so allgemeingültig daher, dass er schon fast wieder nichts sagt. Denn es gilt nicht ›alles oder nichts‹, auch nicht ›alles und nichts‹, vielmehr möchte Anselm Anderhub in seinem philologisch-philosophischen Schub zu einer originären, wenn auch leicht nihilistischen Gleichung kommen: ›Alles gleich nichts‹.

»Mikrogramme, hast du gesagt?«, sagt seine Frau.

Vielleicht sollte man diese Texte dem Transskribenten der Werke Robert Walsers vorlegen, falls der noch am Leben ist, meint Trudi. Ja, langsam erinnert sich auch Anselm Anderhub wieder an die Schulzeit, natürlich, die Lateinstunden bei jenem Lehrer, den man an der Schule Jupiter genannt hat und der die Angewohnheit hatte, die Schüler einzeln abzuschlachten, indem er sie jeweils zu sich oder an die Wandtafel zitierte und dem Spott der ganzen Klasse feilbot, deren Mitglieder jedoch nicht laut zu lachen wagten im Bewusstsein, am nächsten Tag das Opfer sein zu können. Und er muss dem Römer Recht geben: O Tempora, o Mores!

Anselm Anderhub ist aufgedreht an diesem Abend; er blättert in Habermachers poetischem Tagebuch, wo auch Zahlen (Telefonnummern?) zu finden sind. Kritzelzeichnungen, nicht nur ein Totenkopf, florale Formen. Ein eigenes skriptorisches Universum. Anderhub kommt auf den Geschmack, lässt den Zufallsdaumen blättern, als sei das Buch als Daumenkino ein Kompendium von Lebensweisheiten, sein Daumen geführt vom Weltgeist, der ihn zur Lösung hinführt.

Da hält der Daumen inne, und er kann mehr als erahnen, er kann lesen, was da steht: Ode an Evelyne. Was hat Trudi gesagt? Zwei Quartette und zwei Terzette. Das kann er lesen, Druckbuchstaben, als ob Habermacher, als Lehrer gewiss einer einigermassen lesbaren Schrift mächtig, wenn er an die Wandtafel geschrieben hat, sich selber nicht getraut und befürchtet hat, dereinst seine eigene Handschrift nicht mehr lesen zu können:

Im tollen Wahn hatt' ich dich einst verlassen,
Ich wollte gehn die ganze Welt zu Ende,
Und wollte sehn ob ich die Liebe fände,
Um liebevoll die Liebe zu umfassen.

Die Liebe suchte ich auf allen Gassen,
Vor jeder Thüre streckt' ich aus die Hände,
Und bettelte um geringe Liebesspende, –
Doch lachend gab man mir nur kaltes Hassen.

Und immer irrte ich nach Liebe, immer
Nach Liebe, doch die Liebe fand ich nimmer,
Und kehrte um nach Hause, krank und trübe.

Doch da bist du entgegen mir gekommen,
Und ach! was da in deinem Aug' geschwommen,
Das war die süsse, langgesuchte Liebe.

»Da schmückt dein toter Poet sich aber mit fremden Federn«, sagt Trudi, als sie das Gedicht liest.

»Heinrich Heine«, sagt Anselm, denn er hat seiner Computer-Suchmaschine die ersten drei Wörter des Gedichtes verfüttert.

»Er hat dabei an seine Mutter gedacht, der Heine, steht hier«, sagt er zu seiner Frau und sieht eine Erklärung für die erstaunliche Lesbarkeit dieses Textes im Vergleich zu den anderen Notizen: Hat er Evelyne das Gedicht in einem Liebesbrief von Hand schreiben, widmen wollen? Eine ganz persönliche Zueignung?

Andererseits: Warum dieser Umweg? Warum nicht einfach kopieren, ausdrucken und gelegentlich abschreiben, wenn der Brief denn eine persönliche Note erhalten sollte und der Schreiber keine Plagiatshemmungen hat?

Anselm Anderhub weiss nicht, was er damit anfangen soll. Und Trudi meint, das sei ein Sonett und keine Ode, korrigiert sich aber umgehend, da ihr just in diesem Augenblick bewusst wird, dass eine Ode nicht an eine bestimmte Form gebunden ist.

Und Anderhub? Er erinnert sich mit einem Lächeln ans Kreuzworträtsel im Lokalblättchen, eben auf der Toilette. Feierliches Gedicht, drei Buchstaben. Und an den schon längst verschiedenen – gabs damals schon Buntfernsehen? – stupsnasigen Kollegen vom Fernsehen mit Vornamen Erik.

14

Die Ministranten schwingen das Weihrauchfass mit Genuss an diesem frischen Frühoktobermorgen; ihre Gesichter lachen lausbübisch, ungeachtet des Anlasses. Der Wind aus Norden, die Bise, treibt dem ersten Diener des Pfarrherrn den süss-rauchigen Duft mit seiner harzigen Würze in die Nase, und auch einige der umstehenden Trauergäste, kaum alles fleissige Kirchgänger, erinnert dieser Duft an Hochämter ihrer Kindheit mit Diakon und Subdiakon und Subsubdiakon, die den heimischen Dorfpfarrer in der Klerikerhierarchie als Unterhund herausstellten.

Der Pfarrer hatte ein Jahr lang wieder Zeit, sich als wahrer und echter, da permanent anwesender Gemeindevorsteher zu profilieren. Der Einzige im Dorf, der weiss, wo Gott hockt. Die Erinnerer, unter ihnen der kantonale Kriminaler Anselm Anderhub, hören das hohe kullernde Klimpern der Silberketten, als sei es gestern gewesen, wenn der Pfarrer jeweils ausgeholt hat mit dem Weihrauchfass, die Zentrifugalkraft, im Gegensatz zu den übermütigen Ministranten beim Bereitstellen der Kult-Instrumente in der Sakristei, nicht bis zur vollen Drehung, einem Salto quasi ausreizend. Zwei Mal kurz, als ob er Anlauf holen müsste, und dann hebt er an zu einem kühnen Schwung. Die Magie des Dreiklangs allenthalben: links, rechts, mittig.

Und im kleinen Anselm erwacht langsam ein eigenartiges Gefühl existenziellen Fremdseins, die ungeheuerlichen Fragen stossen auf, seelische Rülpser sozusagen: Was soll denn dieser leere Zauber in hoffärtigen Gewändern? Der wahre Voodoozauber im Luzerner Land, und keiner merkts. Und alle machen sie mit, weil es sich gehört! Tun sie als ob, oder glauben sie, was sie da brabbeln, was ihnen reflexartig über die Lippen huscht? Hörig höheren Mächten und deren Repräsentanten? Knien auf Kommando, aufstehen auf Kommando, singen grundsätzlich nur stehend, sitzen, wenn der gnädige Herr das Zeichen gibt. Wo blieb da der kritische Geist?

Die Trauergemeinde ist überblickbar. Im Halbkreis formieren sich die Menschen um das Gemeinschaftsgrab herum. Anselm Anderhub steht am Rand der Gruppe und denkt ans schwere Los der Steinbildhauer in Zeiten des verdichteten Bauens und des konzentrierten Sterbens, der Ökonomisierung des irdischen Daseins durch und durch, das Ende desselben inklusive.

Und ihm kommt das Schlüsselerlebnis während einer Ostermesse hoch, als er sich von einer Sekunde auf die andere so deplatziert vorkam, dass er am liebsten davongerannt wäre, doch als Messdiener mit der vollen Weihrauchfass-Verantwortung, eine Ehre, die den Dienstältesten zukommt und erdient werden will, kann er nicht abhauen. Er macht weiter, automatisiert, was er jahrelang geübt, übergibt sich der äusserlichen Routine, derweil im Kopf ein Erdbeben die Selbstverständlichkeit kindlicher Befindlichkeit zerbröseln lässt. Der faule Zauber, die aberwitzige Verwandlung, Wasser soll Wein, das dünne Brot, die Hostie, Fleisch werden, das Brimborium um ein Miraculum im Tabernaculum als Mysterium. Manifestiert sich in einer überheblichen Klarsicht die reinigende Wirkung des Weihrauchs? Das sind doch erwachsene Leute! Denen man nichts vormachen kann! Der Herr Lehrer macht auch mit. Die dörfliche Intelligenzia, als da sind der Herr Doktor, der Herr Amtsrichter, der Fabrikdirektor, sogar der erzliberale Zahnarzt, die Reinkarnation des Kulturkämpfers des letzten Jahrhunderts. Jeder macht mit. Wohlanständigkeit? Anpassung bis zur Selbstverleugnung? Und wenn doch etwas dran wäre? Will man sich alle Optionen freihalten? Fraglose Gewohnheit.

Erschrocken ist der Anselm damals, ob sich selber und seinen Gedanken, die ihm ketzerisch vorkamen: Kann man auch vom Paulus zum Saulus zurückmutieren? Anselm, der von den germanischen Göttern behütete, ja, wie die zweite Silbe seines Namens verdeutlicht, behelmte, hat sein Erweckungserlebnis in die andere Richtung.

Die Amsel auf dem zweitobersten Ast der Tanne sieht das schon richtig. Auf der anderen Seite des Maschendrahtzaunes steht der Baum, auf dem Grundstück, wo bereits die Bauprofile der Abteilung für Patienten mit dementieller Erkrankung ausgesteckt sind, die Dépendance des Betagtenzentrums. Die Amsel gewahrt: Der gehört eigentlich nicht dazu. Aber er ist da und beobachtet aufmerksam, wie die Ministranten die Sache alles andere als ernst nehmen. Der grössere der beiden, der mit dem Weihrauchfass, hat ein schnippisches Grinsen auf den Lippen. Anselm der Zweite?

Nun übergibt er das Fass dem Herrn Pfarrer, der nach einem bösen Blick auf den pietätlosen Ministranten etwas Unverständliches murmelt und mit seinem kultischen Instrument ein paar Schwenker vollführt über dem Gemeinschaftsgrab. Viktor Habermachers Urne mit seiner Asche wird nun einem kugelförmigen Grab aus Metall übergeben, das nicht ausgehoben werden musste. Überirdische Grabstätte. Gebrauchskunst von der Stange? Die umweltfreundliche Entsorgungsart, kaum Platzbedarf, kaum Gewicht, kaum Substanz.

Einfach Asche. Und wer sagt mir, dass da wirklich die Asche der verbrannten Person drin liegt? Lässt sich da überhaupt noch DNA nachweisen?

Die Chance auf eine spätere Exhumierung ist mit der Verbrennung auf immer und ewig vertan. Es gibt auch Katzenkrematorien, Hundekrematorien, Papageienkrematorien, Schildkrötenkrematorien, Tamagotschikrematorien. Wohin bringen die Menschen den toten Goldfisch? Fragen stellt sich Anselm Anderhub, dabei möchte er doch einen Todesfall aufklären. Wird der tote Fisch womöglich zum Katzenfutter?

»Sind Sie mit Viktor verwandt?«, fragt ihn sein Nachbar auf dem Gottesacker. Leise spricht er, der neugierige Mensch, und er sieht ihn fordernd an.

Darauf hat sich Anderhub, in Gedanken abgesoffen, nicht vorbereitet; er stutzt ganz kurz.

»Ich bin mit seinem Vater bekannt«, wiegelt der Kommissar ab und wundert sich über den Gwunder auf dem Lande. Anderhub könnte auch Busfahrer sein.

»Eine tragische Geschichte«, sagt der Nachbar, »und so jung. Für mich ein Rätsel.«

»Ja, tragisch, aber man kann seinen Abgang nicht wählen, auch wenn es den Anschein macht, er habe dieses Ende gewählt«, sagt der Polizist inkognito. Und ärgert sich über diesen kryptischen Satz. Rätsel, ja, das denkt er, und das will er lösen. Immerhin hat er den Nachbarn beschäftigt, wendet der sich doch seiner Frau zu. Pflanzt möglicherweise ein kleines Gerücht ins Dorfgärtchen.

Anderhub hat keine Lust auf Konversation. Er macht einen Schritt zur Seite; der Pfarrer hebt zu einem Sermon an, welcher der Trauergemeinde, unter ihnen auch eine stattliche Delegation der Lehrerschaft, wie

Anderhub vermutet, Trost und Zuversicht spenden soll, und gibt an dessen Ende seinem Wunsche und seiner Hoffnung Ausdruck, der junge Mann möge nun seinen Frieden gefunden haben. Den ewigen Frieden. Ein paar Gesichter kennt er doch. Der Schulleiter Meier ist dabei, auch Materialverwalter Herbert Duss.

Anderhub drückt sich den Hut tiefer in die Stirn. Hinter sich auf der Tanne nimmt er die Amsel wahr. Vielleicht ist sie die umgehende Reinkarnation des toten Viktor Habermacher, dessen kläglichen Überreste nun, so nimmt man an, im Gemeinschaftsgrab liegen? Reinkarniert, Fleisch geworden in einem Wesen, das seinem Wesen besser entspricht? Manchmal hat Anderhub so krude Ideen, die er wohlweislich für sich behält, so nach dem Tod seiner Mutter, als plötzlich eine Taube in der Tanne seines Gartens gurrte und sein Hausdach verschiss. Und seit sein Vater auch tot ist, besuchen regelmässig zwei Tauben die Tanne und den Dachgiebel des Hauses. Kann das Zufall sein? Nicht einmal seiner Trudi hat er diese Beobachtung gestanden.

Die Menschen begeben sich zur Grabstätte, einer nach der anderen, eine nach dem nächsten, und sie spritzen mit dem rundborstigen Wedel Weihwasser darauf und über die wenigen Kränze und Blumenarrangements, mit einem Band verziert. Die Gemeinde. Die Lehrerschaft. Die Nachbarn im Mehrfamilienhaus. Der Theaterverein. Alle dunkel gekleidet.

Daneben steht die Trauerfamilie, als ob sie kontrollieren müsste, denkt Anderhub, doch er revidiert sein voreiliges Urteil, wird es aber nicht los. Es mag nur so scheinen, als ob sie jede Person abhaken auf einer imaginären Liste im Kopf. Vater und Mutter Habermacher, der Vater blickt ins Leere, der zählt nicht. Viktors Onkel und Tanten, Cousinen und Cousins, nimmt der Polizist an. Aufs Kondolieren möge man auf Wunsch der Trauerfamilie verzichten, hat der Pfarrer in der Kirche bereits gesagt. Eine kleine Gesellschaft. Abstreichen im Kopf, wer da gewesen ist. Spielt Frau Habermacher die Rolle der Buchhalterin?

Anderhub ärgert sich über sich und seine misanthropische Ader. Haben sie gezählt, wie manchen Weihwassergruss jeder der Trauergäste mit dem gesegneten Besen ihrem Sohn hat zuteilwerden lassen? Schäm dich, Anselm, wirft er sich zu. Anselm, der Mann mit dem hybriden Namen, entstanden aus Ansgard und Wilhelm. Nicht alle machen dieses Ritual, bei einer Erdbestattung hätte man eine kleine Schaufel Erde auf den Sarg geworfen, mit. Auch Anderhub dreht sich mit den Abdankungsstammgästen ab. Es knirscht der Kies unter den Schuhen, und Anderhub hätte liebend gerne den Platz getauscht mit der Amsel auf der Tanne. Er beschleunigt seinen Schritt.

Auf dem Parkplatz hinter der Hecke, die als Grenze zwischen Friedhof und Altersheim steht, sieht er eine jüngere Frau mit langen schwarzen Haaren und schwarzer Hautfarbe in einem Auto abfahren. Afrikanerin? Südamerikanerin? Die war nicht auf dem Friedhof gewesen, muss aber vom Parkplatz aus in der Lage gewesen sein, der Abdankung ungesehen beizuwohnen. Die Amsel vielleicht. Frau Greter fällt ihm ein, die hat er nicht gesehen. Oder arbeitet sie in der Pflegeabteilung oder in der Küche des Betagtenzentrums? Ganz kurz nur haben sich ihre Blicke getroffen, zwischen ihnen die Windschutzscheibe ihres Kleinwagens. Sie hat seinem Blick nicht standgehalten. Kein gutes Zeichen für sie, denkt Anderhub. Hat sie vielleicht etwas zu verstecken? Ertappt? Anselm Anderhubs plötzlich auftretende Geistesgegenwart ist immer wieder für Überraschungen gut; sie frappiert ihn selber am meisten: Er notiert sich die Zahlen auf dem Nummernschild.

Evelyne Keiser, die Gattin des Baumeisters, und Judith Kronenberg, die Präsidentin der Theatergesellschaft, gehören nicht zu den Verwandten des Toten. Jene, das hat der Pfarrer, in der Rolle als profaner Herold, verkündet, treffen sich im ›Sternen‹ zu einem kleinen Imbiss. Die beiden Frauen verlassen den Friedhof Richtung Dorfzentrum.

»Ich kann einfach nicht verstehen, warum Viktor sich selber das Leben genommen hat. Es hat ihm so gut gefallen bei uns, und er ist richtig aufgelebt, hat seine Rolle richtig genossen«, sagt Judith Kronenberg.

Die alte Leier. Die Wut hat sie zugunsten einer versöhnlichen Gestimmtheit verdrängt. Sie ahnt den Schatten dieses Ereignisses, Selbstmord nach der Derniere. Auf Jahre hinaus nicht wegzubringen. Aber auf ihren Theaterverein lässt sie nichts kommen.

Evelyne Keiser schweigt. Die Blätter der Platanen beginnen sich zu verfärben, gelb zuerst.

Zumal er sich so wohl gefühlt habe in seiner Rolle, aber auch in der Theatergesellschaft, das wage sie jetzt zu behaupten, so etwas wie eine Heimat gefunden habe.

»Das setzt man doch nicht leichtfertig aufs Spiel«, sagt Judith Kronenberg in Erwartung einer Bestätigung, denn nun kriecht sie langsam wieder hoch, die Wut.

»Es gibt Menschen, für die ist das ganze Leben ein Spiel«, wirft nun Evelyne Keiser ein.

»Was willst du damit sagen?«

»Es gibt Leute, die spielen Monopoly, nicht nur auf dem Kartonbrett, sondern im richtigen Leben.«

»Du sprichst aber nicht von Geri!«

Judith Kronenberg weiss um die Machenschaften des Baumeisters. Hinter der Hand sprechen etliche Leute nicht nur gut von ihm. Der kenne nichts. Skrupellos, wenns um seinen Vorteil geht. Schreckt nicht vor Versprechungen zurück, die er nicht einhalten will. Baut vor Einfamilienhäuser einen Block, ohne mit der Wimper zu zucken. Bau- und Zonenordnung mit keiserscher Dehn-Toleranz interpretiert. Borderliner auch er.

»Und es gibt Menschen, die glauben, mit anderen Menschen spielen zu können, und merken erst zu spät, dass mit ihnen gespielt wird«, sagt Evelyne Keiser.

Sie dächten, sie hätten alle Fäden in der Hand; dabei sind sie nicht mehr als willfährige Marionetten an den Fäden, die ein anderer führt.

»Du sprichst in Rätseln«, sagt Judith Kronenberg und setzt einen ernsten Blick auf.

Ob es ihr nicht gut gehe? Frau Kronenberg weiss vage um die gemeinsame Vergangenheit von Viktor Habermacher und Evelyne. War eine Zeitlang Stammtischthema, Dorfgespräch, als Viktor seine Stelle im Dorf angetreten hat. Wie gross ist die Welt? Eben.

»Mit dem Tod aber ist das Spiel zu Ende«, sagt Evelyne Keiser, »zumindest für den Toten.«

Schon bald beginnen die Blätter zu fallen, ein erster Frost, und manche Blätter fallen farblich unvollendet. Frühreif. In der Hagebuchenhecke zwischen Friedhof und Parkplatz zwitschern aufgeregt, so scheint es, die Spatzen.

In Tränen ausgebrochen ist niemand, resümiert Anselm Anderhub im Kopf auf der Rückfahrt nach Luzern seine Beobachtungen. Ist das ein gutes Zeichen oder deutet es auf eine familiäre Gefühlskälte hin? Lässt sich überhaupt etwas ableiten aus dieser Beobachtung? Die Eltern. Haben sies kommen sehen? Anderhub muss brüsk abbremsen.

»Schafseckel!«, schimpft er.

Dabei ist es seine Schuld, denn hätte er früher ans Überholen gedacht, hätte er früher den Blinker gestellt, wäre es nicht zu dieser Situation gekommen, dass er eben nicht mehr überholen kann, weil die linke Spur bereits besetzt ist. Wie leicht fällt man beim Sinnieren in einen Zustand halben Wachseins. Wenn er dem vor ihm fahrenden Lastwagen in dessen Hinterteil gefahren wäre, so wird ihm bewusst, hätten ihn keine Sicherheitsgurten und kein Airbag retten können, und plötzlich würde er in grauer, bröseliger Form, leicht, kaum unterscheidbar von den kläglichen Überresten des Holzes im Cheminée-Ofen seines Hauses in Sursee, in der Urne liegen und seine Verwandten stünden um ihn herum, würden ihn mit Weihwasser benetzen, derweil in den Baumwipfeln Amseln und andere Vögel sich einen Deut darum scherten, was seine Frau zum Leichenmahl bestellt haben würde.

15

»So, Anselm, kommst du voran mit deiner Mordge-
schichte«, fragt Kripochef Hunziker den Anderhub, als
der mit mürrischer Miene ins Büro trudelt.

Der Oberleutnant aus Sursee ist schlecht gelaunt.
Scheissverkehr, hätte er doch den Zug genommen, gestanden seien sie im ganzen Reusstunnel. Flexible Ar-
beitszeiten? Man müsste Nachtarbeit forcieren, denkt
er, aber nicht ganz im Ernst, denn das könnte sich als
Eigentor erweisen, wenn es ihn träfe.

»Das vergast dich, auch wenn du die Scheiben
schliesst und die Belüftung herunterfährst«, wettert er.

Ranzenpfeifen. Und jetzt kommt der noch mit seiner
saudummen Frage, die Antwort ahnend, dabei braucht
Anderhub nun subito etwas zwischen die Zähne.

»Was macht dein Schauspieler?«, insistiert Hunziker, und Silvio Wagner im Hintergrund vermag sein
blödes Grinsen nur mässig zu verbergen.

Glaubt er die Antwort zu kennen? Ignorant!

Tot ist er, mausetot, und er hat sich selber eine Kugel in die Birne gejagt aus narzisstischer Verletzung heraus. Kränkung, das ist das adäquate Wort. Anderhub
ist der einzige Ungläubige im Raum. Jetzt muss nur
noch Andrea Zurfluh, die liebe Sekretärin, auftauchen,
und der Kessel ist geflickt. Oder um.

»Verfügen wir über ein Verzeichnis der Autokenn-
zeichen des Kantons?«, fragt Anderhub.

Er denkt an ein Buch, wie sie in seiner Jugend Stan-
dard gewesen waren, jedes Jahr aktualisiert neu aufge-
legt, damals, als noch nicht gegen eine halbe Million
Autos im Kanton herumgefahren sind, um die Strassen, speziell die Tunnels vor der Stadt im Pendlerver-
kehr, zu verstopfen. Er und seine Schwester hatten sich

jeweils einen Sport daraus gemacht, die Halter von Autos nachzuschlagen, wenn die Familie am Sonntag ins Entlebuch aufs Heiligkreuz gefahren war oder auf die Ahornalp. Dick, dünnseitig, kleingedruckte Buchstaben. Manchmal nimmt der Kommissar Widrigkeiten persönlich.

Dabei weiss er genau, wie er die Nummer in Erfahrung bringen kann. Da reichen ein paar Klicks oder ein Telefon. Ebikon, das passt. Die Strasse kennt er; die Ebikoner Bürgerwehr, angeführt von Exponenten der Nationalen, ist in diesem Quartier mal aktiv geworden, erinnert er sich, nachdem sich Einsteigdiebstähle gehäuft hätten. Die Nationalen auf Ausländerjagd. Bevorzugte Wohnlage am Dottenberg. Abendsonne. Partieller Pilatusblick. Er flieht den Hohn, fort, noch einmal ins Verkehrsgetümmel, Autobahn statt Pilatusstrasse, statt Ampelfestival beidseits der Seebrücke, statt Warten am Schlossberg.

»Was wollen Sie von mir?«, fragt die Frau, nachdem Anselm Anderhub sich vorgestellt hat.

»Ich hätte da ein paar Fragen.« Er zückt den Dienstausweis, um seinen Worten, er sei von der Kriminalpolizei, Nachdruck zu verleihen.

»Hab ich falsch parkiert oder was?«

Die Frau spricht gut Deutsch; ihr Akzent im Verbund mit der Hautfarbe verrät die Herkunft.

»Darf ich einen Augenblick hineinkommen?«, fragt Anderhub.

Es gehe um ein paar Fragen im Zusammenhang mit einem Todesfall, sagt er, und er möchte von ihr bloss wissen, wie sie zu einem Mann namens Viktor Habermacher gestanden sei.

Ein properes Anwesen, denkt der Polizist, hat eine

gute Partie gemacht, die Dame. Der Kommissar hat vor der Abfahrt noch nach den Regeln der Kunst recherchiert und – der anerkennende Gesichtsausdruck Silvio Wagners jedenfalls legte diesen Schluss nahe – überraschend schnell herausgefunden, dass sie mit einem Mitglied des mittleren Kaders der Neuen Luzerner Bank liiert ist, dessen Name bei einer Golfveranstaltung ebenso aufscheint wie in Ranglisten der Kleinkaliberschützen. Was heisst liiert; die beiden sind ein Ehepaar.

»Kommen Sie. Tee, Kaffee?«, fragt die Ehefrau jenes Bankers, nicht unfreundlich, aber doch etwas barscher, als sich das der Kommissar gewohnt ist.

Ja, die Kulturen, denkt Anderhub, und insgeheim wünschte er sich eine Blutauffrischung auch in seinem Stammbaum. Kaum über die Kantonsgrenzen hinaus in den letzten Jahrhunderten. Aber zogen nicht die Russen auch durchs Seetal, übers Michelsamt, durchs Surental, als sie Napoleon aufs Dach gaben? Die Habsburger, als sie gegen Sempach zogen, ein Teil aus dem Hinterland, wo sie Willisau angezündet hatten, und dann Richtung Sempach, wo ihnen die Eidgenossen dank Winkelried den Marsch, einen brutalen Trauermarsch geblasen haben? Oder Jahrhunderte vor Suworow Dschingis Khan? Mongolenhorden? Die sagenhaften Hunnen?

Gestern hatte er in der ›Luzerner Zeitung‹ gelesen, es gebe ein neues Verfahren, mittels dessen man aus der DNA die genetischen Bestandteile seiner Herkunft bestimmen könne. Mit Prozentanteilen. Könnte sein Ekel vor Kuhmilch, von Unverträglichkeit würde er nicht sprechen, denn er versuchts gar nicht mehr mit heisser Schoggi oder kalter Ovomaltine, auf nomadische

Vorfahren, asiatische Steppenmenschen, Kublai Khan oder Attila, hinweisen?

»Danke, höchstens ein Glas Wasser.«

Und er solle Platz nehmen, da, Sofa oder Fauteuil. Etwas kurz angebunden, die Dame. Anderhub nimmts professionell, nicht persönlich, er weiss, es gibt ein paar beliebtere Berufsgruppen als Polizisten. Banker gehören kaum dazu.

Neben der Wohnwand hängt ein schlichtes Kreuz aus Holz. Alles aufgeräumt, da liegt keine Zeitung herum; Kinder scheinen nicht vorhanden zu sein. In der Wohnwand ein paar Bildbände. Afrika. Wüsten. Tiere. Landschaften aus der Vogelperspektive.

Staubfänger, denkt Anderhub, als er die Glasfiguren sieht, die Holzelefanten in verschiedenen Grössen und Holzarten. Elefanten? Im Büchergestell in Viktor Habermachers Schlafzimmer steht auch ein solcher Holzelefant, etwas kleiner vielleicht, aber gleiche Holzart, selbe Form, fällt Anderhub ein und auf. Er hat sich unter Kontrolle. Sein Blick verrät keine Regung. In einer Vitrine Wein- und Schnapsgläser, in der anderen Medaillen und Pokale in grosser Zahl. Sportschützen Luzern und Umgebung.

»Was erwarten Sie eigentlich von mir?«, fragt die Frau, während sie in die Küche geht und dem Kommissar damit erneut Gelegenheit gibt, sich umzusehen.

Schöne Aussicht über den Rotsee gegen den Hundsrücken und das Mittelland. Eine Wappenscheibe als Anerkennung für 20 Jahre Vorstandsarbeit bei den Schützen. Eine Zinnkanne mit Bechern und Jahreszahlen drauf. Guter Probenbesuch, denkt Anderhub. Sein Beruf verhindert ähnliche Auszeichnungen, verliehen von der Männerriege Sursee.

»Sie waren heute Morgen an der Beerdigung«, versucht er die Frau zu überrumpeln. Feststellung, nicht Frage.

Die Frau kommt mit einem Glas Wasser aus der Küche ins Wohnzimmer zurück, und einen Augenblick lang zögert Anderhub: Und wenn das Wasser vergiftet wäre, mit Eiern des Fuchsbandwurms versetzt, der ihn von innen auffrässe bis hinauf ins Hirn? K.O.-Tropfen für den neugierigen Herrn Kommissar. Arsen, und dann zerstückelt in zwei 70-Litersäcke, Kehrichtverbrennungsanlage und weg für immer. Er wird sich zurückhalten. Nippen vor Nippsachen. Modern eingerichtet, das Interieur. Der Mann muss ein böser Schütze sein, so viele Trophäen. Die Frau setzt sich ihm gegenüber.

»Ja, habs in der Zeitung gelesen, da dachte ich, es wäre wohl anständig, wenn ich mich …«

»Sie haben der Abdankung aus der Ferne beigewohnt, vom Parkplatz aus, also wird niemand ihren Anstand zu würdigen gewusst haben«, unterbricht Anselm Anderhub und fragt sich gleichzeitig, ob sie den Satz auch verstanden hat.

»Ich wollte nicht alte Geschichten aufwärmen, verstehen Sie, und das hätte ich zwangsläufig gemacht, wenn die Eltern von Viktor mich gesehen hätten.«

»Sie hatten Probleme mit Habermachers Eltern?«

Die Frau ist nicht gestern eingereist. Hat der Banker dem Lehrerlein am Ende die Frau ausgespannt?

»Was erzähle ich Ihnen da überhaupt? Was geht Sie das an? Ist es ein Verbrechen, an eine Beerdigung eines ehemaligen Bekannten, ja Freundes zu gehen?«

Anderhub erinnert sich: Der Mensch ist erst wirklich tot, wenn niemand mehr an ihn denkt. Bertold Brecht.

Der Tonfall von Frau Zihlmann kommt eine Spur zu forsch an; Anderhub schlürft trotzdem einen kleinen

Schluck. Versprengte Hunnen, desertierte Mongolen? Dank Kreuzworträtsel wird Attila nie mehr vergessen, denkt er. Der Name Attila, so hat er am Vorabend im Radio gehört, sei mit dem schweizerdeutschen Wort für Vater, Ätti, verwandt. Kleine schöne Erdenwelt.

»Sie haben einander gekannt?«

»Sag ich doch die ganze Zeit! Hören Sie überhaupt zu?«

Das muss das Temperament des Südens sein. O Klischee, o Vorurteil! Anderhub greift nun wie immer in vergleichbaren Situationen auf seine bewährte Atemtechnik zurück, schluckt drei Mal leer, bevor er wieder Mut fasst und nachhakt.

»Können Sie mir Ihre Beziehung vielleicht etwas konkreter umschreiben?«, fragt er betont vorsichtig, sachlich, ruhig. Professionell halt.

»Ist das ein Verhör oder was? Was wollen Sie überhaupt von mir? Darf man in einem freien Land wie der Schweiz nicht an Beerdigungen gehen, ohne sich rechtfertigen zu müssen?«

Anderhub staunt: Das ist ein Wortschatz, der sich gewaschen hat. Was heisst rechtfertigen auf Englisch? Justify? Justifizieren.

Die Frau steht auf, und Anderhub merkt, ihre Empörung hat vielleicht einen wahrhaftigen Kern, aber drum herum lebt sich das Talent ihres ehemaligen – so vermutet er dringend – Lovers in einem anderen Körper und Geist aus. Theater.

»Immerhin ist Herr Habermacher nicht eines natürlichen Todes gestorben, wie Sie wohl wissen werden«, fährt er weiter, »immerhin steht die Suizid-Vermutung auf wackligen Füssen, wenn ich mir dieses schiefe Bild erlauben darf.«

Aha! Einen Mord wolle man ihr unterschieben,

schreit die Frau jetzt. Das sei doch allerhand, und sie verweigere ab sofort jede Aussage. Ihr Mann werde sich das nicht bieten lassen. Der sei im gleichen Service-Klub wie, ja wie wer eigentlich?

»Der ehemalige Präsident des Fussballklubs ist dabei und der Autoimporteur und der Architekt da, der die Bilder der Spreuerbrücke…«, die Frau beginnt zu japsen, und Anderhub befürchtet, sie könnte hyperventilieren, wenn er weiterbohrte, er erinnert sich peinlich berührt an den letzten Nothelferkurs, die Wiederbelebungstechniken, und was würde er machen, wenn die Frau ihm auf der Stelle zusammenbräche, er sie auf ihr hockend zu reanimieren versuchte und dem Ehemann, wenn er unverhofft nach Hause käme, ein Bild böte, das den unschuldigsten Menschen in den Glauben versetzte, er sei im Begriffe, dieser Frau weiss Gott was anzutun.

Und wenn er nichts täte, zeihte man ihn der unterlassenen Hilfeleistung, für einen Polizisten das karrierliche Todesurteil. Ein Dilemma, wie es beispielhaft im Philosophiebuch stehen könnte: Was immer du tust, es ist das Falsche. Quidquid agis.

Nichts wie raus da, denkt er sich. Die Verabschiedung – förmlich fällt sie aus. Es sei halt in Gottesnamen seine Aufgabe, im Umfeld des Toten zu recherchieren, sagt er entschuldigend, denn er zweifle mit Fug (Womit? Und das soll die Dame verstehen?) einen Selbstmord an. Wer bringe sich schon im Moment des grössten Triumphes um? Das entbehre doch jeder Logik. Und, eine letzte Frage, dann werde er sie in Ruhe lassen, vorläufig: ob sie das Theater, den ›Eisenmoritz‹, gesehen habe?

»Ja, natürlich hab ichs gesehen«, sagt die Frau, »und

nicht nur einmal, wenn Sies genau wissen wollen.« Das
werde wohl ebenso wenig verboten sein wie die Teilnahme an einer Beerdigung.

»Aus der Ferne.«

»Ja, auch aus der Ferne!«

Frau Zihlmann, ihre Augen funkeln, schliesst die
Haustüre nicht ganz tonlos; Anderhub trollt sich.

Ob sie Recht hat, wird sich zeigen, wenn er die Liste
der Buchungen durchgehen wird. Einem geschlagenen
Hunde gleich, rein haltungsmässig, und der Hut, in
die Stirne gedrückt, verstärkt diesen Eindruck, begibt
sich Anselm Anderhub zu seinem alten Opel Zafira.
Manchmal mag er nicht Zug fahren. Und ein weiteres
Mal stellt er sich die Frage, warum zum Teufel er nicht
ein kleineres, handlicheres Auto fährt, er, der das seit-
liche Einparken fürchtet wie der Leibhaftige das Weihwasser, den Weihrauch und Weihnachten zusammen.

In sein Notizbuch schreibt er in Druckbuchstaben:
Besuch bei Frau Zihlmann, nicht zum Ziel gekommen.
Reaktion spricht sie nicht frei von Verdachtsmomenten,
taugt aber auch zu keinerlei Beweiskraft. Nicht ganze
Sätze; er arbeitet mit Symbolen, verwendet Pfeile. Er
wendet die Seite und eröffnet eine neue to-do-Liste.
Im Notfall aufbieten aufs Amt. Wer ist dieser Heinrich
Zihlmann? Woher kommt die Dame? Karibik? Ame-
rika? Afrika? Wie lange ist sie im Land? (erstaunlich
gute Sprachkenntnisse!) Frühere Tätigkeit? Wie hat sie
Viktor Habermacher kennen gelernt, wie diesen Zihlmann? Gibt es darüber hinaus eine Verbindung zwischen Habermacher und Zihlmann?

Ob Habermachers Tagebuch wirklich nicht zu entziffern ist? Ode an Evelyne. Soll er das Tagebuch als neues

Beweisstück vorlegen? Die würden ihn bloss auslachen, Wagner zuerst. Er hört ihn schon spötteln, den lieben Kollegen Silvio.

»Was, du hast sein Poesiealbum gefunden? Wie niedlich.«

Nein, er zeigt es niemandem, nicht, bevor er mehr weiss. Anderhub mag sich nicht lächerlich machen vor seinen Kollegen.

16

Das Tagebuch. Anselm Anderhub trägt es auf sich im Wissen (oder wenigstens in der diffusen Hoffnung), dass dieses Schriftstück jene Geheimnisse birgt, die Licht ins Trübe bringen könnten. Wenn es ihm bloss gelänge, die Schrift zu entziffern. Wenn er endlich den Schlüssel fände! Sauschrift würde er sie nicht nennen, denn sie entbehrt keineswegs einer gewissen Einheitlichkeit. Zacken, regelmässige Gebirge. Die Schrift ist beinahe ausschliesslich Einheitlichkeit, da jeder kleine Buchstabe auf den ersten Blick gleich aussieht.

Ode an Evelyne. Die Schönschrift des privat-skriptural nachlässigen Lehrers. Einige der Überschriften. Da kann er einigermassen erahnen, was sie heissen könnten. Dazu gewisse Zahlenfolgen, die als Daten zu deuten wären. Warum hat er die Jahreszahlen weggelassen? War Viktor die Jahreszeit, der Monat wichtiger als das Jahr? Hat Habermacher vielleicht Geheimnisse vor sich selber haben wollen? Stellte der Lehrer sich die Lebensrätsel selber?

Gibt es das, fragt sich Anderhub, oder kann die Idee eines solchen Ansinnens nur seinem kranken Kriminaler-Kopf entspringen? Er stellt sich vor: Habermacher liest in seinem Tagebuch und versichert sich so seines gelebten Lebens? Was vor zwanzig Jahren gewesen ist, kann so aktuell werden wie die Ereignisse der letzten Woche. Die wahre individuelle Zeitmaschine.

Anselm Anderhub sieht seine Zeit verrinnen. Die Sanduhr, aus welcher der Sand, wenn die Zeit abläuft, immer schneller, beschleunigt im Angesicht des Zieles, in die untere Hälfte der doppelbauchigen Einrichtung zu rieseln scheint. Sog. In der Menge, in der Fülle fällt der Verlust nicht ins Gewicht; im Mangel, im Auslaufen gegen das Ende hin zählt jedes Korn. Die Relativität der Wahrnehmung.

Anderhub drückt auf den Knopf des Weckers, bräuchte aber die Lesebrille, um die Zeit ablesen zu können. Hat er geträumt oder im Zustand klarster Halbwachheit Gedanken umgeschichtet? Er kann nicht mehr einschlafen. Trudi schläft; ihr regelmässiger Atem an sich müsste ihn beruhigen. Nichts da. Er steht leise und ohne Licht zu machen auf. Wasser lösen, ja, das auch, aber es stehen grössere Rätsel auf der Agenda. Anderhub steigt in seine Schlarpen, öffnet leise die Schlafzimmertüre und geht die doppelte Wendeltreppe hinunter in sein Büro im Erdgeschoss. Schliesst die Türe. Nachtsam achtsam. Da hört ihn Trudi nicht, wenn er in den Akten wühlt, und auch die Strahlung der Elektronik, denn die meisten Akten sind im Computer abgelegt, stört keinen fremden Schlaf. Die kurze Spülung des WCs wird sie, falls sie sich im Halbschlaf befinden sollte, gewiss in den Traum integrieren.

Dabei wirft der Kommissar an diesem Morgen entgegen seiner Gewohnheit nicht einmal den Computer an. Er holt Viktor Habermachers Tagebuch aus der Mappe, angelehnt ans Schreibpult, offen. Die Deckvorhänge zieht er nicht um diese Zeit. Klare Nacht. Abnehmender Mond. Wer sollte ihn schon sehen? Sind seine Nachbarn senile Bettflüchtlinge? Die frühsten Hündeler? Die Frau, die jeden Morgen vor fünf Uhr die Zeitung austrägt? Und wenn: Ist Arbeit eine Schande? Die Arbeit ruft. Sie drückt und drängt. Sein Auftrag zwingt ihn dazu, Habermachers Tagebuch einer eingehenden Untersuchung zwecks Verstehens des Geschriebenen zu unterziehen.

Je länger er diese Schriftbilder anschaut, desto kla-

rer erschliessen sich ihm einzelne Buchstaben, Buch-
stabenfolgen, Silben also, aus denen er Wörter erahnen
und zusammensetzen kann. Synthetisieren. Kombinatorik. Nicht die Rummy-Zahlen-Kombinatorik. Gra-
fische Muster-Kombinatorik. Die Simultanerfassung
eines Wortbildes als Sprungbrett für Bedeutung, Sinn
und Zusammenhang. Wie ihm beim Kreuzworträtsel
in den besten Zeiten aufgrund weniger Buchstaben das
Lösungswort einfällt, zufällt, weiss der Teufel, woher.
Intuition vielleicht. Aus Spuren das Ganze erahnen. Es
sind die Grossbuchstaben sowie die Ober- und Unterlängen, die dem Kommissar brauchbare Hinweise geben, den Textteppich strukturieren. Textur des Textes.
Denkt er.

Eine grundsätzlich regelmässige Handschrift, Respekt, Respekt, nur etwas mickrig geraten, als ob er
Platz hätte sparen müssen, geht ihm durch den Kopf.
Ressourcenbewusst, der Mann. Hat Habermacher an
die Bäume gedacht, die Wälder, in Jahrzehnten gewachsen, die hinter jedem Papierfetzen stehen? Anderhub fällt das Platzangebot ein, das Trudi und er nun,
nachdem die Kinder ausgezogen sind, unbeschränkt
nutzen können. Ressourcen, die sie sich verdient haben. Trudi hat ein eigenes Zimmer, zusätzlich zum
Bastelraum, den sie braucht, wenn die Grosskinder zu
Besuch kommen. Er will kein schlechtes Gewissen haben, verdrängt die Zahlen, den Anstieg der Quadrat-
meterzahl der Wohnfläche in den letzten Jahrzehnten,
erinnert sich daran, wie sein Vater jeweils erzählt hatte,
dass er und seine beiden Brüder immer ein Zimmer
teilen mussten. Bis sie auszogen. Wir haben uns das
erarbeitet und verdient, redet Anderhub sich ein. Eine
Schrift wie eine fremde Sprache. Eine Art Bilderschrift
mit wenig differenzierten und kaum differenzierenden

Buchstaben. Spitze Wellen sieht er, aus denen ab und zu eine Segelstange emporragt, ein Anker sinkt. Das kleine g.

Namen glaubt er zuerst erkennen zu können, geografische Begriffe vielleicht? Wie wenn er irgendwo im Ausland die Zeitung liest. Roma ist Rom. Heisst das nicht Ashanti? Auch wenn die oben zugespitzten Wellen zwischen den Buchstaben mit Oberlänge alle annähernd gleich aussehen, mal mehr Welle, mal mehr spitzer Berg, obwohl sie wahrscheinlich verschiedene Buchstaben repräsentieren, erkennt er eines: Das muss so etwas wie Ashanti heissen. Nicht Ablativ. So wenig wie Anderhub. Die Zahl der Oberlängen.

Die Entdeckung erweckt in ihm ein Hochgefühl. So muss es sich angefühlt haben, als der erste Europäer Hieroglyphen entziffern konnte, babylonische Keilschrift, germanische Runen. Führt ihn eine halb bewusste Erwartung in die Nachbarschaft der Lösung? Birgt nicht gerade diese Erwartung die Gefahr, einer falschen Fährte aufzusitzen? Ach du ewige Verunsicherungsversuchung! Nein! Plötzlich spürt er, dass das funktionieren kann, und er schlurft ins Wohnzimmer, holt den Atlas, unter dem Salontisch liegt er, stets zur Hand, wenn die Tagesschau vergisst, die Lage von Antananarivo sichtbar zu machen, auf leisen Socken bewegt er sich, wie damals, als Marco und Sarah noch ihren Mittagsschlaf hielten. Und Trudi ihn mehr als einmal ermahnen musste, doch etwas leiser zu reden, ging es doch um Minuten der Freiheit und Erholung in einem Tagesablauf, den die Kinder bestimmten.

Der Kommissar rechnet zurück. Der letzte Eintrag ist an einem 17. August erfolgt. Er blättert zurück, zählt leise mit. Vorausgesetzt, es hat kein Jahr ohne Eintrag gegeben, geht der erste Eintrag 21 Jahre zurück. Um

21 Jahre in einem einzigen Tagebuch unterzubringen, muss man mit Vorteil klein schreiben, denkt Anderhub, und er schmunzelt: Der Mann hat vor 21 Jahren mit viel Vorbedacht angefangen. Respice finem. Tagebuch ohne Zwang zum täglichen Eintrag im Dienste der Banalität, vielmehr ein Tagebuch mit Gewichtung. Wie alt war Habermacher damals? Anderhub rechnet zurück. Viktor Habermacher muss gleich nach der Matura eine grosse Reise nach Kenia angetreten haben, denn hinter dem ersten Datum, 10. Juli, steht mit hoher Wahrscheinlichkeit nicht Mozambique, sondern Mombasa. Die nicht existente Unterlänge.

Er wird wohl nicht umhin können, sich diese Ashanti Zihlmann erneut vorzuknöpfen. Soll der Hunzi toben. Soll der Wagner den Kopf schütteln. Pro Forma immer schön klarmachen, dass es rein um Ermittlungen gehe, keinesfalls um irgendwelche Verdächtigungen oder gar Beschuldigungen gegen irgendwen.

Hatte er beim nächtlichen Aufstehen noch gehofft, in einer halben Stunde, Stunde einen weiteren Schlafversuch mit grösseren Erfolgsaussichten unternehmen zu können, nimmt er das Scheitern nun gelassen zur Kenntnis. Anderhub ist hellwach. Lunte hat der Mann gerochen, Blut geleckt: In diesem Zustand wird das nichts mehr mit Schlaf, muss auch nicht.

Er holt ein leeres weisses Blatt Papier, Format A4, aus dem Schreibtisch, krallt sich einen Bleistift und beginnt zu zeichnen. Er skizziert ganz grob eine Weltkarte. Eurozentrisch. Umrisse der Kontinente, die Meere. Europa samt Mittelmeer. Er hört Trudi im oberen Stockwerk aufs WC gehen. Schliefe er, würde sie nicht spülen. Anselm und Trudi wissen um die Kostbarkeit nächtlichen Schlafes.

»Lässt du dir die Überstunden auszahlen?«, fragt sie, als sie ihren Gatten überrascht.

Eine rhetorische Frage.

»Hast du mich jetzt erschreckt«, sagt Anderhub.

»Es ist erst drei Uhr; ein Versuch würde sich vielleicht noch lohnen«, schlägt Trudi vor und tritt den Rückweg an, nicht ohne ihrem Gemahl einen Schmatz auf die Stirn gedrückt zu haben.

Anselm hat kein Musikgehör. Jetzt nicht. Hat sie eben etwas von Überstunden gesagt? Als Polizist kannst du nicht immer auf die Uhr schauen; als Polizist bist du 24 Stunden lang im Dienst.

Das hatte er ihr zu Beginn ihrer Bekanntschaft klar gemacht, denn wenn er eines nicht ertrug, dann ein unergiebiges Gekeife, das nichts bringt als miese Stimmung und ein schlechtes Gewissen. Der Beruf als Rivale! Er kann doch nicht einfach die Augen schliessen und die Ohren verstopfen im Angesicht der Lösung, und seis eine Zwischenlösung eines Falls, ja die Vorahnung einer Zwischenlösung, die Zwischenlösung zu einer Zwischenlösung sozusagen, nur weil die Bürozeiten zu Ende sind! Beamtenmentalität!

Er weiss, die Bemerkung Trudis war ironisch gemeint. Der dergestalt kaschierte Vorwurf hat einen authentischen Kern, das weiss er ebenfalls, denn dass Anderhub sich schwer tut, abzuschalten, haben ihm auch schon die Kinder unter die Nase gerieben. Das sei eben eine Leidenschaft, hat er ihnen gesagt, das Gegenteil eines Dienstes nach Vorschrift, Berufung, nicht bloss Job, versteht ihr das nicht? Glück und Erfüllung gebe es nicht ohne Passion, hat er ihnen gesagt und gewünscht, sie möchten dereinst eine Tätigkeit finden, bei der sie ihre Leidenschaft wenigstens temporär ausleben könnten.

Anderhubs Vater ist seiner Arbeit in der Fensterfabrik nachgegangen, um die Familie durchzubringen, nicht, um sich selbst zu verwirklichen. Das hat er in der Freizeit gemacht, im Garten und beim Schnitzen von Holzgrinden, beim Schreinern von Möbeln für die Nachbarn und die Verwandtschaft. Den Zeitpunkt für Grundsatzdiskussionen halten weder Trudi noch Anselm nachts um 3.07 Uhr für aussichtsreich, und am Ende wären beide innerlich grollend um den Schlaf gebracht. Er erwidert ihren Gutenacht-Wunsch, schnappt sich den Bleistift wieder, den er zwischenzeitlich auf dem Blatt, Hinterteil mitten im Atlantischen Ozean in der Nähe von St. Helena, Spitze beim Eingang in den Suezkanal, deponiert hat, und Anselm Anderhub skizziert das Rote Meer, andeutungsweise den Golf von Aden, das Horn, dann die Ostküste Afrikas hinunter, Madagaskar nicht vergessen, bis zum Kap der Guten Hoffnung, um den dreieckigen Kontinent abzurunden. Sein Kap ist der Bürostuhl. Hoffnung keimt.

Ein Kreuz kritzelt er auf Äquatorhöhe. Das ist Kenia. Und eins in Europa. Das ist die Schweiz. Die Namen mit der grünen Farbe. Viktor, Ashanti, Geri, Evelyne. Und jetzt? Wo liegt der Zusammenhang? Hat er vergeblich auf den Blitz der Eingebung, den glücklichen Zufall, gehofft? Was hat er sich von dieser simplen Zeichnung denn versprochen? Scheint irgendwo ein Goldener Schnitt auf? Glaubt der Polizist an Magie? Hat er gehofft, dass da plötzlich ein Geschehen zur Geschichte gerinnt, die er seinen Kollegen von der Kantonspolizei Luzern mit überlegenem Gehabe vor die erstaunten Augen legen könnte? So, meine Herren, das ist der Hintergrund von Viktor Habermachers Tod.

Wenn Viktor Habermacher diese Frau kennt – aber wie viele Ashantis gibt es auf der Welt? Sie war an der Abdankung dabei; sie hat das Theater in der Scheune besucht. So viele Zufälle kann es nicht geben. Die Flüchtlinge kommen aus Somalia oder Eritrea, nicht aus Kenia. Und es sind in der Regel junge Männer, die in Europa ihr Glück und damit jenes ihrer Familien suchen.

Wo bleibt die gute Hoffnung? Anderhub denkt an jenes kurze Aufflackern, nachdem er auf die Verbindung gestossen ist. Ashanti. Ist sie die zentrale Figur? Oder ist es ganz anders? Ist Frau Keiser, die besungene Evelyne, der Schlüssel zur Lösung des Rätsels? Anderhub holt sich ein Glas klares Wasser. Oder liegt der Hund in der Schule des Dorfes begraben? Stand Viktor jemandem im Wege? Wusste er etwas, das nicht alle wissen durften? Hatte Habermacher dank seinem Wissen jemanden in der Hand? Erpresser, das weiss man, leben gefährlich. Und weit hinten im Kopf ahnt er die grosse Schmach, wenn sich am Ende herausstellen sollte, dass Wagner doch recht hatte.

Der Kommissar weiss: Nicht immer bringen Skizzen ihn weiter. Aber immer bringen die Bewegungen mit Stiften von unterschiedlicher Farbe und Dicke etwas in Bewegung, Schwingung würde Trudi sagen. Der aktive Körper mobilisiert den Geist; das sagen alle, die auf Spaziergänge schwören, und es ist nicht auszuschliessen, dass sie recht haben. Im Kopf muss passieren, was die Beine angeregt haben. Im Kopf wird durch das Rühren im Bodensatz von Vermutungen und Theorien etwas durcheinandergewirbelt und aufgewühlt, das sich im besten Fall in einer neuen Konstellation wieder setzt. Neue Zusammenhänge werden sichtbar,

Verbindungen deutlich. Das ist die gute Hoffnung. Und dann erkennt er auf der zweiten Seite von Viktors Tagebuch mit schwarzem Kugelschreiber gezeichnet einen kleinen Totenkopf.

17

Anderhub hat im Internet seinen Familiennamen eingegeben. Genealogische Seiten. Rheinhessen-Pfalz, Mittelfranken, Darmstadt. Da hat er sich doch für einen echten Luzerner gehalten, Innerschweizer seit Urzeiten, sich als Seetaler gefühlt, und nun verschwimmt die Gewissheit, ja baden geht sein helvetischer Patriotismus im Strom der Zeiten, der Jahrhunderte, ein Strom, der sich wasserfällig über ihn ergiesst, rein virtuell, nicht nur die Kriege, die Napoleonischen mit dem Russen, Suworov, dessen Soldaten wohl nicht mit der Weitergabe ihrer Gene gespart haben, nicht nur oben im Urserental, später im Tal der Muota mit seinen Wetterschmöckern, der furchtbare Dreissigjährige, die Burgunder- und Schwabenkriege, Karl der Grosse mit Zwischenhalt im Val Müstair, Völkerwanderungen, die Römer, deren Bauten man ja auch im Luzernischen ausgegraben, fürs Historische Museum geplündert und wieder aufgefüllt und schliesslich überbaut hat, Hannibal und sein Gefolge. Oder wählte der die Côte d'Azur? Dem Bürger von Hochdorf, immer schon wohnhaft in Sursee, dem schmucken Landstädtchen am Sempachersee, regionalplanerische Boomtown mit direkten Zügen in die Bundeshauptstadt, wird schier schwindlig. Was hatte er heute vorgehabt?

An der Morgensitzung der Fachgruppe Delikte Leib und Leben der Kantonspolizei Luzern kassiert Anselm Anderhub einen ausgewachsenen Rüffel vom Chef.

»Der Regierungsrat, der Polizeidirektor persönlich hat mich eben angerufen, ein ehemaliger Schulkollege aus der Kantonsschule Alpenquai habe ihm ziemlich erregt telefoniert, der Heinrich Zihlmann von der

Neuen Luzerner Bank, und sich beschwert darüber, dass die Polizei seine Frau eines Mordes verdächtige. Solche Machenschaften werde er auf keinen Fall akzeptieren. Da zeige sich einmal mehr die Fremdenfeindlichkeit, der latente Rassismus des Polizeikorps, ein Paradebeispiel für rassistisches Profiling, und wenn das nicht schlagartig aufhöre, aber schlagartig, reiche Zihlmann den Medien Futter, wenn nicht die ›Luzerner Zeitung‹, so werde doch der ›Blick‹ oder das Fernsehen, die Rundschau, gewiss da eine gute Story wittern und gierig in den Köder beissen. Nicht dass ers unbedingt darauf angelegt habe, Staub aufzuwirbeln, im Gegenteil, aber als Ultima Ratio blablabla…«, sagt Max Hunziker mit hochrotem Kopf und losem Krawattenknopf.

Aller Augen sind auf Anderhub gerichtet. Der zeigt sich ziemlich unbeeindruckt, abgesehen vom blumigen Wortschatz des Herrn, hatte er doch eine Reaktion befürchtet, ja erwartet, Banker, das weiss er, können dünnhäutig sein. Beim Einstecken. Wie heisst die gelbe Blume am Baum? Polizisten auch. Und überhaupt. Mimosen. Ultima Ratio, Anderhub fasst sich und schmunzelt.

»Ich nehme mir heute nochmals die Eltern vor. Und von Beschuldigung kann natürlich keine Rede sein«, sagt er.

Ermittlungen im Umfeld des Opfers, das käme der Wahrheit schon näher. Eine Befragung sei noch nie eine Beschuldigung gewesen, doch wer eine schlichte Befragung vor- und übereilig als Beschuldigung deute, der zeige, so interpretiere er, mit Verlaub, die Reaktion des Herrn, eher Angst als Zuversicht und Gelassenheit. Was auf eine gewisse Nervosität hindeute, deren Keim er noch nicht genau verorten könne: Liegt er näher bei Zihlmann oder bei dessen Angetrauter? Die Redensart von den getroffenen Hunden verkneift er sich.

»Noch bis Ende Woche geb ich dir. Maximal. Dann haken wir die Sache endgültig ab. Und du kannst von Glück reden, hat sich der Messerstecher von der Baselstrasse gestern Nachmittag selber gestellt«, sagt Max Hunziker.

Anderhub weiss: Es gibt flaue Zeiten. Wenn aber eine gröbere Sache passiert, reichen die personellen Ressourcen nirgendwo hin. Die Politiker wollen sparen, und gleichzeitig schreien die Leute nach mehr Sicherheit, sind aber nicht bereit, dafür zu bezahlen. Sagen Ja zu Steuergeschenken und merken nicht, dass sie im Gegenzug für alle Handreichungen der Öffentlichkeit, jede Unterschrift eines Amtes, wuchermässig abgezockt werden. Nein, parteimässig hat sich Anderhub nie festgelegt, aber eine eigene Meinung leistet er sich schon. Privat. Er besucht nach Möglichkeit auch die Gemeindeversammlungen, ohne sich freilich zu exponieren, indem er sich mündlich äussern würde. Sogar die Gerichte hat man zentralisiert, um Kosten zu sparen. Manchmal wundert sich Anderhub darüber, dass es überhaupt noch eine Kantonspolizei gibt.

Und wenn einer das Wort Sparwahn in den Mund zu nehmen wagt und nach einer Auflistung von Dienstleistungen, die in den letzten Jahren abgebaut wurden – keine Gemeindeverwaltung stellt mehr eine Identitätskarte, geschweige einen Pass aus, kein Bezirkshauptort, auch Sursee nicht, verfügt mehr über ein Berufsinformationszentrum –, wenn also jemand etwas von Steuererhöhung flüstert, ist er, falls im politisch bürgerlichen Lager heimatberechtigt, politisch in einem ähnlichen Zustand wie Viktor Habermacher.

Tot ist Viktor Habermacher. Medizinisch. Anderhub macht einen kleinen Umweg, im Wissen, dass es oft die Umwege sind, die den Menschen aus dem Alltagstrott reissen und ihn bestenfalls auf neue Gedanken schieben. Nicht nur körperlich, mehr noch mental. Wobei körperliche Bewegung die Körpersäfte auch an die Peripherie treibt, nicht zum Nachteil des Kopfes und dessen Innereien. Die Bäckerei bei der Neuen Luzerner Bank mal von der anderen Seite angehen, das verändert die Sicht auf die Dinge. Perspektivenwechsel.

Normalerweise nähert er sich der Bäckerei vom Bahnhof her, denn in der Regel reist er mit dem Zug von Sursee nach Luzern und holt beim Bäcker dort eine Laugenbrezel oder eine Nussstange. Salzig oder süss – je nach momentanem Verlangen.

Nun steht ihm der Sinn nach Slalom. Die Ziellosigkeit führt zum Ziel: Was als Paradoxon erscheinen mag, das hat er mehrfach erfahren, ist keins. Sucht er mit aller Kraft seines Geistes nach einem Namen oder einem Begriff, hilft nicht verkrampftes Nachdenken, sondern das beiläufige Vergessen. Wegschieben wenigstens in die unbewusste Lauerstellung irgendwo im Gehirn. Was freilich nicht einfach ist und Übung erfordert. Nicht dran denken, und schwupp, fällt ihm das Wort, der Name ein. Gut, manchmal lässt Schwuppi auf sich warten. Und manchmal kommt er erst am nächsten Tag, wenn er sich anstrengen muss, um sich an den Zusammenhang zu erinnern. Die Beine vertrampen heisst auch das Gehirn durchschütteln.

Um die Franziskanerkirche herum wandelt er, ohne Auftrag, und die Parksünder interessieren ihn nicht im Geringsten, dann zurück auf die Bahnhofstrasse, dem Regierungsgebäude entlang unter den Arkaden des ehemaligen Staatsarchivs hindurch Richtung Stadttheater, wo er Rolf Brems Bronzeschaftrio streichelt und dem Schafhirten in die Augen schaut. Harte Wolle, harter Schlapphut. Würde er mit dem Hirten tauschen wollen? Nicht für immer.

Ins Theater. Trudi möchte schon lange wieder mal; er hat eine Überdosis davon im Beruf. Das Melodramatische liegt Anselm weniger, und im Kino schläft er mit schöner Regelmässigkeit ein. Trudi greift erst ein, wenn er schnarcht. Anderhub wirft einen Blick in den Aushang, die Fotos, das Programm. Wenn man so Zeit hätte, denkt er. Und er malt sich aus, wie er in ein paar Jahren, wenn er in Rente gegangen ist, die freie Zeit geniessen würde.

›Die Schwarze Spinne‹ spielen sie. Man braucht nicht religiös zu sein, um die Geschichte des Berner Pfarrers stark zu finden. Gotthelf Evergreen. Zeit und das nötige Kleingeld. Ausreden? Trudi den Vorschlag machen, Geburtstagsgeschenk. Eine überzeugende Geschichte, die er versteht. Einfach und doch Raum lassend für Interpretationen und Übertragungen auf die Gegenwart. Links die Kapellbrücke voller Touristen. Anderhub geht dem Theater entlang und nimmt die erste Strasse Richtung Pilatusstrasse. Unter ihm liegt das Parkhaus. Die Fenster der Neuen Luzerner Bank sind Spiegel. Anderhub sieht sich darin auf die Passage zwischen Bank und Mövenpick-Restaurant zugehen. Nicht alle Fenster sind als Spiegel geeignet; der Hintergrund muss dunkel sein.

Ist das nicht die Frau, die er am Samstag an der Beerdigung gesehen hat? Die Frau sitzt am Fenster vor einem Eiskaffee. Das muss sie sein; wenn Anderhub eine Stärke hat, dann die: ein Gesicht nicht zu vergessen. Eine der wenigen Besucherinnen der Abdankung, der dieser Tod nahe gegangen sein muss. Ihre Blicke haben sich kurz getroffen, bevor der Polizist zu seinem Parkplatz gegangen ist. Sie in Begleitung der Theatervereinspräsidentin, welche ihn demonstrativ (Was will der komische Vogel? Glaubt der immer noch an einen Mordfall? So geht man mit unseren Steuergeldern um! An Beerdigungen herumhängen!) eines kurzen Streifblickes bloss gewürdigt hat. Die Frau hat wie er verzichtet auf das Ritual mit dem Weihwasserschwenker, aber ihre Augen, das hat er deutlich gesehen, waren gerötet.

Er schaut nochmals zurück. Hat sie nicht gewinkt? Bildet er sich etwas ein, das gar nicht ist? Die Fensterscheibe spiegelt. Hatte sie wirklich rote Augen, oder passt Anderhub die Wirklichkeit seiner Erwartung an? Und wenn es eine Doppelgängerin wäre? Die Frau des Baumeisters, erinnert sich Anderhub an die Antwort jenes Mannes, den er auf dem Friedhof gefragt hatte.

Die Eleganz der Kleider war ihm aufgefallen, hatte ihn zu seinem Vorstoss bewogen mit dem Risiko, zu einer Notlüge greifen zu müssen. Kollege des Vaters des Verstorbenen. Was heisst schon Notlüge. Im weitesten Sinne sind wir alle Kollegen von allen. Über Adam oder die Primaten-Kohorten sind wir alle miteinander verwandt. Hahaha.

Ode an Evelyne. Sonett.

»Ist dieser Platz noch frei?«, fragt der Kommissar, nachdem er sich im gut gefüllten Lokal umgesehen hat.

»Bitte!«, sagt Frau Keiser.

Anderhub hängt den Mantel an die Garderobe. Wie soll er sie ansprechen? Und wenn sie gar nicht reden will, ihn für einen Schnorrer hält, sich nicht an ihn erinnert, vielleicht nicht erinnern will? Zu spät. Ein Zurück ist keine Option mehr.

»Gehe ich eventuell richtig in der Annahme, dass Sie am letzten Samstag auch an der Abdankungsfeier für Viktor Habermacher teilgenommen haben?«, sagt er, als er neben ihr Platz nimmt.

Wenn beide geradeaus blickten, träfen sich die Blicke im rechten Winkel. Psychologie. Er sucht keine Konfrontation.

»Ich erinnere mich an Sie. Hab Sie gesehen. Sind Sie denn ein Verwandter des Verstorbenen?«, sagt Evelyne Keiser.

Anderhub ist inzwischen auf den Boden der so genannten Realitäten zurückgekehrt, in der die Äusserung des Gedankens eines All-Eins-Seins von allem mit allem dem Risiko einer Entfernung aus seinem Job Vorschub hätte leisten können, so sie denn ruchbar geworden wäre. Und ihn gleichzeitig zum aussichtsreichen Kandidaten für den Einzug in die Psychiatrische Klinik gemacht hätte.

»Nein; ich war sozusagen geschäftlich, ich meine, beruflich da«, sagt der Kommissar.

»Lehrer also.«

Aber jetzt ist Montagmorgen, nicht Mittwochnachmittag. Das denkt Frau Keiser und schaut ihn an: Mir musst du nichts vormachen; ich kenne die Lehrer im Dorf.

»Nein, mich interessiert dieser gewaltsame Todesfall des doch jungen Mannes aus kriminalistischer Sicht«, sagt Anderhub.

»Polizist?«

Evelyne Keisers Erstaunen ist nicht gespielt; ihr Oberkörper streckt sich. Die Distanz zu Anderhub wird grösser.

»So kann mans sagen, Kriminalpolizist.«

»Ich hab gedacht, der Fall sei erledigt?«, sagt Evelyne

Keiser, denkt ans Gespräch am Samstag mit Judith Kronenberg.

»Ist er für Sie erledigt?«

Der Brechtsche Spruch auf der Todesanzeige fällt ihm ein.

Da hat Anderhub mit einem Schuss ins Dunkel sozusagen ins Schwarze getroffen, denn Frau Keiser holt nun ein Papiertaschentuch aus der Handtasche, um die Tränen abzutupfen, das sind nicht Krokodilstränen, ist Anderhub sich sicher, obwohl sie sich alle Mühe gibt, das Make-up nicht zu gefährden.

Das sind die Situationen, die Anderhub gar nicht mag, weil sie ihn emotional überfordern. Er hasst sie, fühlt sich unwohl. Er kommt sich so verdammt ohnmächtig vor, wenn Frauen weinen, so tölpelhaft, zu einer adäquaten Reaktion unfähig. Karmisch, das muss karmisch sein. Aber was heisst schon adäquat? Wie sähe sie aus, die richtige Reaktion? Sollte Anderhub ihr die Hand nehmen, dieselbe streicheln, was man ihm später als sexuell motivierten Übergriff auslegen könnte?

Je mehr er über mögliche Reaktionen nachdenkt, desto stärker lähmen die Gedanken. Aussitzen, das ist seit je her seine Strategie gewesen. Auch im Umgang mit Trudi: Nur bitte keine Tränen. Einfach da sein. So ist es gewesen, als ihr Vater gestorben ist vor zwei Jahren. Einfach da sein, das kann Anselm schon. Er kann Trudi auch in den Arm nehmen und tut es, weil er weiss, dass sie das erwartet. Von sich selber erwartet er mehr. Trost müsste er spenden können, dem Elend mit machtvoller Geste ein Ende setzen. Etwas Nützliches, Wirksames tun, statt bloss zu sein. Ist das die männliche Art, mit existenziellen Problemen, die nicht zu lösen sind, umzugehen?

Evelyne Keiser putzt sich die Nase, entschuldigt sich, bemüht sich um Contenance. Auf dem Löffel im Tellerchen unter dem Eiskaffeeglas hat sich eine Fliege niedergelassen. Die verbale und motorische Paralyse schärft die Sinne. Ablenkungen haben jetzt leichtes Spiel.

Er hört, wie ein Gast nach der Rechnung ruft, riecht die Sauce eines Fleischgerichts, das am Tisch hinter ihnen serviert wird. 11 Uhr, ein Frühesser, Schichtarbeiter vom Bahnhof vielleicht; Anderhubs Gedanken drohen erneut in alle Richtungen auszufransen, bis er sich mit Willenskraft zusammenreisst. Jetzt konzentrier dich endlich auf das Wesentliche, Anselm!

»Viktor war nicht immer so.«

Warten, Geduld üben, obwohl ihm die logische Nachfrage auf der Zunge liegt. Evelyne Keiser hat sich wieder gefasst und entschuldigt sich nochmals für den emotionalen Zwischenfall.

»Keine Ursache«, sagt der Kommissar und ist froh über den glimpflichen Ausgang des Intermezzos.

Erneut versucht er im Kopf die Sache auseinanderzubeinln. Ist es Viktors Tod an sich, der sie so getroffen hat, oder ist es die Art und Weise seines Ablebens? Jetzt nur nicht drängen, diszipliniert er sich. Hoffen und warten. Die Taktik hat sich bewährt, denn mit Gewalt, so seine Erfahrung, lässt sich keine Zunge lösen.

Er erinnert sich an Verhöre von Kollegen, die es mit Druck versucht und nur Gegendruck geerntet haben. Verstummt sind sie, und je mehr der Kollege gedrängt hat, der Verdächtige (stets mit Unschuldsvermutung) solle endlich mit der Wahrheit, die ja so evident sei, herausrücken, desto verstockter haben sich die Verhörten verhalten. Kein Ködern mit Strafmilderung dank kooperativem Verhalten verfängt. Oder höchst selten.

Ja, der Zeitfaktor, das grosse Übel der Zeit. Bloss noch bis Ende Woche hat Max Hunziker ihm zugestanden. Maximal. Die Staatsanwaltschaft will den Fall endlich beerdigen; er merkt das deutlich. Eine halbe Woche für die Wahrheit. Ein Königreich für ein Vermicelles. Anderhub schmunzelt, obwohl die letzte Woche bereits angebrochen ist. Und gibt bei der Kellnerin seine Bestellung auf.

Er hatte ins Obernau zu Habermachers fahren wollen, und nun sitzt er im Mövenpick. Wo bleibt da die durchdachte Strategie?, würde Silvio Wagner fragen. Wo der Plan? Er bestellt zu Dessert und Kaffee ein Glas Wasser, versucht das Eis zu brechen. Möchte erfahren, wie Evelyne Keiser zu Viktor Habermacher gestanden ist. Die Tränen haben Hemmungen weggespült.

»Wir waren während der Ausbildung zur Lehrperson ein Paar«, erzählt Frau Keiser, doch nachher habe das Leben sie halt auseinander gebracht, wie das so sei: »Ich fand in Sursee eine Stelle; Viktor ging an die Schweizer Schule in Bogotá.«

Anderhub erfährt vom Ende ihrer Beziehung und von der ersten Wiederbegegnung mit Viktor, sechs Jahre später, als er in die Schweiz zurückkehrte.

»Viktor hat miterlebt, wie die kolumbianischen Rebellen eines Tages schwer bewaffnet an der Schule aufgekreuzt sind und bestimmte Schülerinnen und Schüler mitgenommen haben. Stellen Sie sich vor, einfach mitgenommen, entführt. Den Schulleiter, der nicht parieren wollte, hätten sie kurzerhand erschossen«, erzählt Frau Keiser, das habe Viktor ihr geschrieben.

Lösegelderpressungen seien an der Tagesordnung gewesen.

»Die zahlungsunwilligen Eltern hätten später einen Finger ihres Kindes zugeschickt erhalten oder eine Ohrmuschel, hat Viktor mir erzählt«, sagt Evelyne Keiser.

Anderhub muss leer schlucken, der Kaffee kommt ihm hoch, und an seine Enkelkinder denken.

Und sie ergänzt: »Für mich ist klar: Seine Unruhe, sein unstetes Wesen hat sich dadurch verstärkt.«

Jetzt drückt die Lehrerin durch, denkt der Kommissar. Psychologische Logik mit dem Zwecke, das schwer Erklärliche zu erklären. Der Eiskaffee von Frau Keiser ist inzwischen geschmolzen, der Mann in ihrem Rücken hat die Rahmschnitzel verinnerlicht, während Anderhub sein Vermicelles löffelt. Offensichtlich geniesst er ihr Vertrauen, da ist jemand, der ihr einfach zuhört, denn sie vertraut ihm an, dass sie sich nach Viktors Rückkehr regelmässig getroffen hätten, zumal er in der Region eine Stelle gefunden habe. Nein, nein, nicht, was er vielleicht denke, nichts Erotisches.

»Waren Sie denn damals bereits mit Herrn Keiser liiert?«, wagt sich Anderhub zu fragen.

»Ja, wir wohnten zusammen, und ich war schwanger.«

Längere Stille. Der Kommissar Anselm Anderhub, gut bürgerlich verheiratet, Eigenheim, Vater zweier Kinder, Durchschnitt durch und durch, Grossvater, Biedermann, nicht Brandstifter, unspektakulär seiner Trudi treu, wird in seinem Beruf mit vielem konfrontiert, das ihn in seinen Träumen und wachen Gedanken heimsucht.

Anderhub denkt in Konstellationen, die er nicht aufzeichnen muss. Vielleicht ist gerade das Bieder-Kommune seiner Existenz der Nährboden für Fantasien. Ist am Ende Viktor der Vater des jungen Keiserlings? Oder ists eine Tochter? Nichts Erotisches, wers glaubt, wird selig, geht Anderhub durch den Kopf. Hätte sies explizit geäussert, wenn nichts dran wäre? Keine Angst, Frau Keiser. Ist ja nicht strafbar. Das möchte er ihr zurufen, doch er hat sich im Griff.

»Und Ihr Mann hat keinen Verdacht geschöpft, nie?«, fragt der Kommissar nach.

»Geri ist sehr beschäftigt, müssen Sie wissen«, sagt Evelyne Keiser, »kaum ein Abend, da er nicht unterwegs ist. Das ist halt so, wenn man Unternehmer ist, der Preis sozusagen.«

Es lebt sich offenbar gut so, zumindest ist wirtschaftlich gesorgt. Nun, da die Kinder aus dem Gröbsten raus seien und keine Betreuung rund um die Uhr bräuchten, hätten sich neue Freiheiten eröffnet, sagt Frau Keiser. Und ihrem Mann könne es nur recht sein, wenn seine Frau aktiv sei und ihren eigenen Interessen nachgehe, das gebe ihm den Freipass, desgleichen zu tun.

Hat Anselm Anderhub da eine feine Spitze wahrgenommen?

Fitness klinge immer gut, Ausdrucksmalen, und ab und zu ein Besuch bei der Kosmetikerin.

»Wir haben uns nie im Dorf getroffen«, sagt Evelyne Keiser. Es sei denn zufällig, wie man sich eben so trifft, beim Einkaufen. Völlig unverdächtig, wenn man da ein paar Worte wechselt.

»Glauben Sie an Viktors Freitod?«

»Ich weiss nicht, was ich denken soll«, sagt Frau Keiser.

Er habe seine psychischen Probleme gehabt, sei ja auch noch in Afrika gewesen und habe da, wie er mal vage angedeutet habe, erneut Traumatisches erlebt, aber Selbstmord? Und so spektakulär, sie könne es nicht anders sagen: inszeniert?

Sie glaubt nicht dran: »Irgendwie passt das nicht zu Viktor.«

»Wie meinen Sie das?«

»Er hat nie viel Aufhebens um sich gemacht, hätte wohl eher Tabletten geschluckt als sich …«

Evelyne Keiser reisst sich zusammen.

»Also glauben Sie, dass Viktor ermordet worden ist.«

»Ich weiss es nicht.«

»Hat Viktor Gedichte geschrieben?«

18

Da ist einiges faul im Staate Keiser, denkt Anselm Anderhub, nachdem er das Mövenpick verlassen hat. Was hat Evelyne dazu bewogen, diesen Geri zu ehelichen? Kotzbrocken. Darf er so denken? Wo bleibt seine Neutralität, wo die Sachlichkeit, auf die er sich weiss was einbildet? Er kennt ihn doch gar nicht. Weiss nicht, was er über die wirtschaftliche Sicherheit hinaus zu bieten hat. Steckt nicht hinter den Urteilen, die er über den Bauunternehmer gehört hat, vor allem die Missgunst? Der Kommissar ist verwirrt, als er auf dem Platz bei der Neuen Luzerner Bank steht. Was wollte er heute erledigen?

Vor Jahren hatte ein als St. Nikolaus verkleideter Mann das Geldinstitut überfallen. Er sieht noch das Bild des Mannes, wie er abgeführt wird. Ein Häufchen Elend in weiten weissen Unterhosen mit einem grossen Traum, der sich eben ins Land der Illusionen verflüchtigt hat, einem Traum von Reichtum in einer Welt, wo das Geld nicht stinkt, aber regiert. Mit einer Spielzeugpistole. Plump. Ein Fall für den Psychiater. Ein Kind, das sich seinen Anteil mit kindlichen Mitteln hat holen wollen. Fasnachtsnummer. Immer auf die Kleinen, die sich nicht wehren können, denkt Anderhub. Ein verstopftes Hofnarrenventil.

Sicherheit kann er ihr bieten, wirtschaftliche, finanzielle Sicherheit. Um die Motive zu kennen, die zu derartigen Tauschgeschäften führen, müsste man mehr wissen. Anderhub will nicht verurteilen. Ihm fällt ein Spruch ein, den er in seiner Jugend gehört hat: Lieber reich und gesund als krank und arm. Manchmal fliegen ihm solche zynischen Sätze zu, er weiss um deren Bösartigkeit, kann nichts dagegen tun, und dann schämt er sich beinahe, dass er damals auch gelacht hat. Und dann tröstet ihn die Wirklichkeit, dass nämlich die Reichen die Gesundheit nicht kaufen können, höchstens den Privatarzt, und die Zufriedenheit schon gar nicht. Ach diese armselig einfachen Gemeinplätze! Vielleicht hat sich Evelyne gar nie Illusionen gemacht? Vielleicht wollte sie gar nicht mehr als die Sicherheit, deren Preis darin bestand, an Geris Seite immer eine gute Falle zu machen.

Sind solche Verbindungen nicht immer Deals? Do ut des. Ich gebe, auf dass du mir gibst. Wie sieht es denn bei ihm und Trudi aus? Welche Arrangements haben sie getroffen? Sachen ergeben sich, Zufall, nicht alle Arrangements sind planbar, schon gar nicht jene, die erst in der Zukunft von Bedeutung sind. Und wer kennt denn schon die Zukunft? Wer weiss zum Zeitpunkt, da ein Mensch eine Beziehung eingeht, worauf sie hinausläuft? Welche Schicksalsschläge lauern wann und wo? Was machte man anders, wenn man alles wüsste? Könnte man nur eine einzige Sache anders machen? Geworfen sind wir, ach, und ergeben müssen wir uns einer anonymen Schicksalhaftigkeit.

Denn die moderne Gehirnforschung sagt: Freier Wille ist eine Illusion. Er erinnert sich an die Diskussionssendung am Fernsehen am Sonntagmorgen. Wir bilden uns ein, frei zu entscheiden, dabei hat die Chemie im Gehirn die Entscheidung längst getroffen. Das könne man heute beweisen. Anderhub mag das nicht, denn die Konsequenz daraus wäre, dass jeder Verbrecher tun muss, was in ihm angelegt ist. Wo bleibt da die persönliche Verantwortung?

Glücklich ist Evelyne nicht. Darüber hinweg täuschen weder glänzende Fingerringe noch Edelsteine in den Ohrringen. Ob sie mit Viktor glücklicher geworden wäre, ist eine Frage, die sich nie beantworten lassen wird. Ihre Gehirnflüssigkeiten und die elektrischen Strömungen im Oberstübchen haben die Wahl getroffen.

»Es ist, wie es ist«, sagt sich Anderhub.

Realitätssinn oder Resignation? Er macht bei sich, gerade nach solchen Begegnungen, vermehrt grüblerische Tendenzen aus. Soll er sich darüber ärgern? Es ist, wie es ist, fertig. Sprüche. Da wär auch Wagner bei ihm. Der reine Fatalismus. Und wenn der Geri Keiser seine Frau vernachlässigt, wenn Evelyne Keiser ihrem Mann in Dienst-nach-Vorschrift-Manier zur Verfügung steht. Was geht ihn das an? Es sei denn, daraus entwickelt sich ein Fall, den er, Anderhub, zu lösen sich als Aufgabe gestellt hat. Glücklich ist Evelyne Keiser nicht. Manchmal hat sie den leeren Blick, und man möchte hineinsehen in die fremde Welt der Gedanken und Gefühle dieser Frau. Tunnelblick. Tränen hat sie verdrückt, als er sie auf ihr Verhältnis zu Viktor Habermacher angesprochen hat. Nein, ihr Mann habe nichts davon gewusst, dass sie sich regelmässig getroffen haben. Noch letzte Woche. Es sei denn, und auszuschliessen sei das nicht, er habe sie beschattet, beschatten lassen, was sie jedoch nicht glaube. Er habe sie jeweils beim Coiffeur oder im Fitness, bei der Podologin oder schlicht beim Einkaufen gewähnt. Und da sei sie gewesen. Auch.

Anselm Anderhub blickt auf die Uhr. Mittagszeit. Er hatte eigentlich vorgehabt, zu Habermachers ins Obernau zu fahren; nun steht er vor der Bäckerei und weiss nicht mehr, was er will. Etwas Süsses zwischen die Zähne. Oder doch lieber ein Käse-Sandwich. Das Geschnatter der Schülerinnen der privaten Sprachschule um die Ecke, wenn sie am Tresen stehen und nicht wissen, was sie wollen, schätzt er nicht. Ja, die Jugend. Die denken nicht an den Tod, die lachen ihn aus. Vorderhand. Wie Schmetterlinge kommen sie ihm vor.

Ist er auch so gewesen, unbekümmert, als gehörte einem die ganze Welt? Ob sie die Lebenserwartung von Schmetterlingen kennen? Anderhub erinnert sich nicht. Aber an Prometheus erinnert er sich, der den Menschen die Gabe, in die Zukunft zu blicken, genommen haben soll. Die Geburt der Hoffnung. Eigentlich ein schöner Zug der Jugend, setzt er sein inneres Selbstgespräch fort, um den Kummer muss man sich nicht kümmern; er kommt von alleine, während an der Haltestelle der Bus mit der Nummer 1 anfährt, als die Ampel auf Grün schaltet. Die Ernüchterung schleicht sich früh genug ins Leben.

Endlich ist er in der Bäckerei an der Reihe – aber was soll er jetzt? Er muss über sich selber lachen. Die ewige Grundsatzentscheidung zwischen süss und salzig. Anderhub hat sich bei Frau Habermacher angemeldet. Beim Mittagessen möchte er sie nicht stören. Sie hat abgewinkt. Manchmal sieht Anderhub im Ton die Geste.

»Ich bin zu Hause, den ganzen Tag«, hat sie gemeint, nachdem der Kommissar nicht genau sagen konnte, wann er eintreffen würde. Und ob sie sich vorbereiten müsse.

Nein, hat er gesagt, um Gotteswillen, es sei weder ein Verhör noch eine Vernehmung im engeren Sinne. Er möchte einfach noch etwas mehr über ihren Sohn Viktor erfahren, um sich ein runderes, vollständigeres Bild zu machen. Wenn sie sich vorbereiten, kommt meist wenig Sachdienliches heraus, denkt er. Vorbereitung trägt den Keim der Manipulation in sich: Man möchte ein bestimmtes Bild vermitteln, blendet ein und aus nach Belieben. Die wahre Kunst des Ermittlers besteht darin, die Zwischentöne zu lesen, nicht das offensichtliche Theater.

Ein kühler Wind kommt auf, als er mit einer Nussstange in der Hand die Bäckerei verlässt und an der Bushaltestelle auf den nächsten Einer wartet. Er drückt seinen Hut etwas tiefer in die Stirne, ohne damit gegen ein Verhüllungsverbot zu verstossen, nimmt die Nussstange aus dem Papier und beisst zu. Frisch ist er, der begradigte Gipfel, und an der Füllung haben sie nicht gespart. Die Füllung macht den Gipfel aus, und dem Bäcker, der daran spart, ist nicht zu helfen.

Im Freien sind die Brosamen nicht verloren. Er ist froh, hat die Bettlerin ihn nicht angesprochen. Nur nicht in die Augen schauen! Er hätte ihr seine Nebenerwerbung, das Pausenbrot gegeben, das mit den Rosinen drin, auch wenn sie lieber einen Fünfliber für die Notschlafstelle gehabt hätte. Ihm müssen sie nichts vormachen, die armen Tröpfe. Anderhub findet im Bus einen Sitzplatz am Fenster, trottoirseits. So viele verschiedene Menschen. Und alle haben sie ein Ziel. Fast alle. Man kanns an den Schritten erkennen. Wobei der Kopf auch die Beine machen lassen kann, als ob.

Auf der Grünfläche zwischen den Mehrfamilienhäusern im Obernau sind Arbeiter dabei, die Verankerungen der Schaukel auszugraben; die Schaukel selber ist bereits demontiert. Der Besitzer der Liegenschaft investiert in die Zukunft. Leerwohnungen schaden seinem Portemonnaie. Anderhub wird erwartet.

»Ja, Viktor ist in Kenia gewesen, Zwischenjahr, gleich nach der Matura, hat einen Halbjahresjob erhalten als Animateur in einem Ferienresort direkt an der Küste«, sagt Frau Habermacher, als Anderhub ihr das Tagebuch ihres Sohnes zeigt.

»Das kann man ja nicht lesen«, entfährt es ihr; der Kommissar widerspricht nicht, sieht aber seine Hoffnung schwinden, dass sie ihm, wie er gehofft hat, beim Transkribieren helfen könnte.

»Und was soll wohl diese Zeichnung hier bedeuten, sieht aus wie ein Totenkopf?«, sagt Anderhub.

Mutter Habermacher bückt sich über das Tagebuch. Sie nickt und beginnt leise zu weinen.

»Viktor war nicht immer so«, schluchzt sie.

Er sei ein lebensfroher junger Mann gewesen, aber Afrika habe einen Knick in sein Leben gemacht; er sei nachher, als er zurückgekommen sei, nicht mehr der Gleiche gewesen.

»Fragen Sie Evelyne, sie war in der Kantizeit und später, noch während des Studiums, eine gute Kollegin gewesen«, sagt Frau Habermacher

»Kollegin oder mehr?«

»Ich weiss nicht.«

Anderhub nippt an seinem Pfefferminztee. Er mag zwar keine heissen Getränke, doch manchmal lässt er sich sogar zu einem Kaffee überreden, rein intuitiv, wenn er das Gefühl hat, sein Beharren auf einem Glas Hahnenwasser könnte sein Gegenüber negativ beeinflussen dergestalt, dass er dessen Sympathien verlustig ginge. Und Sympathie kann, so seine Erfahrung, leicht und fliessend in erfreuliche Vertraulichkeit übergehen, was in den meisten Fällen seiner Sache nur förderlich ist. Ein zu loses Mundwerk, das viele Wörter absondert ohne viel zu sagen, mag ärgern, ein gelöstes Mundwerk einer im Grunde eher schweigsamen Person aber freut einen Polizisten. Jetzt bloss nicht hetzen, bloss nicht allzu zielgerichtet weiterbohren.

»Ich habe sie eben getroffen in der Stadt«, sagt er.

»Evelyne?«

Anderhub bestätigt.

»Und, was sagt sie zu Viktors Tod? Hat sie Ihnen gesagt, warum sie nicht in den ›Sternen‹ gekommen ist nach der Beerdigung?«

»Darüber haben wir nicht geredet, aber ich kann Ihnen mit Sicherheit sagen, dass dieser Tod sie weit stärker mitnimmt, als sie selber wohl möchte.«

Schweigen.

»Ich weiss nicht. Vielleicht denkt sie, ihr Mann habe etwas damit zu tun«, hebt Anderhub wieder an.

»Mein Mann?«

Mit diesem Missverständnis hat der Polizist nicht gerechnet; es ist ihm peinlich, denn die staunende Empörung von Frau Habermacher ist nicht gespielt. Die mündliche Sprache kennt keine Rechtschreibfehler, keine Höflichkeitsform, keine Anredepronomen.

»Nein, ihr Mann, Evelyne Keisers Ehegespons, der Geri Grosskotz oder wie sie ihn hinter vorgehaltener Hand nennen im Dorf«, versucht Anderhub die Frau zu beruhigen. Und bereut noch, während er es sagt, oder doch mit minimster Zeitverschiebung, seine wertende Äusserung, auch wenn sie als indirektes Zitat dahergekommen ist.

Da fällt Frau Habermacher aber ein Stein vom Herzen, denn Willi, ihr Gatte, war vielleicht nicht immer der Geduldigste und Verständnisvollste, was den Umgang mit ihrem gemeinsamen Sohn angeht, aber dass er irgendetwas mit Viktors Tod zu tun haben könnte, übersteigt ihre Vorstellungskraft massiv.

»Schlechtes Gewissen?«, fährt Frau Habermacher fort.

Das gönne sie ihr durchaus, denn wie sie ihren Viktor nach dessen Rückkehr habe abblitzen lassen zu Gunsten des Backsteinmillionärs, das hätte sie Evelyne nicht zugetraut. Und das erkläre wohl auch ihr Fernbleiben vom Leichenessen.

»Man kennt das ja: Geld zu Geld, gell.«

Und sie erzählt Anselm Anderhub, dass Evelyne Keiser die Tochter eines Zweigs der internationalen Liftfabrikanten sei, was dem Immobilienheini im Dorf durchaus gelegen gekommen sein muss, gebe es doch heute kein Mehrfamilien- oder Terrassenhaus mehr ohne Aufzug. Das ist Keisers Spezialität. Zumal der Keiser ja sogar in der Agglomeration angefangen habe, Altersresidenzen aufzustellen.

Wenn einer den Riecher für den maximalen Profit habe, dann Geri Keiser. Das kommt nicht aus dem Munde der Frau Habermacher, das hat Anderhub einmal in Sursee gehört an einer Gemeindeversammlung, als die Gemeinde für eine Grossüberbauung hätte Land an ihn verkaufen sollen. Der Antrag des Stadtrats war dann freilich bei den Stimmberechtigten nicht durchgekommen.

»Haben Sie eine Ahnung, was Viktor mit diesem Symbol wohl sagen wollte?«, fragt Anderhub. Symbol statt Totenkopf, sagt er.

Sie habe eine vage Ahnung, was Viktor damit habe andeuten wollen. Er habe, aber das habe ihr Viktor erst viel später gestanden, als seine psychische Unausgeglichenheit nicht mehr auszublenden oder schönzureden gewesen sei, er habe sich damals in Kenia mit einer jungen Afrikanerin angefreundet, kaum 16 sei sie gewesen.

»Und die hat ihn verführt, Sie wissen schon, und Viktor ist auf sie hereingefallen. Er hat sie geschwängert, und ...«

Frau Habermacher japst, schluchzt auf. Krokodilstränen würden zu Afrika passen, aber Anselm Anderhub hält in diesem Fall nichts von Unterstellungen.

Plötzlich sei die Familie der jungen Frau da gestanden und habe erwartet, dass Viktor die Konsequenzen ziehe.

»So hat ers mir erzählt«, sagt sie und schildert die Optionen. Erpressung, reine Erpressung. »Hätte er sie heiraten und mit nach Hause bringen sollen? Hätte er dort bleiben und den ganzen mickrigen Animateur-Lohn, ein Trinkgeld, ja Ausbeutung in Reinkultur, das können sie nur mit Studenten machen, ihrer Familie abliefern sollen?«

Anderhub schweigt, hält Frau Habermachers Pausen aus.

»Am Ende ist die junge Frau mit Viktor zu einer Engelmacherin gegangen, die in einem Hinterzimmer in der Hauptstadt den blutigen Eingriff vorgenommen hat«, erzählt Frau Habermacher. »Und wenn Viktor nicht einen Vertrag unterschrieben hätte, in dem er bestätigt, dass er der Frau monatlich 500 Franken Schmerzensgeld zukommen lasse, und zwar lebenslang, hätten sie ihn auf der Stelle entmannt.«

Anderhub erstaunt Frau Habermachers blumige Sprache, die in seiner Körpermitte einen schalen Phantomschmerz auslöst.

»Sie können sich vorstellen, in welcher Verfassung Viktor nach Hause gekommen ist.«

»Und die Zeichnung?«

»Eben.«

»Und die Frau?«

»Lebt in der Stadt.«

»Ashanti.«

19

Natürlich ist Geri Keiser nicht blöd. Er hat seine Informanten, seine Zuträger, die sich bei ihm beliebt machen wollen, die Speichellecker. Dann jene, die es nie mit niemandem verderben wollen, die absolute Majorität, denn Harmonie ist der Wohlklang ohne Dissonanzen, und der ist mehrheitsfähig. Und zuletzt sind da jene, die Keiser in wildem Trotz herausfordern, jene, die sagen, du schneidest mir kein Brot ab, auch wenn ich dir nicht nach dem Mund rede.

Der Wirt des ›Sternen‹ im Dorf ist einer von dieser Sorte. Hat Geri eines Abends beim Feierabendbier aufgezogen, als Viktor im Dorf seine Stelle antrat, sozusagen zum Kollegen wurde von Evelyne, die damals schon mit Keiser liiert war. Denn der Wirt wusste, weiss der Teufel woher, von der einstigen Liaison zwischen Evelyne und Viktor. Wirte hören allerhand, wenn sie am Stammtisch sitzen und mittrinken, aber auch aus der aufmerksamen Ferne des Tresens, denn in der Beiz, am Stammtisch besonders, geben sich zahlreiche Schicksale ein Stelldichein. Da gibt es Berührungspunkte und Verbindungen, Verwandtschaft, Bekanntschaft, Vereine, mehr als man sich vorstellen möchte, die den Gemeinplatz belegen: Die Welt ist doch so klein.

Natürlich ist der Keiser nicht blöd. Er kann mehr als eins und eins zusammenzählen. Andererseits vertraut er auf das Gewicht seines Einflusses. Was er der Evelyne bieten kann, übersteigt die Möglichkeiten eines kleinen Schulmeisterchens um ein Mehrfaches. Rein finanziell. Und darüber hinaus weiss er aus netten Erfahrungen, dass Geld ohnehin sexy macht. Er ist weiss

Gott kein Kind von Traurigkeit, und sollte seine Frau unter dem Hag durch fressen, so tat er das schon lange und immer, das Recht des Erfolgreichen, und täte seine Frau desgleichen, böte ihm diese Tatsache ein besseres Gewissen. Auch wenn sein Geschäftsgebaren zuweilen anderes nahelegt: Geri Keiser spricht sich durchaus ein Gewissen zu. Vom Konjunktiv hält er als Realist, Pragmatiker und Mann mit Bodenhaftung, auch wenn er im siebten Stock seines neuen Mehrfamilienhauses steht und im Geist wie im Prospekt für die mögliche Käuferschaft die Aussicht vergoldet, rein gar nichts.

Dass er über Leichen gehe, hat Anderhub mehrfach gehört, warnend, sogar in Sursee. Regionales Stillhalteabkommen, wenn es um Bauvorhaben geht. Keiser habe keine Skrupel, einem Einfamilienhausbesitzer einen Block im Mindestabstand – noch ein bisschen weniger, wenn es ihm dient und er weiss, dass niemand genau nachmisst, die Gemeindebehörden hat er schon lange im Sack – vor die Nase zu stellen, wenn das die Bau- und Nutzungsordnung nicht untersagt. Und sonst weiss er dafür zu sorgen, dass die Zonenplanung angepasst wird.

Für die Kantonsarchäologen, die mit Pinsel und Besen alte Steine und Scherben putzen wollen, hat er ein müdes Lächeln übrig. Kultivieren sie und die Kollegen von der Denkmalpflege ihre komischen Ideen von schützenswertem Kulturgut und Heimatschutz, schafft er mit Presslufthammer und Beton harte Fakten. Sein Namensschild – Keiser AG – ist auf vielen Baustellen zu lesen, bis nach Sursee und darüber hinaus Richtung Luzern, aber auch in die Nachbarkantone im Norden hat er seinen Einfluss ausgedehnt, eine Expansion, welche die Gemeindebehörden mehr als irritiert, rechnen sie doch mit guten Steuereinnahmen aus seinem Unternehmen, aber auch als Privatperson. Ein multikantonales Unternehmen sozusagen, aber was geschieht, wenn er seinen Firmensitz, wenn möglich auch den privaten Wohnsitz, ganz legal aus steuertechnischen Gründen verlegt?

Das berufliche Eingespanntsein macht es Geri leicht. Obwohl er spürt, dass Evelyne darüber nicht erfreut ist, wenn es kaum einen Abend gibt, den er zu Hause verbringt. Letzthin hat er auf ihrem Bücherstoss neben dem Bett den Titel ›Die abwesenden Väter‹ gelesen. Ja, es stimmt, sie hat die Kinder erzogen, unter der Woche. Aber in den Skiferien hat er sich doch um sie gekümmert.

Geri Keiser ist kein Simpel. Er stellt sich durchaus die Frage nach dem Sinn und jene nach dem Glück. An Wochenenden, wenn er nicht weiss, was er mit seiner Freizeit anfangen soll. Nur die letztgültigen Antworten hat er nicht gefunden. Dass er in seinem Streben nach Aufträgen, die Gewinne generieren, die Zeit vergisst, sieht er sich nach. Er vertraut darauf, dass die Zeit des Geniessens kommen wird, verschiebt sie auf später, in der Überzeugung, er könne sich ein Ausruhen und Kürzertreten jetzt nicht leisten. Er kann doch jetzt nicht aussteigen oder nur noch im Spargang wirtschaften. Das wäre das Ende, ist er überzeugt, denn wer nicht wächst, schwindet. Verschwindet. Da würde die Konkurrenz sich schön ins Fäustchen lachen!

Geri fühlt die Verantwortung für seine Familie, das eigene Blut, schiebt jene vor auch für die Belegschaft und deren Familien. Dass sein Vater vor der Zeit gestorben ist, mit 58 Jahren, Herzinfarkt, und ihn, Geri, früh in die Verantwortung und Pflicht genommen hat, versteht er nicht als Warnung; vielmehr bemüht er zur Beruhigung die Wahrscheinlichkeitsrechnung.

Der Vater hat Pech gehabt, dann muss ich ja Glück haben. Steht mir doch zu. Ist es nicht so? Ein Jahrhunderthochwasser kommt auch nicht alle Jahre, der Felssturz von Goldau war vor 200 Jahren, und das Risiko, dass ein Blitz in ein Haus schlägt, ist eine Woche nach dem letzten Blitzeinschlag ins selbe Haus besonders gering. Gering, aber nicht inexistent. Er weiss es wohl, allein, er vertrödelt seine Zeit nicht mit solchen Dingen.

Von Wahrscheinlichkeitsrechnung hält Anselm Anderhub wenig. Zufälle bestimmen das Leben, so seine Überzeugung. Eben hat er in der Tagesschau gehört und gesehen, dass das italienische Dorf, vor einem Jahr schon von einem Erdbeben betroffen, erneut heimgesucht worden ist. Soll den Einwohnern da einer mit der Wahrscheinlichkeitsrechnung kommen! Blanker Zynismus.

Das grundsätzliche Geworfensein des Menschen in ein Sein, sinnfrei. In der Kantonsschule hat in der kritischen Phase des geistigen Erwachens ein junger Philosophielehrer seinen Zöglingen die Illusionen genommen. Anderhub ist ihm dankbar dafür. Das ist seine Erinnerung an die Schulzeit ohne viele Leuchttürme.

Jupiter, der Lateinlehrer, war keiner. Dieser Philosophielehrer war einer. Man kann Martin Heidegger viel vorwerfen, seine Nähe zu den Nazis zuvorderst, aber die Idee grundsätzlichen (und grundlosen) Geworfenseins in eine Existenz, die niemand gewählt hat, beeindruckt ihn noch heute. Er begegnet ihr auf Schritt und Tritt. Viktor und Ashanti. Mombasa und Luzern.

Schicksalhafte Begegnung. Von welcher Macht sollte sie vorgesehen gewesen sein? Ein besonnen leitender vernünftiger Weltgeist in und über allem schwebend? Das ist nicht Anselms Verständnis des Lebens.

Wenn er im Zoo Menschenaffen in die Augen schaut, kommt ihm dabei mehr Wärme entgegen als in manchem Verhör. Traurige Blicke, die sagen: Was tut ihr uns an? Warum sperrt ihr uns ein? Gehören wir nicht auf die gleiche Seite des Gitters? Ist es nicht ein dummer Zufall nur, dass die Rollenverteilung so ist und nicht umgekehrt? Sympathie! Ja, Empathie. Was ein Prozent des genetischen Materials ausmacht! Und die Kraken tief im Meer mit drei Herzen und neun Gehirnen. Wer, fragt sich Anderhub zuweilen, ist da der Simpel?

Trudi weigert sich. Diskussionen mit ihr über Zufall und Geworfenheit sind schwierig und nicht ergiebig. Trudi stellt sich eine Sinnhaftigkeit vor, der Anselm nichts abgewinnen kann. Eine Sinnhaftigkeit im spirituellen Sinn: Wir sind alle Teile eines Ganzen. Für Anselm eine Binsenwahrheit, aber kein Grund, da weiter zu grübeln. Also lässt er sich nach Möglichkeit nicht auf Diskussionen über Sinn und Unsinn, Ziel und Zweckhaftigkeit des Lebens ein. Er kann das schon verstehen: Es mag tröstlich sein, sich als Baustein in einem Ganzen zu sehen. Aber Trost ist für ihn kein Grund, sich auf spirituelles Glatteis zu begeben. Anselm ist die Idee des Geworfenseins guter Trost genug. Am Ende stehen oft Tränen, und die mag Anderhub gar nicht. Er kommt sich schuldig vor, hartherzig, da hartwortig, doch ist er sich und seiner intellektuellen Redlichkeit schuldig, dagegenzuhalten und das Nichtwissen auszuhalten. Trudis Tränen, da sie sich nicht verstanden fühlt in ihrem tiefsten Wesen. Anselm spürt, dass sie da etwas trennt, und er frönt einer Vermeidungsstrategie.

»Was träumst du?«, fragt Trudi.

Anderhub erschrickt; der Kugelschreiber fällt auf den Teppich. War er eben eingenickt?

»Du bist überarbeitet. Uns täten ein paar Tage weg vom Alltag gut, und wenns nur ein Wochenende ist«, sagt Trudi, und ihrer Miene ist zu entnehmen, dass ihr bewusst ist: die Chancen stehen aktuell schlecht. Aber das Bedürfnis muss deponiert sein.

»Ich kann jetzt nicht weg, aber wenn der Fall Habermacher erledigt ist, ich versprechs dir.«

»Dann kommt der nächste Fall und der übernächste, du musst mir doch nichts vormachen.«

Sie hat recht, denkt Anselm Anderhub, und er will sich jetzt nicht rechtfertigen. Natürlich hat sie recht. Er spürt einen Druck in der Magengegend: Gebe ich just in dieser Sekunde meinem Geschwür Nahrung? Wächst in meinem Bauch unbemerkt ein letztlich tödlicher Tumor? Trudi weiss, dass Hunziker ihm nur noch diese Woche zugestanden hat. Das lässt ihre Hoffnung freilich kaum grösser werden. Sie hat ihre Erfahrungswerte.

Er will seiner Frau jetzt auch nicht auseinandersetzen, dass ein Job wie seiner sich eben nicht allein in den Bürozeiten machen lasse. Was sie übrigens weiss. Von Anbeginn an. Er hat ihr nichts vorgemacht, nie. Nein, er sagt gar nichts, kommt sich wie ein Schulbube vor, der beim Klauen eines Apfels erwischt worden ist. Was kann ich dafür, dass ich meinen Job liebe? Und wie wäre er auszuhalten, wenn seine Arbeit ihn unglücklich machen würde? Sollte sie die Situation nicht einmal aus dieser Perspektive betrachten?

»Im November, machen wir im November eine Flussfahrt«, schlägt er vor, »buche doch die Donaufahrt bis zum Schwarzen Meer.«

Er hat im November Ferien eingegeben, unabhängig davon, ob die Einsteigdiebe dannzumal Hochkonjunktur haben werden oder nicht. Ist ja nicht seine Baustelle, solange sie nur klauen und nicht dreinschlagen und um sich schiessen.

Trudi kennt ihren Selmi, und sie spürt, wie es ihn manchmal beinahe zerreisst zwischen der Leidenschaft für seinen Beruf und dem ernst gemeinten Erfüllungswunsch, ihre Bedürfnisse betreffend. Aber soll sie sich deswegen verleugnen? Und Anselm Anderhub? Könnte er sich teilen, er täte es.

Evelynes Augen haben geleuchtet an der Premiere und an der Derniere. Geri musste eingestehen, dass Viktor seine Rolle grossartig gespielt hat. Neidlos anerkennt er diese Leistung, die anders ist als eine Geldüberweisung oder die Arbeit seiner Angestellten beim Bau der Festwirtschaft. Wie sie an seinen Lippen gehangen ist. Das hat Geri irritiert. An seinen, Geris Lippen hängt sie selten. Hat er etwa bei ihr jeweils den Text aufgesagt? Hat sie ihn abgefragt? War Evelyne seine Souffleuse in der Übungsphase?

Vor allem die Monologe, beinahe Publikumsbeschimpfungen, haben ihre Wirkung gehabt. Habermacher hat Evelyne angeblickt in der Tenne, zum Theaterraum umfunktioniert; er hat ihr in die Augen geschaut, Kreienbühls Anweisung, das nicht zu tun, zum Trotz. Sie hat seinem Blick standgehalten. Viktor hat ihr ins Gesicht gesagt, dass Eisenmoritz mehr gebe auf das Verrostete, da es echt sei, als auf das Verchromte, Veredelte, mehr auf Sein als auf Schein.

Er hat dem Publikum an den Kopf geworfen, fanatisch überzeugt, in einer Welt des schönen Scheins zu vegetieren, einem künstlichen Biotop der netten Fassaden, was sich in schönen Kleidern und Schuhen manifestiere, aber auch die Schminke und Tünche am abgelebten Fleisch verhülle bloss den Verfall und verzögere ihn bestenfalls, könne ihn aber nie aufhalten. Je verkrampfter das Bemühen um Aufrechterhaltung der Fassaden, desto böser das Erwachen. Wenn sie dereinst einstürzten, zerbröselten die Fassaden, wenn nur mehr hauchdünne Hülle da wäre und nichts mehr dahinter. Nichts.

Geri Keiser hat diese Äusserungen für den Ausdruck eines kranken Geistes genommen; wie in einem Wahn hat Habermacher seinen Text gesprochen, ausser sich, doch völlig überzeugt davon, dass er die Wahrheit spricht.

Der Schmidlin, der Schreiber des Stücks, war ihm immer suspekt vorgekommen. Nur gut, hat er bald den Hut genommen auf der Kanzlei, denkt Keiser. Wollte sich wohl profilieren, Theater machen. Das hat er jetzt gemacht! Theater! Die Wirklichkeit sieht anders aus. Paragrafenreiter, ganz genau. Realitätsfremder Träumer. Wenn dieser Typ Gemeindeschreiber geworden wäre!

Die Gemeindeverwaltung ist ein Dienstleistungsbetrieb, das hab ich dem Gemeindepräsidenten deutsch und deutlich gesagt, und dienen heisst nicht, ehrbaren Bürgern und dem Gewerbe, das Arbeitsplätze schafft und durch das Auszahlen von Löhnen Steuergelder generiert, Steine in den Weg zu legen. Keisers Worte.

Nun gut, solange ers im Theater macht, kann ich damit leben, sagt sich Geri Keiser, obwohl er nicht ganz nachvollziehen kann, dass der Theaterverein einem solchen Miesmacher eine Plattform bietet für staatszersetzende Ideen, und in diese Richtung läufts doch, auch wenn ein Spinner sie äussert. Und die Zeitungen, der Gipfel der Unverschämtheit, rühmen die Aufführung noch als gelungenen Wurf mit konkretem Aktualitätsbezug.

Der Gemeindepräsident, diese Windfahne, freut sich, dass das Dorf ins Gespräch kommt. Das ist auch Standortmarketing, hat er Keiser gesagt, als der ihn nach der Premiere auf die Frechheiten, ja Subversivitäten angesprochen hat.

»Im Gespräch bleiben ist alles, und am Ende profitierst wohl auch du von Leuten, von Zuzügern, die ins Dorf kommen wollen, weil hier kulturell etwas läuft«, hat er gesagt, der Präsident.

Gelacht hat Geri Keiser, und wenn einer auf diesem Gebiet ein Fachwissen hat, dann er: »Die kommen, weil sie sich in Stadt- oder Seenähe nichts mehr leisten können.«

»Und all die Leute brauchen Wohnungen«, hat der Präsident gesagt und Keiser verschwörerisch zugeblinzelt.

Sollte wohl eine Anspielung sein auf die geplanten Neueinzonungen von Bauland. Da soll doch der Schmidlin den Eisenmoritz von Filz schwafeln und schwadronieren lassen. Vetternwirtschaft monieren. Das hätten die Leute morgen schon vergessen, erinnerten sich vielleicht noch an die wohlfeile assortierte Dessertplatte, das gute oder schlechte Wetter, den anheimelnden Käsegeruch in der Theaterbeiz oder nun natürlich an den Selbstmord von Habermacher, das schon. Aber Theater sei nicht Gemeindeversammlung. Ob er sich da sicher sei, grinst nun Keiser und meint die positiv formulierte Umkehr-Ungleichung.

20

Max Hunziker muss sich an die Leine nehmen. Er bebt innerlich. Seinem Mund ist noch kein Laut entsprungen; der Blick sagt alles. Irgendwie starr, verhärtet. Heute ist nicht gut Kirschen essen mit dem Chef der Fachgruppe Delikte Leib und Leben bei der Kriminalpolizei Luzern. Er blickt auf die Uhr. Wehe, es kommt einer zu spät. Oder eine. Silvio Wagner sitzt schon. Andrea Zurfluh hat den Laptop in Betrieb genommen. Anselm Anderhub zieht den Stuhl hörbar zurück, bevor er sich setzt.

Ein kahles Büro; Trudi würde da Remedur schaffen, hätte sie etwas zu sagen. Wenigstens ein paar Pflanzen. Anderhub passts, wies ist. Ein sachlicher Versammlungsort mit wenig Ablenkungsmöglichkeiten. Ein Bild an der Wand als Farbtupfer. Weisse Leinwand, darauf Farbspritzer in zwei verschiedenen Grüntönen. Die Leichtigkeit, ja Unverkrampfheit, mit der die Farbtolggen appliziert worden sind, lässt ihn sein erstes Urteil präzisieren: Da hat einer eine lockere Hand gehabt. Wie oft hat er probiert? Leinwände versaut? Der Blick durchs Fenster auf die Häuserfronten offenbart nichts Spektakuläres, es sei denn, man lasse sich von kleinen Balkonen, als Stauraum missbraucht, aufmerksamkeitstechnisch wegziehen. Eine getigerte Hauskatze, die in Ermangelung von Vergleichsmöglichkeiten nichts von ihrem Elend weiss. Eine mit Zigarettenstummeln überquellende Ovomaltinebüchse als Aschenbecher. Ein Leben als Zweckentfremdung. Besen, Schrubber, ein paar grüne Pflanzen in Tontöpfen. Eine nackte Schaufensterpuppe, weiblich, ohne ausgearbeitete Geschlechtsmerkmale. Nicht einmal Brustwarzen.

Vielleicht wohnt da eine Schneiderin. Wie können Schneiderinnen überleben? Ein Putzkübel in der Ecke des Balkons, ein trockener Lappen liegt über dem blauen Behältnis. Wie wird da erst der Keller aussehen? Anderhub tendiert zu solchen kleinen Fluchten, wenn eine Sache ihm unangenehm zu werden droht. Am Metallteil, ausschwenkbar und wohl zum Aufhängen von Wäsche gedacht, hängt ein geschrumpfter Veloschlauch. Auch Trudi ist Anselms Taktik (oder ists ein unreflektierter Reflex?) schon aufgefallen, und beschämt war er zu seiner Schwäche gestanden. Eine Reklamation beim Telefonanbieter, der versucht hat, sich unrechtmässig zu bereichern, indem er die Kosten für die kostenlose Kundenhotline verrechnet hat. Insgeheim aber glorifiziert er die so genannte Schwäche als Stärke im Sinne einer probaten Überlebensstrategie.

Hunziker Blick verheisst Übles. So hat er geschaut, als der Vergewaltiger von Emmen trotz intensivster Fahndung nach drei Monaten noch nicht gefasst war. Dieses Gesicht hat er aufgesetzt, als er sich auf Druck der Medien genötigt sah, flächendeckende DNA-Proben bei allen Männern, wohnhaft im Umkreis von drei Kilometern, anzuordnen. Ein Vorhaben, das die Bevölkerung hätte beruhigen sollen, in sich aber den Keim der nächsten Demütigung trug. Akt der Verzweiflung. Wissen sie nichts Gescheiteres? Sind sie mit ihrem Latein am Ende? Und was das den Steuerzahler wieder kostet. Anderhub hat sich den Leserbriefseiten der ›Luzerner Zeitung‹ ein paar Monate lang verweigert.

»So, ihr habts schon gehört im Morgenjournal heute Morgen, und auf Radio Pilatus kams auch: Wir haben einen Toten im Puff«, sagt er emotionslos.

Anderhub hat gar nichts gehört. Am Morgen pflegt

er nicht Radio zu hören, diese Musik und diese Wohl-
fühlsäusler, wie er sie hasst! Warum blickt ihn Wagner
an. Er spürt den Blick ohne zurückzublicken. Er ahnt
den Spott, ja die Süffisanz, diese Augen. Ein Blick, der
sagt: Jetzt kannst du deinen Volksschauspieler, den
kleinen Möchtegern-James-Dean von der Luzerner
Landschaft, vollends vergessen.

Fühl dich nicht zu sicher, Silvio Wagner.

»Silvio hatte Pikett-Dienst und war vor Ort; kannst
du uns bitte auf den neusten Stand bringen?«, eröffnet
Hunziker die Sitzung.

Wagner räuspert sich. Wichtigtuer, denkt Anderhub. Wagner hüstelt umständlich noch eine Kröte im
Hals ab, bevor er in die Runde blickt und anhebt.

»Ich erhielt den Anruf kurz vor ein Uhr, nachdem
eine Angestellte jenes Etablissements an der Bernstrasse den Toten entdeckt und die Polizei benachrichtigt
hatte. Sie hatte bemerkt, dass eine ihrer Kolleginnen
plötzlich verschwunden war, und ging nachsehen.«

Anderhub fühlt sich von Hunziker beobachtet. Er
spürt auch dessen Blick, obwohl er Wagner zuhört, der
nun auf den Augenschein zu reden kommt. Ist das der
Anfang einer Paranoia, noch keine Stimmen, aber ste-
chende Blicke im Rücken?

»Der Mann ist erwürgt worden, und zwar mit seinem eigenen Hosengurt, so macht es den Anschein,
einem Ledergurt, älteres Modell, der Schweizer Armee«, erklärt Wagner.

Ceinturon für Militärdienstpflichtige älteren Da-
tums, denkt Anderhub, die Art von Gurt, die er selber
gerne trägt, dickes Leder, weiches Leder, speckiges Leder, wahres Leder, nicht zu töten. Den hat er behalten
bei der Entlassung aus der Wehrpflicht. Den Gurt und
den Rucksack aus Stoff. Militärmesser natürlich, aber

das musste man eh selber berappen, wenn ein Kameradenschwein einem dasselbe gestohlen hatte vor der Inspektion. Aber kein Sturmgewehr, nicht einmal das Bajonett. Brotsack, Gasmaske, Gamelle und Wasserflasche hat er ebenfalls in die Tonnen geworfen und sich dabei gefragt, wer damit wohl noch ein Geschäft machen wird. Kriegsmaterialausfuhr?

»Er lag nackt auf dem Bett, die Arme am Bettgestell festgebunden. Mit Handschellen übrigens, die den unseren zum Verwechseln ähnlich sehen«, fährt Wagner fort.

Anderhub weiss natürlich von solchen Praktiken, auch vom möglichen Lustgewinn durch Würgen, eine Vorstellung, die ihm persönlich völlig fremd ist, und er denkt an einen Unfall. Dumm gelaufen. Betriebsunfall sozusagen. Jedes Gewerbe hat halt seine spezifischen Risiken. Verkehrsunfall der anderen Art. Das Wortspiel der Titelbrünzler traut er auch der ›Luzerner Zeitung‹ zu.

Wagner zeigt nun über den Beamer Fotos des Toten in seinem Totenbett; deutlich zu erkennen sind seine geschrumpften Geschlechtsteile – was geht wohl Andrea Zurfluh dabei durch den Kopf? –, und die feucht glänzenden Spuren auf seinem ansehnlichen weissen Bauch weisen darauf hin, dass der Herr kurz vor dem Finale seinen kurzen Spass gehabt haben muss. Männertodestraumfantasie.

Irgendwie kommt Anderhub das Gesicht bekannt vor, obwohl auch dieses schlaff über Schädel und Jochbein hängt. Dem Gesetz der Schwerkraft haben sich alle Zellen, noch die toten, ja die vor allem, zu beugen, Trost des Gesetzeshüters, dessen Hosengurt beim Sitzen Fettwülsten Vorschub leistet. Die Augenpartie mit den ausgeprägten Augenbrauen, nicht gerade wie

Briderchen Breschnew selig. Anderhub hätte gerne solche Augenbrauen gehabt; für ihn sind sie Zeichen von Virilität, eine gewisse Tollkühnheit geht von ihnen aus, Verwegenheit, ja die Aura des in jeder Beziehung erfolgreichen Mannes verbindet er mit ausgeprägten, buschigen Augenbrauen, und wenn sie an den äusseren Enden unbezähmbar aufstehen, auf einer Seite gar richtig abstehen, verstärkt sich dieser Eindruck wilder, ursprünglicher Männlichkeit.

Dabei weiss Anselm Anderhub aus der Selbstbeobachtung: Das Alter bringt die Haare im Ohr und in der Nase unerwartet zum Spriessen, ja, gewisse Körperteile scheinen zu wachsen, wenn der Körper als Ganzes verschlafft. Ohrmuscheln und Nasen, fleischige Muscheln und Knollen. Derweil das Geschlecht schrumpelt und schrumpft.

»Komm jetzt, Silvio, spann uns nicht auf die Folter«, sagt Hunziker und grinst über seine Anspielung auf die letzten Bilder des Ermordeten, ganz kurz nur erlauben sich die Lippen einen Mikro-Aufstand, denn der Ernst der Lage und die Pietät verbieten Witze. Anderhub betrachtet Hunzikers Augenbrauen. Guter Durchschnitt, denkt er.

»Beim Toten handelt es sich aufgrund der Papiere, Führerschein, Identitätskarte, Cumulus-Karte, Supercard, Kreditkarten, die wir alle in der Tasche seiner Jacke, die in besagtem Zimmer über dem Stuhl hing, wo er auch die anderen Kleider vor dem Akt säuberlich deponiert hatte, gefunden haben, um Harry oder bürgerlich Heinrich Zihlmann, Abteilungsleiter Back Office bei der Neuen Luzerner Bank«, sagt Wagner nüchtern.

Das sitzt. Was für ein Satz, welch komplexe Periode, auf den Höhepunkt zum Schluss hin geschliffen! Chapeau. Hunziker schaut Anderhub an. Gut, die Relativsatz-Kumulation relativiert Wagners Könnerschaft. Anderhub hält seinem Blick stand. Willensangelegenheit. Stolz. Siegermiene. Und er? So muss sich ein Verdächtiger fühlen bei einem Verhör, denkt er, wenn die Fakten für sich und gegen ihn sprechen. Und er erinnert sich nun überdeutlich an ein Foto in einem Wohnzimmer in einem Einfamilienhaus in Ebikon. In der Wohnwand, neben den Elefanten.

»Da staunst du, Anselm«, bricht Hunziker das Schweigen.

Anderhub hingegen fragt sich, ob Hunziker den Fall Wagner übergeben oder ihm, Anderhub, anvertrauen wird. Das dürftige Ergebnis im Fall Habermacher spricht nicht gerade für Anderhub; andererseits hat das Zauberwort ›Synergien nutzen‹ auch die Fachgruppe Delikte Leib und Leben erreicht. Ein Zauberwort der Zeit, Cousin der Fusion und Bruder des Sparens. Ob aber Wagner darauf erpicht ist, sich in den Fall hineinzuknien, der komplexer ist, als er zu sein scheint, das bezweifelt nicht nur Anderhub. Komplex, er muss leise lachen, ist das Zauberwort, wenn man nicht mehr weiterweiss.

Für Anderhub steht ausser Frage, dass es da einen Zusammenhang gibt. Und sein erster Gedanke hat einen weiblichen afrikanischen Vornamen. Anderhub schweigt.

Der erste Bericht des kriminaltechnischen Dienstes sei gegen Mittag zu erwarten.

»Und wer übernimmt die Aufgabe, die Witwe zu informieren?«, fragt Hunziker.

Könnte eine peinliche Sache werden, meint der Chef.

»Vielleicht geht ihr am besten zu zweit«, sagt er, und Wagner und Anderhub bleibt nichts anderes übrig, als einander zuzunicken.

»Du kennst ja den Weg«, wirft Hunziker Anderhub zu.

»Ich will unbedingt dabei sein«, sagt Wagner, und Anderhub staunt.

Jener hat das versteckte Grinsen bemerkt und wehrt sich dagegen, dasselbe als Vorwurf zu interpretieren. Vorzuwerfen hat sich Anselm Anderhub gar nichts.

Wagner möchts natürlich lieber telefonisch hinter sich bringen und die Dame nach Luzern bestellen; Anderhub setzt sich durch. Eine Frage von Anstand und guter Sitte. Hunzikers Sukkurs ist ihm in diesem Punkt gewiss. Schliesslich geht es über den Höflichkeitsaspekt hinaus darum, die Reaktion der Frau zu beobachten und im besten Fall Schlüsse daraus zu ziehen. Was bist du nur für ein Polizist, Silvio Wagner, möchte er seinem Kollegen zurufen.

So fahren sie denn nach Ebikon, diesmal mit dem Dienstwagen. Wagner, der in Horw wohnt und trotzdem stets mit dem Privat-PW zur Arbeit fährt, Anderhub unterstellt ihm Steuerabzugsgier, ist kein Freund des öffentlichen Verkehrs, aber auf politische Endlosdiskussionen über ökologisches Verhalten und die Vorbildfunktion der Staatsangestellten lässt sich Anderhub nicht ein. Anderhub hat sich kurz telefonisch, ohne auf den aktuellen Fall Bezug zu nehmen, bei Frau Zihlmann angemeldet, er habe da noch ein paar Fragen. Gelogen hat er nicht.

Das Schild ›Warnung vor dem Hunde‹ ist ihm beim ersten Besuch schon aufgefallen, und damals hatte er sich auf die Begegnung mit einem zähnefletschenden Tier eingestellt, Kategorie Rottweiler, Deutsche Dogge, Pit Bull, Schäfer mindestens.

»Keine Angst«, beruhigt er den Kollegen Wagner, der sich unwillkürlich des richtigen Sitzes seiner Dienstpistole versichert hat, »das Schild hat bloss präventiven Charakter.«

»Du kennst die Dame?«

»Eine Verflossene des talentierten Schauspielers.«

Mehr sagt Anderhub nicht. Soll selber denken, kombinieren. Für Silvio Wagner ist dieser Fall eh abgeschlossen. Und das soll so bleiben. Oder täuscht sich Anderhub in diesem Punkt? Niemanden unterschätzen, oberstes Gebot, nicht nur im Polizistenleben. Anderhubs Ehrgeiz, im Grunde und im Vergleich zu zahlreichen Zeitgenossen, von Wagner mal abgesehen, nicht sonderlich ausgeprägt, so durchschnittlich halt, lässt gewisse Dinge nicht zu. Dass andere die Lorbeeren ernten, die er sich erarbeitet hat zum Beispiel. Für ihn wird in diesem Augenblick klar: Er wird diesen Fall lösen, irgendwann, und wenn er sich dafür frühzeitig pensionieren lassen und auf eigene Faust jenseits der Legalität ermitteln müsste. Manchmal pfeifen aufblitzende Gedanken auf die geradlinige Logik.

»Aha, braucht der Herr Kommissar Verstärkung?«, spöttelt Ashanti Zihlmann.

»Sie sagen es«, meint Anderhub und bittet darum, eintreten zu dürfen. Anderhubs Scharren mit den Füssen auf dem Türvorleger bringt ihm einen schrägen Blick Wagners ein. Die Frau führt die beiden Männer ins Wohnzimmer, heisst sie Platz zu nehmen und offeriert ihnen etwas zu trinken: Wasser oder Kaffee.

»Darf ich ein Glas Wasser haben?«, fragt Anderhub.

Etwas Kaltes, Klares. »Hahnenwasser reicht«, schickt er nach.

Spielt sie die Ahnungslose, hat sie womöglich geprobt vor dem Spiegel im Schlafzimmer? Anderhub traut ihr schlecht. Er traut der Dame vieles zu. An Zufälle glaubt er nicht. Diesmal nicht. Dankbar überlässt er Wagner die Führung, der die Sache rasch hinter sich bringen will. So kann er sich aufs Beobachten konzentrieren.

»Wir müssen Ihnen leider eine traurige Botschaft überbringen, Frau Zihlmann. Ihr Mann ist in der letzten Nacht Opfer eines Gewaltverbrechens geworden. Er wurde erdrosselt.« Das sind Wagners Worte.

»Was?«

Theatralisch, denkt Anderhub, wie im Schwank, vorgespielt, nachgemacht, geübt.

»Wir haben ihn in einem Sex-Salon an der Bernstrasse gefunden, erdrosselt.« So ergänzt Anderhub.

Er kanns nicht lassen, will sie herausfordern.

»Sind Sie sicher, dass er er …«

»Erdrosselt.«

Wieder Anderhub. Und im Bewusstsein, dass der Begriff weniger mit einem Singvogel als mit einer Einschränkung, ja Unterbrechung der Luftzufuhr in die Lunge zu tun hat, deutet er an seinem Hals einen Würgegriff an.

»… dass er erdrosselt worden ist?«

Dass die technischen Details des Zu-Tode-Kommens stärker interessieren als das Faktum, dass ihr Ehemann eines gewaltsamen Todes gestorben ist, irritiert auch Wagner. Sie blicken einander an. Was hatten die Polizisten erwartet? Ein irres Lamento? Einen Nervenzusammenbruch mit hysterischem Geschrei? Zudem scheint der Ort des Geschehens die Frau, in der

Nacht Witwe geworden, nicht im Geringsten stutzig zu machen. Der Ehemann im Puff.

Da sagt Ashanti Zihlmann unaufgefordert: »Sie fragen sich vielleicht, warum mich der Ort, an dem mein Mann aufgefunden wurde, nicht erstaunt. Aber ich kenne meinen Mann. Eins können Sie mir glauben: Ich kenne die Männer.«

Gedanken lesen kann sie auch, denkt Anderhub.

Die Absolutheit ihres letzten Satzes erwirkt zum zweiten Mal innerhalb einer halben Minute einen Zusammenprall zweier männlicher Augenpaare, unwillkürlich, freilich bloss kurz, denn die Polizisten haben sich und ihre Sehorgane in der Regel gut im Griff. Die Frau ist hellwach. Anderhub drängt sich das Bild der schwarzen Katze auf Kaufmanns Bauernhof in den Kopf.

»Ja, schaut einander nur an!«

Die duzt uns, denkt Anderhub.

»Ihr seid nicht besser, ihr Polizisten könnts vielleicht nur besser verstecken.«

Allerhand, denkt Wagner. Faustdick hinter den Ohren hats diese Frau, dabei ist sie vor zehn Stunden Witwe geworden. Die Männer sehen einander wieder an.

»Mir müssen Sie nichts vormachen.«

Sie siezt wieder, denkt Anderhub.

»Für mich ist das ein Betriebsunfall.«

»Sie meinen?«

»Praktiken mit Risiko.«

Hatten wir das nicht schon?, denkt Wagner.

Wie abgebrüht muss man sein?, denkt Anderhub.

Wie bei Viktor Habermacher, möchte Anderhub nun laut einwerfen, doch er kann sich gerade noch selber das Wort abschneiden, indem er ein Hüsteln produziert. Ein Hüsteln der Verlegenheit, ein kleines Übersprungshüsteln. Ob aber nicht der Blick bereits verraten hat, was er verschweigen will?

Wagner stellt die üblichen Fragen, wann sie ihn letztmals gesehen habe, ob sie im Streit auseinander gegangen seien. Und wenn ja, worum es bei der Auseinandersetzung gegangen sei. Anderhub macht sich Notizen. Sie antwortet brav, sie hätten gemeinsam das Nachtessen eingenommen – wollen Sie das Menu wissen?

Warum nicht, denkt Anderhub, die Autopsie abwarten, und dann der Vergleich. So würde man gleich sehen, ob sie gelogen hat. Er hält sich erneut zurück.

Und nein, Streit hätten sie nicht gehabt. Wie jeden Montag gehe er am Abend noch ins Fitnesstraining. Harry habe in den letzten Jahren langsam ein Bäuchlein entwickelt. Sie lächelt dabei.

Fitnesstraining also. Die beiden Männer schmunzeln, und Ashanti liest ihre Gedanken. Männer halt.

Sie solle heute Nachmittag zur Identifizierung der Leiche vorbei kommen. Das gehöre zu den Formalitäten.

»Ich habe gemeint, das sei klar.«

»Eigentlich bestehen keine Zweifel, aber was sein muss, muss sein«, sagt Wagner.

»Hatte Ihr Mann Feinde?«, fragt er weiter.

»Wer hat keine?«

Die klassische Antwort auf die klassische Frage.

Etwas plump, dieser Wagner, denkt Anderhub. Er hält sich zurück, lässt den 15 Jahre Jüngeren (rein altersmässig, doch Anderhub weiss um die Möglichkeit vorzeitiger Vergreisung) die Führung übernehmen. Führe mich nicht in Versuchung, schreit es in ihm, denn wohl ist ihm keinesfalls. Skrupel kommen auf.

Darf er das? Informationen zurückhalten, die zur Lösung des Falles beitragen könnten?

Es ist Anderhub letzte Nacht, als er nicht schlafen konnte – im Nachhinein denkt er: just zur Zeit, als dem armen Zihlmann die Luft etwas eng wurde – nämlich gelungen, in Viktors Tagebuch oder seinen intimen Aufzeichnungen Bruchstücke zu entziffern, die durchaus dazu angetan sein könnten, Licht in den mysteriösen Fall zu bringen.

21

Eben haben Anselm und Trudi Anderhub, einträchtig auf dem Sofa der Wohnstube sitzend, den Wetterbericht gesehen. Trudi hat morgen die Enkelkinder.

»Durchzogen«, kommentiert Anselm. Die Meteorologen könnten sich mal wieder nicht entscheiden, sagt er und denkt: Soll ihnen nicht besser gehen.

»Für den Zoo reichts allemal, oder was meinst du? Hauptsache, es regnet nicht dauernd«, sagt Trudi.

»Für Basel siehts eher besser aus.«

Anderhubs besitzen die Enkelkarte der Schweizerischen Bundesbahnen. Da reisen die Enkel mit der Bahn gratis mit. Und für den Buggy muss Trudi noch nicht bezahlen. Josua wird nicht viele Schritte tun können. Im Gegensatz zu Jessica, die bereits den Kindergarten besucht und einen Bewegungsdrang hat, der Anselm, wenn er mit ihr spielt im Garten, Verstecken oder ein Ballspiel, sein Alter brutal vor Augen führt.

Trudi weiss: Sie wird gehörig gefordert sein und ist am Abend erschöpft. Aber sie machts gerne, im Gegensatz zu Anselm, dem die Enkelkinder irgendwie noch zu klein sind. Memory spielen mit Jessica, das geht, doch da seine Konzentrationsfähigkeit anderweitig fokussiert ist, so redet er sich ein, wenn er verliert gegen das fünfjährige Mädchen, machen ihm solche Niederlagen nichts aus. Er staunt über die Merkfähigkeit seiner Enkelin und führt diese darauf zurück, dass ihr noch nicht so viele Dinge gleichzeitig durch den Kopf schwirren.

Das Windelwechseln überlässt er gerne seiner Frau. Dass er diese Arbeit bei seinen eigenen Kindern, auf einem Wickeltisch, den er selber gebastelt hat, ganz selbstverständlich gemacht hat, erstaunt ihn im Nachhinein. Das eigene Fleisch und Blut ist einem näher, denkt er.

»Was träumst du?«

»Hab mir eben vorgestellt, was passieren kann im Zoo. Ist nicht kürzlich einer ins Nashorngehege gesprungen und nicht mehr lebend heraus gekommen?«, sagt Anselm.

Er weiss von Trudis Träumen, wenn sie beide erst pensioniert wären. Safariträume. Und irgendwie hat er Angst davor. Nicht vor der Safari grundsätzlich, aber vor den Erwartungen seiner Frau. Oft hat sie ihn, seine Gesellschaft entbehren müssen, denn auch wenn er physisch da war, im Kopf war er selten ganz frei, am ehesten noch in den Ferien, aber nur dann, wenn sie weggegangen waren.

Doch noch im Schwarzwald, am Schluchsee, hat er die Mails gecheckt und die Schweizer Tagesschau geschaut. Sie spürt es, die Arbeit beschäftigt Anselm rund um die Uhr und macht vor keinem Wochenende Halt. Aber dass sie alles aufholen möchte, was ihr wegen seines Berufs entgangen ist, das hält Anselm wiederum für zwar nachvollzieh-, nicht aber realisierbar. Trudi kann sich zurückhalten, wie sie will, er merkt sofort, wenn etwas im Busch ist.

Sie muss ihm nur erzählen vom Nachbarn, einem pensionierten Lokomotivführer, der im Alter von einem Leben im und mit dem öffentlichen Verkehr aufs Wohnmobil umgestiegen ist und nun meint, er müsse alles nachholen, was ihm bislang nicht vergönnt gewesen ist. Und schon nimmt Anselm dies als verkappte Erwartung, wenn nicht trüben Vorwurf, weiss Trudi doch, dass er nicht der Camper-Typ ist, zumal er mit seinem Zafira Mühe hat, seitwärts einzuparken.

Wenn der Huber nun nie mehr an Geleise gebunden sein will? Wenn der nie mehr Zug fährt? Sieht so Altersstarrsinn aus? Was muss das, denkt Anselm, für ein Leben gewesen sein, eine lebenslange Tortur, wenn Geleise ihm derart verhasst geworden sind, dass er nie wieder Zug fahren will?

Eine verfahrene Biografie, scheint ihm. Verfalsch-fahren. Hätte ja Taxi-Chauffeur werden können, wenn ihm die prinzipielle Unfreiheit der Geleise so zu schaffen macht. Oder schreit das Leben nach Ausgleich?

Vielleicht dächte er anders, meldet sich der Relativator in seinem Oberstübchen, wenn Anderhub wüsste, was es heisst, Menschen zu überfahren, die zwar überrollt werden wollen, zu deren und seiner Rettung der Zug aber befähigt sein müsste, auszuweichen, aus den Geleisen zu springen, denn die Bremsen sind träge. Stattdessen hupen, bremsen, Augen zu oder nach hinten rennen.

»Kommst du auch bald hoch?«, fragt ihn Trudi.

»Einen Moment noch. Ich muss rasch etwas nachsehen; ich habe das Gefühl, in der Sache mit diesem toten Lehrer bald vor dem Durchbruch zu stehen«, sagt Anselm.

Konkret über Details der Arbeit zu reden, das verbietet sich Anderhub. Das muss so sein. Der Arzt kann zu Hause auch nicht über den weissen Hautkrebs seiner Nachbarin reden, sogar die Bankangestellten haben eine Schweigepflicht; die finanziellen Verhältnisse gehören zu den eidgenössischen Grundgeheimnissen. Wer kennt den Lohn seines Nachbarn?

Dennoch ist Trudi einigermassen informiert über das, was ihren Selmi beruflich bewegt, ganz grob, oberflächlich. Sie reagiert selten, doch Anselm weiss, dass

Frauen zuweilen auffällt, was Männern entgeht. Der Teufel steckt grundsätzlich im Detail. Und auf Details aufmerksam machen kann, wer frei im Geiste ist.

Trudi seufzt und geht hoch. Ein strenger Tag, der Kinderhütetag. Ein Seufzer, der Anselm auf den Magen schlägt. Er weiss, er müsste sich besser abgrenzen, Beruf mal Beruf sein, Privatleben zum Privatleben werden lassen. Der Tiefenentspannung eine Chance geben. Om. Er weiss um seine Burnout-Gefährdung, wenn er so weitermacht. Om. Das hat ihm keineswegs Trudi unter die Nase gebunden, nein, das hat er in der letzten internen Weiterbildung mit dem Psychologen und Coach Pirmin Obermüller erfahren. Om. Sich nicht auffressen lassen. Andererseits wird er die paar Jahre Berufstätigkeit wohl doch noch anständig hinter sich bringen können. Om. Om. Om.

Im Büro stapeln sich Blätter, Notizen. Schön gebündelt, bündig aufeinander liegend? Fehlanzeige. Anderhub verfügt über ein Gestell, einem Turm ähnelt es, und die Einsturzgefahr ist erheblich. In die einzelnen Plastikstockwerke dieses Hochhauses könnte er diese Blätter versorgen. Einst hat er sich sogar die Mühe gemacht, die Stockwerke zu beschriften.

Auf dem untersten Kleber steht ›Aktuell‹. Das wäre Viktor Habermachers Etage. Zu vieles ist aktuell; das oberste Fach, offen gegen oben und damit ohne natürliche Begrenzung, ist schon lange das Stockwerk ›Aktuell Plus‹ geworden. Wenn der Stapel auf dem Schreibtisch zu kippen, wegzurutschen droht, nimmt er einen Anlauf.

Die meisten Blätter könnte er getrost entsorgen, denn sie sind nicht mehr von Bedeutung. Handschriftliche Notizen, deren Inhalte längst in Computer-Ordnern verarbeitet und damit gesichert sind. Anderhub weigert sich, diese Notizen mit dem Altpapier zu bündeln. Wer weiss, wer das Altpapier noch liest, die neugierigen Jungwächter, wenn sie bei der Papiersammlung die Bündel auf den Lieferwagen werfen. Ein Schredder fehlt seinem Home-Office. Die Blauringmädchen mit pubertärem Sinn für die Geheimnislüftung. Eigentlich findet auf seinem Schreibtisch eine permanente Umlagerung statt.

Erst Ende Jahr macht er reinen Tisch, während der Weihnachtsferien, die ins neue Jahr hinüberlappen, und was erledigt ist, kommt in eine Kartonschachtel. Ist sie voll, stellt er sie auf den Dachboden. Jahreswerke stehen da unter dem Dach, Seite an Seite warten sie. Worauf? Das ist mein Vermächtnis, denkt er, und wenn Marco und Sarah mal räumen, werden sie sich nicht die Mühe machen, darin zu wühlen.

So ruhen denn Anselms Hoffnungen, dass seine Hinterlassenschaft, das Erbe eines kleinen Kriminalisten, nicht unbesehen entsorgt wird, auf den Enkelkindern. Daran wirklich zu glauben, verbietet er sich.

Das muss Zihlmann heissen. Klarer erster Buchstabe, die Oberlängen und dann die Wellen. Und manchmal nur Z Punkt. So hatte es begonnen. Inzwischen liest Anselm Anderhub nicht fliessend in den Aufzeichnungen des Viktor Habermacher, doch er ahnt ziemlich konkret. Er hat herausgefunden, wie Viktor seine Flucht aus Mombasa organisiert hat. Indem er versprochen hat, in Europa Geld zu holen, liess man ihn fliegen. Als Pfand musste er seinen Laptop zurücklassen. Die Dateien vom Laptop hat er auf Disketten geladen. Anderhub muss leise lachen. Disketten. Das waren Zeiten, als es noch Disketten gab, zwei Formate zuerst, harte und dünne, und jeder Computer ein entsprechendes Laufwerk haben musste. Prähistorisch kommt ihm das vor, das vor-internette Zeitalter. Auch das Zeitalter der Wählscheibe am fest montierten Telefon. Anderhubs haben noch einen solchen Apparat, als Dritttelefon. Und Jessica spielt als Kindergartenkind bereits nervöse Spiele auf einem Tablet. Aber Memory spielt sie noch lieber. Vor allem mit ihm, Anselm, denn auch Kinder gewinnen lieber, als dass sie verlieren.

Der Bruder von Ashanti droht mir. Wenn ich nicht bezahle, schneidet er mir den Hals durch. Ich habe Angst. Sein Blick. Ich traue ihm das zu. Er sagt, ich sei schuld, dass Ashanti nie mehr Kinder bekommen könne. Er sagt, ich solle Ashanti mit nach Europa nehmen. Da soll sie arbeiten und Geld schicken. Viele machen das so, sagte er. Europäische Männer zahlen gut für afrikanische Mädchen.

Er müsste mehr Zeit haben, sagt sich Anderhub. Er liest quer, weil ihm die Geduld fehlt. Er blättert nach hinten. Wenn er Kriminalromane liest, kann ihm das auch passieren, weil er die Spannung nicht aushält. Meist ärgert er sich danach, weil seine Ungeduld die Geschichte kastriert. Manchmal will er nämlich bloss wissen, ob die Person, mit der er sich identifiziert, und das muss keineswegs in jedem Fall der Ermittler, es kann zu seinem Erschrecken auch die der Tat verdächtigte Person sein, am Ende noch unter den Lebenden weilt.

Ich habe Ashanti angesprochen, in Luzern. Sie hat gesagt, sie dürfe nicht mit mir reden. Das sei gefährlich, nicht nur für sie, auch für mich. Sie war in Begleitung

*von zwei anderen afrikanischen Frauen, jünger als sie,
aber ich habe Ashanti gleich erkannt. Ihr Blick, obwohl
sie sich sofort abgedreht hat, als sie mich erkannt hat.
An einem sonnigen Sonntagnachmittag, als ich am Quai
Richtung Verkehrshaus spazieren ging. Ein Sekunden-
blick hat gereicht, sie zu erkennen. Ich habe das Gefühl,
sie hat Angst, sie steht unter Druck.*

Anderhub hat die Abschnitte im Tagebuch bleistiftlich
mit mutmasslichen Daten versehen. Der letzte Eintrag
stammt mit Sicherheit von diesem Jahr. *Ich weiss nicht,
vom wem ich mich mehr bedroht fühlen soll, von Mister Z. oder von Mister K.*

Das steht da. Und zwei Jahre früher, doppelt unter-
strichen, vermutet er den Satz: *Ich muss A. da heraus-
holen.*

Oder sind das alles subjektive Interpretationen?
Liest er seine Wünsche und Erwartungen aus Viktor
Habermachers Sätzen?

Der Kommissar braucht die Lupe, um den Inhalt von
Habermachers Mikrogrammen erraten zu können. Er
lobt im Geiste die deutsche (Deutsche?) Grossschrei-
bung, derer Lehrer Habermacher mächtig ist. War.
Anderhub hat nicht auf die Uhr geschaut während der
Arbeit als Dechiffrierer. Nun sieht er rechts unten am
Computer, dass es bereits zwei Uhr nachts ist.

Eigentlich wüsste er, dass er dieses Buch, ein Dokument mit Beweischarakter, mindestens aber Indiz-
Eigenschaften, unverzüglich Hunziker, seinem Chef,
vorlegen müsste. Doch ist es nicht zu spät? Hat er in
einem Anflug von Eitelkeit – wartet nur, euch zeig ichs,
ihr werdet noch staunen – den richtigen Zeitpunkt verpasst? Und sich so stark strafbar gemacht, dass es mit
einer Verwarnung nicht getan wäre, nein, dass ihm im

schlimmsten Fall die fristlose Entlassung blüht? Schuldig der vorsätzlichen Zurückhaltung von Beweismaterial? Könnte ein geschickter Staatsanwalt ihm gar eine indirekte Mitschuld am Tod Zihlmanns unterschieben? Möglicherweise verfügt der kriminaltechnische Dienst über einen linguistischen Fachmann für solche Fälle, einen Entzifferer vom Dienst?

Er weiss, es ist zu spät. Jetzt muss ers auf eigene Faust versuchen. Kryptologen bringen in diesem Fall rein gar nichts, das ist ihm klar, und das entlastet ihn. Die können zwar Zahlencodes in Buchstabencodes umwandeln, aber Handschriften folgen nicht mathematischen Gesetzmässigkeiten.

Ich muss mit Ashanti Zihlmann reden, sagt sich Anderhub. Entweder schwebt sie in akuter Lebensgefahr oder sie ist eine Mörderin. Die Nacht, geht es ihm durch den Kopf, kann der Klarheit förderlich sein. Paradox, wos doch dunkel ist. Aber die mentale Müdigkeit lässt die Eckpunkte klarer erscheinen, das Wesentliche. In solche Gedanken versunken schliesst Anselm Anderhub Habermachers Tagebuch, putzt sich leise die Zähne, entleert seine Blase und schleicht sich ins Ehebett, wo Trudi regelmässig atmet.

22

Anselm Anderhub überlässt die Federführung im Fall Heinrich Zihlmann noch so gerne Wagner. Sollen die glauben, der habe keinen Zusammenhang mit dem Fall Viktor Habermacher. Sollen die doch von einem Unfall ausgehen oder einem unglücklichen Zufall, Missgeschick beim Versuch, das temporäre Glücksempfinden zu erhöhen. Ob die Gerichtsmediziner einen Unterschied ausmachen können zwischen Missgeschick und Absicht? Oder sehen sie, was er annimmt, bloss das Ergebnis?

Evoziert das Gewürgtwerden Nahtod-Erlebnisse?, fragt sich Anderhub. In der Schule vor mehr als 40 Jahren war es eine Zeitlang unter den Mädchen Mode gewesen, die Luft anzuhalten, bis sie umkippten. Und dann? Wie muss er sich den Nahtod vorstellen? Die Aussenansicht seiner selbst, schwebend über der Bettstatt, das Geblendetwerden von einem Licht, auf das der Sterbende zurast? Trudi interessiert sich für solche Sachen. Die letzten Geheimnisse. Sie hat auch mehr Erfahrung mit dem Tod. Nachtwache in einem Pflegeheim ist oft Sterbebegleitung. Könnte er das? Hielte er es aus, eine erkaltende Hand zu halten? Sie hat ihm erzählt, dass sie jeweils das Fenster öffne, nachdem jemand gestorben ist. Energie entwischt ins All. Lässt sie sich von Mauern aufhalten? Anselm weiss nicht, wohin genau, wills auch nicht wissen, kann sich aber eine Zusammenballung dieser Energien vorstellen, denn irgendwo muss auch das All an Grenzen stossen, wenn es doch nicht unendlich ist? Was ist dahinter?

Er zwingt sich zurück. Bewirkt die temporäre Reduktion der Blutzufuhr ins Gehirn durch das Abdrücken der Hauptschlagader mittels Würgung einen Zustand des Vortodes? Eine Grenzerfahrung ist es allemal, denkt er und erinnert sich an Anstiege beim Wandern, die ihn in Atemnot gebracht und zum kurzen Innehalten gezwungen haben, aber eine, auf die er noch so gerne verzichtet.

Grenzgänger waren Eisenmoritz und Viktor Habermacher. Der Schlüssel, davon ist er überzeugt, liegt in Viktors Aufzeichnungen. Anderhub hat sich auf dem Sofa niedergelassen; Trudi ist im Bodenbeckentraining. Beckenboden? Bockenbeden? Anderhub liest, die Beine hochgelagert auf der Armlehne, ein Kissen im Rücken, damit jener eine Stütze hat, wenn sein Kopf die andere Armlehne des Sofas beschwert, im kleinen schwarzen Büchlein, das er in Habermachers Matratze gefunden hat. Lesen ist etwas viel gesagt, von fliessender Lektüre kann nicht gesprochen werden, doch das häufige und intensive, beinahe meditative Anstarren des Habermacherschen Geschreibsels hier auf dem Sofa liegend hat einen Blick sich entwickeln lassen für Ober- und Unterlängen. Die kürzeren Auf- und Abbewegungen dazwischen – ein n lässt sich nicht vom u, ein m nicht vom w unterscheiden – deutet er intuitiv, vage gesteuert von einem vermuteten oder erwarteten inhaltlichen Zusammenhang. Die Grossbuchstaben sind die Leuchttürme des Kommissars, Eigennamen, seien es solche von Personen oder Orten, stiften möglichen Sinn und Zusammenhang.

Sie müsse mitmachen, hat Ashanti gesagt, der Z. lasse sie sonst fallen wie eine heisse Kartoffel. Und wenn sie ausgewiesen werde, in Kenia bliebe ihr nichts anderes, als anschaffen zu gehen. Sie habe diese fetten Europäer und Amerikaner satt, die noch dazu meinten, sie täten ihr etwas Gutes, sie bezahlten ja gut, wenn sie von ihr

Sachen verlangten, vor denen ihr ekelte, sollten dankbar sein, dass sie ein Bett haben und zu essen. Wie der letzte Dreck komme sie sich vor. Und jetzt hilft sie...

Z. war auch so einer, sagt Ashanti.

Warum schaut sie misstrauisch immer hin und her?

Damals war ich noch jung, und ich war seine Favoritin. Er hat mich als Touristin nach Luzern geholt.

Viktor spürt ihre Angst. Sie fühlt sich beobachtet, verfolgt. Was hat sie bloss?

Ich darf mit niemandem reden, und wenn ich reden würde, wäre ich dran. Z. sieht Mädchen als Ware.

Und die zwei, mit denen ich dich letzte Woche gesehen habe, hast du vermittelt und eingeschleust.

Vermittelt ja, aber die Reise hat Z. organisiert. Mich braucht er für die Früherfassung, und ich muss den Kindern erzählen, wie gut es doch ist, in Europa, in der Schweiz arbeiten zu können, und viele Eltern hoffen darauf, dass sie ihnen Geld schicken werden.

Und?

Viel bleibt nicht. Man sagt ihnen, sie müssten zuerst Schulden abzahlen. 40000 Franken für die Reise nach Europa. Wenn sie zu viel verdienen, sagt Z., machen sie sich am Ende selbstständig. Wenn man sie kurz hält, sägen sie nicht am Ast, auf dem sie sitzen. Und wenn der noch so dünn und brüchig ist.

Aber das ist nicht sauber, sagt Viktor, das ist illegal, das ist doch Menschenhandel.

Du träumst, wirft ihm Ashanti an den Kopf. Dein Lehrerhirn kennt die Welt nicht. Und was hast du mit mir gemacht?

Hab ich dich zu irgendwas gezwungen?

Und wenn ich unser Kind hätte behalten wollen? Hast du mich gefragt?

Aber.

Für dich war klar: Das muss weg. Das kann ich jetzt nicht gebrauchen, das behindert mich. Denn du willst frei sein. Du bist noch jung. Du hast eine Zukunft. Hast du einen Moment an mich gedacht? Einen einzigen Moment?

Natürlich, sagt Viktor, aber du warst doch einverstanden.

Hatte ich eine Wahl? Und es musste schnell gehen, durfte nicht viel kosten. Du hattest deinen Plan. Oder keinen. Auf jeden Fall hatte ich da keinen Platz, und ein Kind erst recht nicht.

Es war doch allen klar, dass das nicht geht, auch deiner Familie, deinen Brüdern.

Mich hat niemand gefragt. Über mich habt ihr einfach verfügt. Wie über ein Stück Vieh.

Nein.

Meinst du, ich hätte eure Blicke nicht gesehen? Das Kind in meinem Bauch musste weg, um jeden Preis, auch um jenen meiner zukünftigen Unfruchtbarkeit.

Ashanti weint nicht mehr.

Umso besser, nicht? Viktor sagt das nicht, denkt es bloss und schämt sich seiner Gedanken. Viktor denkt an die Drohung von Ashantis Bruder, dessen Augen, die funkelten im Hass, die Rasierklinge in der Hand, er werde ihn kastrieren, wenn er sich aus der Verantwortung schleiche, nicht bezahle, die monatliche Genugtuung.

Und jetzt, bist du glücklich mit Z.?

Siehst du mich glücklich?

Viktor schweigt.

Im Moment, als ich gemerkt habe, dass wir dir nur eine Last sein können, ist etwas gestorben in mir. Abgedorrt, für immer.

Wir?

Dein Kind und ich. Ich habe dich geliebt.

Was?

Ja. Als ihr mich zur Engelmacherin gebracht habt, kam ich mir vor, als würdet ihr mich dem Henker vorführen. So, nun mach deinen Job. Warum hast du mich nicht gefragt, ob ich das will? Warum? Kannst du dir vorstellen, was das heisst?

Aber.

Mein Schmerz, als die Frau die Instrumente einführte. Ich habe die Augen geschlossen, weh hats getan, und ich habe Bilder gesehen, wie sie unser Kind umgebracht hat, zerstochen, es hat gelebt, verstehst du das nicht? Das war unser Kind, das da verreckt ist, ohne schreien zu können. Ich habe die Augen geschlossen und alles deutlich gesehen, den Embryo, mein Kind, unser Kind, abgeschlachtet in meinem Bauch, mit dem Draht ins Hirn gestochen, in die Augen, das habe ich gesehen und gespürt, verstehst du, ich hab unser Kind gesehen, wie es verblutet ist.

Aber alle waren doch.

Einverstanden? Eure Kälte hat mir den Hals blockiert. Ich konnte nichts sagen vor Entsetzen darüber, was ihr mit mir anstellt. Du hast mich nicht gesehen. Niemand hat mich gesehen. Ihr habt mich nicht sehen wollen. Mechaniker. Da ist etwas in einem Zahnrad, das heraus muss. Ein Mocken Fleisch, der wächst und wächst, mit jedem Tag, ein Mocken Fleisch, der das Getriebe stört. Eine Maschine, die zur Reparatur muss. Die Maschine bin ich.

Wie kann ich das gutmachen?

Bring Z. um und heirate mich.

Was soll ich?

Ich will dich nicht heiraten. Und an die Demütigungen von Z. habe ich mich gewöhnt. Ich bin schon tot, aber ich muss leben. Viele Tode bin ich gestorben, einen in der Wohnung von Frau Bwakali an der Mbaraki Road. Da kommts auf einen mehr oder weniger nicht an. Und Z. schlägt mich, wenn er mit mir schläft; er schlägt und würgt mich und bildet sich ein, das gefalle mir, wenn ich keuche, weil ich keine Luft mehr bekomme. Irgendeinmal werde ich keine Luft mehr bekommen, aber ich habe keine Angst. Fast keine.

Du hast Angst, jemand könnte dich in meiner Gesellschaft sehen und dich verraten. Jemand könnte in mir einen Nebenbuhler sehen oder gar einen Vertreter des Gesetzes.

Das ist mein Instinkt. Der Instinkt eines Tieres. Der Instinkt der Katze. Das habe ich als Kind schnell gelernt. Als der Onkel mich packte, hinterrücks, die Brüder, der Nachbar mich an die Mauer drückte. Die Wand hinter mir schützt mich, es sei denn, sie stürzt ein. Ich setze mich nie in die Mitte eines Raumes, auch hier im Migros-Restaurant will ich eine Wand hinter mir wissen. Ich will den Eingang im Blick haben. Ich will sehen, was auf mich zukommt. Und wer. Auch wenns mir nichts nützt.

»He«, sagt Trudi Anderhub, packt ihren Gatten an der rechten Schulter und schüttelt ihn wach.

»Was …?«, entfährt es Anselm. Er schreckt auf; Viktors schwarzes Notizbuch wird dabei von der Brust des Kommissars über den Zeitungsstapel hinweg auf den Teppich jenseits des Salontischchens katapultiert.

»Ich habe dich gebeten, um 19 Uhr den Backofen einzuschalten, damit die Apfelwähe gebacken ist, wenn ich zurückkomme, und wir gleich essen können«, sagt Trudi.

»Tut mir leid, ich bin eingenickt.« Anderhubs Schuldbewusstsein ist nicht gespielt.

»Das sehe ich.«

Anselm Anderhub erhebt sich traumtrunken vom Sofa und will sich in die Küche schleichen, doch bei seinem ersten Schritt knickt das rechte Knie ein. Er kann sich gerade noch auffangen am Salontischchen, welches kippt, und die Schwerkraft zieht Anderhub mit auf den Stubenboden. Dabei gehorchen die Prospekte und Zeitungen, die Bettelbriefe und Illustrierten mit aufgeschlagenem Kreuzworträtsel ebenso dieser Kraft wie das halbvolle Glas Wasser, dessen nasser Inhalt nun den Oberarm des seinerseits fallenden Kommissars streift und sich mehrheitlich auf dem Teppich breitmacht. Ein Umstand, der Trudi nicht erfreut. Immerhin liegt das Glas nicht in Scherben.

»Ist ja bloss Wasser«, sagt Anselm.

Er rappelt sich auf, und das Knie hält wieder. Ein Blick in die Küche bestätigt, was er gerochen hat. Trudi hat den Backofen bereits eingeschaltet, bevor sie ihn geweckt hat. Ihren Sinn fürs Praktische müsste man haben, denkt Anderhub. Soll er ihr von seinem Traum erzählen? Würde sie ihn auslachen, wenn er darauf bestünde, dass es sich genau so zugetragen haben musste? Wie aber sollte er das Hunziker und Wagner beibringen?

Anselm holt eine Rolle Haushaltpapier aus dem Keller, das Knie hält, als sei nichts gewesen, temporäre Schwäche, also kein Grund zu Panik oder Arztbesuch, und saugt mit dem Papier das Wasser aus dem Teppich. Trudi hilft beim Aufräumen, legt die Zeitungen und Illustrierten auf den Altpapierstapel.

»Halt«, sagt Anselm, »ist da nicht die Todesanzeige von Viktor Habermacher drin?«

Trudi legt die Zeitung zurück auf das Tischchen. Ihr Mann ist auch ein Sammler, nicht nur ein Jäger. Schurken, nicht Schürzen. Du kannst nie zu viele Unterlagen haben, pflegt er zu sagen, ein Grundsatz, der sich in Anderhubs Arbeitszimmer manifestiert. Materialisiert. In schiefen Schichten zu hohen Bergen.

23

»Dünn, Silvio, sehr dünn«, sagt Max Hunziker am Samstagmorgen – der Todesfall nimmt keine Rücksicht auf das Ruhebedürfnis der Kriminaler – und legt seine Stirne in Runzeln. Was Wagner an der Sitzung vorzubringen hat, reicht nicht für eine Festnahme von Zihlmanns Gattin. Wagner hat sie herbestellt und einvernommen. Wohl habe sie sich beim Verhör widerspenstig verhalten, wie ein Vulkan kurz vor dem Ausbruch sei sie ihm vorgekommen.

Anderhub lächelt in sich hinein, als sein Kollege dies sagt. Wie viele Vulkane hat Wagner wohl schon ausbrechen sehen? Ein weiteres Verfahren, dem die ergebnislose Einstellung droht? Wie wird die Bank den Todesfall kommunizieren? Das sind die wahren Herausforderungen der Mediensprecher, Formulierungen zu finden, die unangenehme Inhalte höflich verschleiern. Für einmal ist keine Bilanz zu schönen, sondern ein Bordell-Banker reinzuwaschen. Oder fallenzulassen?

Und wie wird die Fasnachtszunft reagieren, der Zihlmann als irgendein Würdenträger angehört hat? Wird sie überhaupt? Dieselbe Herausforderung erwartet auch den Serviceclub. Und die Studentenverbindung? Die Kleinkaliberschützen? Die Offiziersgesellschaft? Anderhub sieht mit Spannung den Todesanzeigen in der ›Luzerner Zeitung‹ entgegen. Dass Ashanti eine erscheinen lassen wird, ist nicht zu erwarten, aber seine Familie? Hat er Geschwister? Sind seine Eltern noch am Leben? Morgen würde er mehr wissen, sich eine weitere Familienkonstellation vorstellen können. Und welchen Trauerspruch werden sie über die Todesanzeige setzen?

»Ein ewiges Rätsel ist das Leben - und ein Geheimnis bleibt der Tod.«

Ein Satz für alle Fälle. Auch für die Bank, einerseits kryptisch wie manche ihrer Geschäfte, andererseits banal wie das Leben und der Tod, denkt Anderhub. Die Pflichtübung des Serviceclubs ist, so seine Todesanzeigenkonsumerfahrung, zwei, drei Tage später zu erwarten. Aber sie wird mit Sicherheit samt Logo erfüllt. Und die Studentenverbindung würde den Studentennamen, oft den Charakter mit seltener Treffsicherheit gewählt, preisgeben.

Anselm Anderhub hütet sich, Viktors Büchlein auf sich zu tragen, wenn er zur Arbeit fährt. Er mag nur vollständige Puzzles. Dumme Fragen, sollte er es irgendwo liegen lassen, sollte jemand darauf stossen, Andrea Zurfluh zum Beispiel, dienstfertig wie stets, wenn es ihm an der Garderobe aus der Manteltasche fiele, braucht er jetzt nicht. Er hat das Büchlein nicht dabei, als Max Hunziker ihn daran erinnert, dass heute die Zeit ablaufe, die er ihm zur Aufklärung des Falles Habermacher gegeben hat.

»Eigentlich gestern schon, denn damals dachte ich nicht, dass wir heute arbeiten.«

Anderhub schweigt.

»Wenn es da überhaupt je etwas aufzuklären gegeben hat«, lacht Hunziker ziemlich spottschwanger.

Da müsste er ganz starke Beweismittel liefern, um das Verfahren wieder zu eröffnen. Das weiss Anderhub alles, und es zerreisst ihn beinahe, denn er verfügt über diese Beweismittel, nur ist der Zeitpunkt, diese zu präsentieren, noch nicht gekommen. Warte nur, möchte er seinem Chef zurufen.

»Suizide gehören leider zum Alltag«, sagt Hunziker, und gerade auf dem Land, genauer gesagt in der

Landwirtschaft, sei eine Häufung festzustellen, wie er in einer Sendung des Schweizer Fernsehens gesehen habe. Überschuldung wegen Investitionen, dem Image und der Politik geschuldet, die mal dies, mal das verlange, die Bauern als deren Spielball, ein Milchpreis, der die Kosten nicht deckt, nackte Verzweiflung über ein Dasein, mit Krampfen gefüllt und von wenigen nur geschätzt.

Das nage auch an Menschen, die das nicht so zeigen können. Und wenn dann noch eine Krankheit dazukomme, im Haus oder im Stall, könne die Gemütslage schneller kippen, als man denkt. Aber Viktor Habermacher sei ja kein Bauer gewesen.

»Okay«, sagt Anderhub, »ich habs nicht geschafft, doch ich habs versucht. Und ich werde meine Antennen in dieser Sache nicht einziehen, das verspreche ich.«

»Was du in deiner Freizeit machst, geht mich nichts an, aber in der Dienstzeit hat dieser Schauspieler nichts mehr verloren, haben wir uns verstanden?«, wird Hunziker nun überdeutlich, denn er hat wohl bemerkt: Anderhub ist nicht gewillt, klein beizugeben, im Gegenteil, er scheint nicht mehr zurückzukönnen, hat sich in eine fixe Idee verbohrt.

Da hat einer Blut gerochen.

Silvio Wagner grinst, einen Ausdruck zwischen Bedauern und Überlegenheit auf dem Gesicht – ich habs ja immer gewusst – und Anderhub schluckt die Demütigung. Im vagen Wissen, dass es eine vorläufige ist.

»Konzentriert euch nun auf den Fall Zihlmann. Habt ihr eigentlich herausgefunden, welche Dame den Herrn zuletzt bedient hat?«, fragt Max Hunziker und blickt Wagner an.

Silvio Wagner räuspert sich. Ja, er habe sich natürlich schlau gemacht am Tatort, noch in der Nacht habe er die junge Frau einvernommen, soweit das den Umständen entsprechend gegangen sei. Auf dem WC habe sie sich versteckt gehabt.

»Wir haben sie einvernommen«, sagt Wagner, das ›wir‹ betonend, denn auch Richard Müller sei dabei gewesen.

»Richtig«, ergänzt jener, der Dienstjüngste im Team. Sein erster grosser Fall. Er sagt nichts, hört zu, nimmt wahr, lernt, indem er aufmerksam verfolgt, wie der Laden funktioniert.

»Sie konnte nur ein paar Brocken Deutsch, was sie eben für ihr Gewerbe so braucht, den Prostituiertenjargon halt, die Speisekarte sozusagen«, sagt Wagner.

»Aufenthaltsbewilligung?«, fragt Hunziker.

»Touristin«, sagt Wagner, »wir haben die anderen Anwesenden, fünf junge Frauen warens, auch kontrolliert. Sind allesamt als Touristinnen hier. Alle ausser Zihlmanns Gattin.«

»Was? Die war auch vor Ort zum Zeitpunkt des, sagen wir es vorsichtig, Unfalls? Warum sagt mir das keiner?«, ruft Max Hunziker jetzt aus, und seine Gesichtshaut zeigt die in solchen Situationen übliche gute Durchblutung.

Anderhub spürt: Nun kommt auch die Kombinatorik des Chefs in die Gänge. Was aber ist mit Silvio Wagner los? Spielt am Ende auch er ein doppeltes Spiel? Hat Anderhub den Kollegen unterschätzt? Und Ashanti Zihlmann hat sich nichts anmerken lassen, hat mitgespielt am Vortag?

»Warum hast du das nicht gleich gesagt? Dann hätten wir gestern ein paar Mannstunden sparen können!«, sagt Hunziker, und er zweifelt an Silvio Wagners Fachkompetenz.

Nicht vergessen: Im Dezember ist das jährliche Mitarbeitergespräch.

»Behauptung, ich wollte es genau wissen. Kann ja jede sagen, einen Ausweis hatte sie nämlich nicht dabei«, rechtfertigt sich Wagner, »wollte mich vergewissern; Anselm kennt die Dame ja.«

Und er doppelt nach: Die sähen ja alle gleich aus; er habe auf Nummer sicher gehen wollen.

»Und? War sie im Haus, als Zihlmann, äh, seinen letzten, äh, Atemzug getan hat?«, insistiert Hunziker.

Dann, so denkt er, könnte auch sie als Täterin in Frage kommen. Die Ehefrau mit Mordgelüsten angesichts des Treibens ihres Gatten.

»Wir könnens nicht mit Sicherheit sagen, aber auch nicht zu 100 Prozent ausschliessen«, sagt Wagner und verweist auf den Bericht, den Müller nach der ersten, allerdings aus sprachlichen Gründen wenig ergiebigen Befragung angefertigt hat.

»Vermutlich haben die Frauen Frau Zihlmann informiert, wohl telefonisch, nehme ich an«, sagt Wagner.

Sie sei jedenfalls zum Zeitpunkt, als die Polizei an der Bernstrasse eintraf, ebenfalls dort gewesen.

»Das könnte ich nach unserem Besuch nun beschwören«, sagt Wagner.

Schlitzohr, denkt Anderhub und muss schmunzeln: So hätt ichs vielleicht auch gemacht.

»Allerhand«, sagt Hunziker.

»Ich schlage vor, wir versuchen es mit einer Übersetzerin«, wirft Anselm Anderhub ein.

Ein konstruktiver Vorschlag.

»Einverstanden«, sagt Max Hunziker und organisiert einen Haftbefehl für die letzte Frau im Leben des Heinrich ›Harry‹ Zihlmann, Formsache, kein Problem bei diesem ungeklärten Todesfall im Milieu.

Untersuchungshaft sei in diesem Fall fraglos gerechtfertigt, meint auch die Staatsanwaltschaft.

Im Verhörzimmer, schmucklos, kahle helle Wände, die Tischplatte in einem gebrochenen Weiss gehalten, wimmert Malaika aus Mombasa, gemäss Pass 19 Jahre alt. Nach dem Aussehen zu urteilen, so Anderhubs Einschätzung, könnte sie jünger sein, abgesehen vom Gesichtsausdruck, der nicht zur Jugendlich-, ja Kindlichkeit der jungen Frau passen will. Ein Grossmuttergesicht auf einem Mädchenkörper. Die Übersetzerin, eine ältere Schweizerin, pensionierte Lehrerin, die vor mehr als 30 Jahren als Entwicklungshelferin in Tansania Suaheli gelernt hatte und jetzt ab und zu von den Asylbehörden, manchmal auch von den Gerichten der Region als Dolmetscherin aufgeboten, kommt nicht an Malaika heran. »Accident, accident«, sagt Malaika immer wieder. Und die Übersetzerin kommt sich nutzlos vor.

Anderhub, wohl wissend, dass das eigentlich nicht geht, zwei Tatverdächtige aufeinander loszulassen, holt sich mit dem kümmerlichen Argument, unübliche Fälle forderten unübliche Vorgehensweisen, bei Hunziker das Einverständnis.

»Dann setzen wir sie aber auch gleich in U-Haft; ich veranlasse das«, sagt Hunziker.

Anderhub profitiert dabei vom Vertrauensbonus, den sein Chef ihm gegenüber hegt: Wenn er so überzeugt dreinschaut, ist Anderhub der Lösung nahe. Und darum geht es letztlich, um die Lösung des Falls Zihlmann, schliesslich eine Person der Öffentlichkeit, und da wollen die Leute schnell Gewissheit.

Ashanti, aufgeboten von Anderhub, hat sich nicht gewehrt. Nun tröstet sie Malaika, hält ihre Hand, streicht mit der anderen Hand über ihr Haar. Anderhub hat sie als Übersetzerin bestellt, nicht als tatverdächtige Person vorgeladen, und die Wahrscheinlichkeit, dass da translatorisch nicht mit offenen Karten gespielt wird, liegt für ihn wie für Wagner auf der Hand: Stecken die nicht unter der gleichen Decke? Andererseits: Ein Ermittler muss zwischen den Zeilen lesen und Blicke deuten können. Die Polizisten wollen wissen, was vorgegangen ist in der Nacht, als Harry Zihlmann starb. Und Ashanti bestätigt ihre Vermutung: Ja, eines der Mädchen habe sie alarmiert.

Ashanti übersetzt die Frage; sie übersetzt auch die Antwort. Die beiden Frauen schauen einander an in einer Intensität, die nahe legt, dass Blicke sprechen können. Ein Pingpong-Spiel von wenigen Worten und zahlreichen Blicken, Nachfragen, Nicken, Kopfschütteln, bis Ashanti Anderhub und Wagner Auskunft gibt. Herr Zihlmann sei um halb zwölf ins Studio Happiness gekommen und habe nach Malaika gefragt. Wissen wollen, ob sie frei sei.

Malaika sei noch nicht lange im Geschäft, ergänzt Ashanti.

Als Wagner dennoch fragt, ob Zihlmann ein Stammfreier sei, gewesen sei, huscht ein Lachen über Ashantis Gesicht, und die Übersetzung der Frage lässt Malaika den Kopf schütteln.

»Zihlmann bezahlt nicht; Zihlmann gehört der Laden«, sagt Ashanti, und ihr Blick ist klar, die Augen gross und kalt.

»Flatrate«, wirft Wagner ein und bildet sich ein, ein Witzchen könnte der Stimmung während des Verhörs vielleicht förderlich sein, die Zunge lockern und so.

»No rate«, stellt Ashanti richtig.

Wagner vergisst drei Sekunden lang, den Mund zu

schliessen. Die ist nicht dumm, denkt er. Hat sie sich damit als Teilhaberin des Geschäfts verraten? Richard Müller seinerseits, der Neuling, zweifelt ernsthaft an der Fachkompetenz der lokalen Ermittler. Die Dame als Übersetzerin, das geht gar nicht, auch wenn der Faktor Zeit eine Rolle spielt. Der höfliche Novize indes schweigt.

In Anderhubs Kopf fahren die Gedanken wieder Achterbahn. Der biedere Banker hat ein zweites Standbein, denkt er, und welches ist Ashantis Rolle? Er erinnert sich überdeutlich an seinen Traum vom Vorabend, als er vergessen hatte, den Backofen einzuschalten für die Apfelwähe. Und erschrickt.

Malaika beginnt zu sprechen, ein Redeschwall ergiesst sich über die beiden Männer, die freilich von diesen fremdartigen Lauten gar nichts verstehen. Jetzt mischt sich ins Reden ein Schreien, eine Wut wird spürbar im verbalen und nonverbalen Ausdruck des Mädchens und eine grosse Verzweiflung, auch wenn die Männer keinem Wort eine präzise Bedeutung entreissen können.

Ashanti versucht Malaika zu beruhigen und übersetzt. Frei, so scheint es Anderhub, denn sie braucht nur wenige Worte. Eine kompakte Zusammenfassung, denkt auch Wagner. Auf das Wesentliche beschränkte Komprimierung einer Leidensgeschichte, wie die Männer gleich erfahren.

»Er konnte nicht genug kriegen, hat sie vergewaltigt, wenn ihm danach war, hat sie gedemütigt, geschlagen, und niemand war sicher vor seiner Laune, es konnte jede treffen, das Schwein!«

Ashantis Worte, deren Glaubwürdigkeit weder Wagner noch Anderhub nun in Zweifel ziehen. Erschrocken sind die beiden Männer ob der Energie, die ihnen da entgegenkommt. Sie blicken einander stumm an. Wie redet die von ihrem Mann?

»Entschuldigung«, sagt Ashanti, »das habe ich gesagt, war mein Wort, das Schwein, meine ich.«

»Und dann haben Sie, Frau Malaika, einfach zu stark zugezogen, um dem Elend ein Ende zu bereiten«, sagt Wagner. Was ein durchaus nachvollziehbarer Akt sei.

Anderhub spürt, was Wagner beabsichtigt. Keine Umwege, keine Zeitverluste, keine unnötigen Kosten. Etwas Verständnis drunter mischen. Ein gelöster Fall. Das Geständnis einer Tat. Eines Mordes oder Totschlags, den ein gewiefter Anwalt argumentativ leicht würde drehen können in Richtung Notwehr, da würde jedes Gericht weich, angesichts der überzeugenden Darbietung, äusserst glaubwürdig, das rechtfertigte massive mildernde Umstände auf jeden Fall.

Malaika weint, obwohl sie Wagner nicht verstanden hat, aber sie liest Stimmen, deutet den Ausdruck im Gesicht und in den Lauten. Überlebensnotwendige Kunst im fremden Land. Wird man sie ins Gefängnis werfen? Sie denkt vielleicht an ihre Mutter zu Hause in Mombasa, die Mutter und die jüngeren Schwestern und Brüder, die auf ihr Geld aus dem Wunderland Europa warten.

Ashanti nimmt Malaika in den Arm, drückt ihr einen Kuss auf die Stirne, dreht den Kopf Anderhub zu und sagt mit einer Stimme, die deutlicher und kühler nicht sein könnte: »Ich habe Zihlmann getötet.«

24

Anselm Anderhub schläft schlecht ein an diesem Samstagabend. Soll er noch etwas lesen? Hin und her wälzt er seinen Körper, nachdem er sich in autogenem Training versucht hat, das linke Bein, das rechte Bein hat schwer werden und in der Matratze versinken lassen. Muskel um Muskel, Arme, Rumpf. Doch der Kopf will nicht versinken, kann nicht nicht denken, lässt nicht los, was seinen Träger umtreibt und umgetrieben hat. Anselm dreht sich aufs Neue, sitzt halb auf, bis Trudi ihm liebevoll bedeutet, er solle doch bitte so gut sein und ins Gästezimmer ausweichen, sie müsse am nächsten Tag wieder fit sein. Vor allem am Abend, wenn sie wieder Dienst hat im Pflegeheim.

Fit sein, ein gutes Stichwort, das müsse er auch, denkt Anselm, doch er will keine nächtliche Diskussion vom Zaume reissen, die beide vollends um den Schlaf brächte. Er packt sein Duvet samt Kissen und schickt sich in sein Sal. Los.

Natürlich, es braucht nicht viel Kraft, besonders, wenn der Mann eh schon gefesselt und also wehrlos ist. Garotte? Anderhub erinnert sich an den Vortrag eines Spezialisten während der Ausbildung über die verschiedenen Arten, wie Menschen im Verlaufe der Zeit in unterschiedlichen Kulturen zu Tode gebracht wurden. Ein verrückter Kriminalhistoriker, der seine Berufung gefunden zu haben scheint im Ausleben einer eher makabren Leidenschaft auf rein theoretisch-wissenschaftlicher Ebene.

Zihlmann muss sich sehr sicher gefühlt haben, denkt Anderhub, sich dergestalt der absoluten Wehrlosigkeit auszuliefern. Oder gehört gerade dies zum ultimativen Nervenkitzel, dem angestrebten Höhepunkt, ist wesentlicher Bestandteil desselben? Reicht die Drosselung der Sauerstoffzufuhr zum Gehirn allein nicht aus, in den gewünschten Rauschzustand zu gelangen? Gehört die Ohnmacht, die komplette Unterwerfung dazu?

Anderhub schüttelt den Kopf. Hat er etwas verpasst?

Wagt sies, wagt sies nicht? Wie weit geht sie? Jedes Mal, da sie die Grenze nicht überschreitet, schwächt sie und stärkt ihn. Damit rechnet der Mann. Der Psychokrieg im Bordellbett. Dass die Frauen dran denken, sicher, wenn sie ihn bedienen, davon wird, davon muss Zihlmann überzeugt gewesen sein, stellt sich Anderhub vor. Frau über Leben und Tod sein. Die grosse Versuchung. Der grosse Kitzel.

Denken ist nicht handeln. Diese Erfahrung gehört auch zu Anderhubs Schatz. Und die Ungewissheit muss zum Spiel, ja Tanz auf Messers Schneide gehören. Ultimativ. Der Banker, ein Grenzgänger wie Schulmeister Habermacher? Mut und Wut. Wenn die sich treffen im selben Augenblick in Kopf und Herz der Frau, dann ist es dank kräftigen Armen um Zihlmann geschehen. Hat er am Ende genau das gesucht? Nur das, ultimativ? Der als Mord getarnte Suizid.

Aber Ashanti? Wer tauscht denn einen bequemen goldenen Käfig mit garantierter Grundversorgung und einem persönlichen Kleinwagen samt Abonnement im Fitness-Center freiwillig gegen die vergitterten Fenster des Gefängnisses Grosshof? Hat sie nicht gesagt, sie sei telefonisch alarmiert worden, erst nach Zihlmanns Ableben?

Nein, für Anselm geht da zu vieles nicht auf. Hat Ashanti im Augenblick, da sie Malaika im Arm gehalten hat, dieses geschundene Häufchen Elend, Mitleid bekommen mit ihr? Vielleicht eine Verwandte? Hat

Ashanti in diesem Moment sich selber gesehen, wollte ihr ein ähnliches Schicksal ersparen? Versuchte sie in einer selbstkritischen Anwandlung zu tilgen ihre schwere Schuld und Verantwortung, denn wäre dieses Mädchen ohne ihre aktive Mithilfe je in diese Hölle des Studio Happiness geraten? Hat das lange Jahre unterdrückte schlechte Gewissen aufgemuckt? Hat Ashanti sich selber, ihr böses Spiel, diesen Verrat, nicht mehr ertragen können? Sprich nur ein Wort, die Selbstbezichtigung, das Schuldbekenntnis am Ende des Verhörs, und die Seele wird gesund.

Psycholego nennt Anderhub diese Gedankenspielchen, wenn er einen Stein auf den anderen legt, sie wieder auseinanderbaut und neu zusammensteckt. Psycholego. Seine Art von Rummy. Halte dich an die Fakten!, schreit ihm eine Stimme entgegen. Sie hat doch gestanden, ohne äusseren Druck sozusagen, in klaren Worten hat Ashanti den Mord gestanden, basta, was willst du mehr, protokolliert, fertig, und so unlogisch, so unmotiviert ist die Tat nun auch wieder nicht, dass man das Geständnis hinterfragen müsste. Er hätte sie nicht in Gewahrsam genommen, das hat er weder Wagner noch Hunziker gesagt. Hat sie darauf gewartet? Dass sie sich absetzen könnte, kann Anderhub sich nicht vorstellen. Wohin auch? Wer bei der Polizei einen Mord gesteht, muss damit rechnen, nicht mehr nach Hause gehen zu dürfen, es sei denn in Begleitung, um Reservewäsche zu holen.

Und der Telefonanruf? Die Alarmierung sozusagen der Vertrauensperson, Ashanti? Sagen kann man alles. Richard Müller wird das nachprüfen. Stehen zwei Sätze nebeneinander, die sich widersprechen, muss einer unwahr sein. Aber welcher? Und die Motive dahinter? Wer möchte denn mit einem Dreckskerl wie Harry

Zihlmann zusammenleben? Hat sie ihn nicht in ihrer Wut als Schwein bezeichnet? Echte Wut? Anselm kam sie authentisch vor. Schwein! Auch wenn Zihlmann Geld hat wie Heu und Schweine nicht auf Heu stehen. So wälzt denn Anselm Anderhub schwere Legosteine hin und her, höhere Legologik, steckt zusammen, was zusammengehören könnte und baut ab und um und zurück, was nicht passen will, und findet nicht die Ruhe, eine Nacht lang keine Ruhe.

Max Hunzikers Stärke ist nicht die Geduld. Er konnte nicht warten mit der Medienorientierung. Der Druck der Sonntagszeitungen, gierig auf einen Primeur. Erfolge wollen kommuniziert sein. Tue Gutes und rede darüber. Marketing ist alles. Oh Hunzi, denkt Anselm und unterstellt seinem Chef mehr als diese Charakterschwäche. Ein prinzipielles Nichtwartenkönnen nämlich. Dabei hat er ein einziges Argument auf seiner Seite: Eine geständige Täterin, was will er mehr?

Hunziker weiss schon, darob geht der Vergewaltigungsfall in Emmenbrücke mit tragischen Folgen – Querschnittlähmung des Opfers – nicht vergessen, und gewisse Medien werden nicht müde werden, den Fall auch in diesem Zusammenhang wieder genüsslich aufzuwärmen. Die warten nur darauf! Das ist der Druck, dem Hunziker nicht gewachsen scheint. Die gierige Bande sensationslüsterner Auflagen- und Klickbolzer. Er liest schon ihre Schlagzeilen und weiss um seine Chancenlosigkeit: Sollen mal nicht übermütig werden, die Herren, sondern ihre Hausaufgaben machen. Da gibt es noch gröbere Pendenzen, Herr Hunziker!

Anderhub ertappt sich bei einem Gedanken, den er nicht mag, der ihn zum geistigen Komplizen des mentalen Lethargikers Wagner macht. Auch wenn Malaika den Harry Zihlmann um die Ecke gebracht hat, eher freiwillig als zufällig, so ist es doch mindestens so gerecht, dass Ashanti dafür ins Gefängnis geht statt ihrer, die das Leben noch vor sich hat. Welches Leben? Jetzt erobern wieder die inneren Dialoge das Gehirn des Polizisten, und er wird erst hinüberdämmern und vielleicht den Tiefschlaf finden, wenn er erschöpft ist.

Das Tagebuch! Da fehlen die letzten zwei Seiten. Herausgerissen. Warum ist ihm das nicht früher aufgefallen. Der letzte Eintrag eine Woche vor Habermachers Tod. Kannte jemand dessen Matratzenversteck? Anderhub kann sich das nicht vorstellen. Was stand auf diesen beiden Blättern? Die Schrift ist Ausdruck der seelischen Verfasstheit der schreibenden Person. Anderhub ist überzeugt, und die Überzeugung gründet auf der Selbstbeobachtung: Auch wer auf dem Computer schreibt, würde sich verraten, wenn er nichts korrigierte. Wie schnell streift der Finger beim Schreiben des Buchstabens A die Caps-LOCK-Taste. Genau, die typischen Verschreiber eines Menschen im Zustand der Erregtheit. Wie oft hat er selber dirket geschrieben statt direkt? Hasu statt Haus? Velwechsrungen, pardon Verwechslungen, unpräzise Anschläge, die zwei Buchstaben auf einmal treffen, dies ohne dass der Schreibtäter zwingend über ausgeprägte Wurstfinger verfügen muss.

Habermacher schrieb von Hand. Und der Handschrift fehlen zwar die gröbsten Rechtschreibfehler, hoffentlich, bei einem Lehrer, dafür ist sie kaum leserlich. Was Anderhub gehofft hat, dass er nämlich irgendwann alles wird entziffern können, wenn er sich an Habermachers Kritzeleien gewöhnt hat, erweist sich als Trugschluss. Ihm wird schmerzlich bewusst, dass er eine Grundidee des Geschriebenen im Kopf haben muss, um überhaupt etwas zu verstehen. Eine Erwartung.

Wo aber bleibt da die Objektivität, wenn er bloss seine Erwartungen erfüllt haben will? Und dies alles entwertet seine translatorischen Versuche in der kritischen Eigenbetrachtung. Beträchtlich.

Vielleicht ist Z. gar nicht Zihlmann? Vielleicht steht Z. für Zuberbühler oder Zahnarzt. Ich könnte mirs einfach machen und die Sache auf sich beruhen lassen, denkt er, doch das widerspräche seiner Ethik fundamental. Fun. Damen. Tal. Das klingt wie die Kürzestzusammenfassung von Harry Zihlmanns Leben samt unschönem Ende im abgewürgt stummen Jammertal.

Ich muss diese Seiten finden, denkt er, diese Seiten sind der Schlüssel. Wird Trudi unbezahlte Freizeitarbeit goutieren oder den Aufstand proben? Die fehlenden Seiten.

Da sitz ich nun und kann nicht anders.

Wohl kannst du anders, Anselm.

Nein, ich muss.

Du musst nur wollen, aber du willst nicht.

Niemals verziehe ich mir, wenn sich herausstellte, dass ich etwas Wesentliches übersehen habe.

Mich übersiehst du, geflissentlich. Mich und meine Bedürfnisse. Ich lebe, und der andere ist tot, wird auch nicht wieder lebendig, wenn du den Umständen seines Ablebens nachstocherst.

In den Ferien, Trudi, da holen wir alles nach, versprochen, ganz bestimmt, ich schwörs.

Wers glaubt, wird selig.

Und bald werde ich pensioniert, und dann.

Anselm Anderhub ist eingenickt, und als er, argumentativ von Trudi in die Enge getrieben dergestalt, dass er seine eigenen Argumente nicht mehr ernst nehmen kann, aufschreckt, hört er dank halboffenem Zimmerfenster aus dem Garten den frühen Vogel pfeifen. Er hört den Vogel, der den Wurm erwischt. Anselm Anderhub jagt einen Wurm. Phantomwurm? Und bald beginnen auch die Amseln zu singen, stimmen ihren Lobgesang auf den neuen Tag an.

Viktor Habermachers Interpretation des Eisenmoritz, der die Condition Humaine mehr als nur streift, hat den im Alltagsumgang leicht ruppigen Käsermeister – harte Schale, weicher Kern – zu Tränen gerührt, noch nach der Aufführung. Alles hat einen Nachhall. Anselm holt die Kleider aus dem Zimmer, wo Trudi noch schläft. Im Badezimmer zieht er sich an, hängt das Pyjama über die Duschentür.

Da er seine Angetraute nicht wecken will, benutzt er die Toilette im Erdgeschoss. Betont leise möchte er sein und muss innerlich lachen. Leise. Das reicht. Anderhub deckt den Tisch für zwei, was er sonst nur sonntags und selten samstags zu tun pflegt. Trudi soll merken, dass er sie nicht vergisst. Anselm gibt sich fürsorglich. Ferien hat er ihr versprochen, Flussschifffahrt oder so. Auf dem Rhein bis nach Amsterdam. Oder die Donau hinunter bis zur Mündung ins Schwarze Meer.

Mündung. Die Pistole neben Habermachers Kopf. Schmauchspuren. Zwei Dreiminuteneier kocht er. Jenes für seine Frau stellt er, nachdem er es kurz mit kaltem Wasser abgeschreckt hat, in einen Eierbecher, Kaffeelöffel, Salz, Pfeffer und die Tube Mayonnaise daneben. Dann holt er die Zeitung aus dem Briefkasten und enthauptet sein Ei.

Der Anriss auf der Front der Sonntagszeitung ist kurz. ›Bekannter Banker tot‹, lautet die Überschrift des

Einspalters. Und dann ein Verweis auf die Aufschlag-
seite des Lokalteils, wo die Geschichte des Tages, ja der
Woche, der absolute Primeur, ausgebreitet wird. ›Unfall oder Abrechnung im Milieu?‹, titelt die Zeitung.

Anderhub ärgert sich. Manchmal hält er die Infor-
mationspolitik der Polizei für kontraproduktiv. Sie erschwert die Ermittlungsarbeit, indem der potenziellen
oder mutmasslichen Täterschaft – es gilt selbstredend
immer und überall und für jedermann die Unschuldsvermutung – Tipps gegeben werden. Indirekt, indem
man verrät, in welche Richtung ermittelt wird. Oh,
Hunziker, oh, Hunziker. Nicht dass er grundsätzlich gegen Transparenz wäre, aber da, wo es darauf ankommt,
in Wirtschaft und Politik nämlich, da wo der Nepotis-
mus, die Filzokratie sozusagen ungehindert wuchert,
da begnügt man sich mit Schein-Transparenz.

Keiser grüsst und grinst. Tranquilizer, denkt Anderhub, wenn wieder mal die Liste mit den Verwal-
tungsratsmandaten der National- und Ständeräte
veröffentlicht wird. Anderhub muss lachen: blosse Ali-
bi-Übungen zur Wahrung des schönen Scheins. Die
Medienabteilung der Bank wird sich auf einen Rüffel
einstellen müssen.

Der Titel mit dem Fragezeichen tröstet Anderhub,
obwohl es ihn standespolitisch ärgern müsste, denn
das Fragezeichen insinuiert einen weiteren offenen,
also ungelösten Fall. Genau das Gegenteil dessen, was
Hunziker beabsichtigt hat: Täterin geständig, Fall abgeschlossen. Das, und nur das hätte Hunziker lesen
mögen. Er braucht eine Erfolgsmeldung, dringend.

Anderhub liest den Artikel genau, und er bewundert
den Journalisten für dessen Scharfsinn im Kommentar
neben dem Artikel. Das heisst: Er bewundert seinen
eigenen Scharfsinn. Der Kommentator zieht das Motiv

in Zweifel. Will die angebliche Täterin, die Ehefrau des Getöteten, jemanden decken? Ist sie ein Bauernopfer, das, wenn sie ihre Gründe darlegt, mit mildernden Umständen rechnen kann? Anderhub erinnert sich an einen Vatermörder in einem anderen Kanton, der glimpflich davonkam, als er dem Gericht über seinen Verteidiger glaubhaft darlegen konnte, wie der Vater ihn schon als Bub zutiefst erniedrigt und gequält habe, verbal und brachial, dass ihm in der akuten Situation, einer Gelegenheit – die fatale Koinzidenz von Wut und Mut –, die zur Tötung führte, gar keine Wahl geblieben sei.

Der Journalist stellt die These in den Raum, dass Heinrich Harry Zihlmann bloss ein kleines Glied in einem internationalen Mädchenhändlerring gewesen sein könnte. Mutig, denkt er, so etwas in die Welt zu setzen, doch die Gedanken sind ziemlich frei, und er deklariert seine Ausführungen explizit als Gedankenspielerei. Eine Hinrichtung in Mafiamanier?

Auch die Möglichkeit eines ›Verkehrsunfalls‹ (sic!) schliesst er nicht grundsätzlich aus und verweist auf Fälle wie jenen eines bekannten Musikers aus der Rock-Abteilung, der sich auf der Suche nach dem Superorgasmus nackt an der Türfalle seines Hotelzimmers mit der Nummer 524 im Ritz Carlton in Sidney erhängt haben soll. Aktenkundig, dieser Fall, Wikipedia sei Dank für die Gebrauchsanweisung.

Ich muss nochmals ins Obernau, sagt sich Anselm Anderhub. Er zerkleinert die Schale seines Dreiminuteneis mit der Hand und wirft sie in den Kompostkübel. Dann versorgt er das Brot und den Käse, legt die Kaffeetasse in den Geschirrspüler statt wie üblich auf die Küchenkombination.

Während er die Schuhe schnürt, denkt er, dass der

Journalist bei seiner Recherche mit hoher Wahrscheinlichkeit auf den gleichen Seiten gelandet ist wie er,
nachdem er ›Lustgewinn durch Strangulation‹ gegoo-
gelt hat.

25

»Können Sie demnächst vorbeikommen, ich habe hier etwas, das Sie interessieren dürfte.«

Manchmal lohnt sich die saudumme Floskel, im Verein mit der Übergabe einer Visitenkarte, halt doch, denkt Anselm Anderhub auf dem Weg zur Bahnstation Sursee: »Falls Ihnen noch etwas einfallen sollte, melden Sie sich bitte. Hier meine direkte Telefonnummer im Büro. Und das da ist meine Handynummer.«

Frau Habermacher, die Mutter des erschossenen Viktor, Lehrer und Laienschauspieler, ist am anderen Ende des Dienst-Smartphones des schlauen Polizisten. Bildlich gesprochen. Trudi nähme die Tatsache, dass er eben vorgehabt hat, sie anzurufen, die gute Frau ihm aber zuvorgekommen ist, für ein telepathisches Phänomen. Übersinnlich, feinstofflich, Parapsychologie konkret. Die Kraft der Gedanken halt. Anselm kommt solches eher wie eine profane meteorologische Erscheinung vor: eine sachdienliche Unterhaltung liegt in der Luft. Überfällig.

»Danke für Ihren Anruf, Frau Habermacher. Wie geht es Ihnen und Ihrem Mann?"

»Danke, es geht.«

»Das freut mich«, sagt ein überaus freundlicher Polizist, bevor er zur Sache kommt.

»Worum handelt es sich konkret«, will Anselm Anderhub, der sich nun bereits in der Surseer Centralstrasse befindet und am Coiffeurladen und am Architekturbüro vorbei Richtung Bahnhof marschiert, wissen. Montagmorgen. Eigentlich ist seine Habermacherzeit abgelaufen, aber heute riskiert Anderhub eine Verwarnung, einen Verweis oder einen ZS. Zusammenschiss.

»Als alleinige Erbberechtigte gings bei Viktor bedeutend schneller als damals, als meine Eltern starben und alles versiegelt wurde sozusagen, damit niemand sich unrechtmässig bereichern konnte«, sagt Frau Habermacher, »aber da Viktor keine Geschwister hat, ist es glücklicherweise ohne Theater klar, an wen bei der amtlichen Erbteilung der gesamte Nachlass geht.«

Anderhub kennt das, vom Tod seiner Eltern. Die Kinder- und Erwachsenenschutzbehörde.

»Hat er Ihnen etwa unerwartet ein Vermögen hinterlassen?«, versuchts Anderhub auf locker und lustig.

Er könnte sich ohrfeigen. Da will er freundlich sein und riskiert alles mit einem dummen Spruch. Was schwafelt er da und grinst dazu auf den Stockzähnen? Anderhub weiss: Das hört man auch über Funktelefonverbindungen. Und wenn sie im Freien stattfinden bei Motorenlärm und Menschengebrabbel, zu mystischen Gesängen ungeölter Veloketten und während der Durchfahrt eines Schnellzugs ohne Halt in Sursee Richtung Basel. Muss er in seiner Blödheit seine dienstfertige Informantin potenziell vertäuben mit einer kreuzdummen Bemerkung! Die Frau, die vor wenigen Tagen ihren einzigen Sohn verloren hat. Spott hat sie weiss Gott weder nötig noch verdient. Anselm, Trottel im Quadrat.

»Entschuldigen Sie, ich war in Gedanken gerade an einem anderen Ort«, versucht er seine Haut zu retten.

Anderer Ort ist gut. Er sieht vor sich den Bahnhof, überquert bei der Raucherbeiz die Strasse, weicht mit einem Sprung einem Bus aus, der Richtung Sempach losfährt. Es gibt Situationen, da tun Lügen Not.

»Schon recht. Können Sie vorbeikommen?«, fragt Frau Habermacher.

Die Nachsicht von Frau Habermacher rührt den Polizisten, und er weiss: Er muss sich im Griff haben heute, will er nichts vermasseln, was der Lösung seines, ja seines, Falles dienlich sein könnte. Ob die Frau Nussstangen mag? Oder eher Pralinen?

»Ich bin schon unterwegs, Frau Habermacher, sagen wir zwischen 10 und 11 Uhr? Und danke für die umgehende Information, geht das in Ordnung, wenn ich dann aufkreuze?«

Information? Hat er eine konkrete Information erhalten? Dabei hat er keine Ahnung von nichts. Bloss grosse Erwartungen. Great Expectations, Charles Dickens.

Anderhub meldet sich bei seinem Chef ab mit der Bemerkung, er habe heute Morgen einen Anruf erhalten von der Mutter des Schauspielers. Hunziker ist vollauf damit beschäftigt, die Wellen zu glätten, die der Artikel in der Sonntagsausgabe der ›Luzerner Zeitung‹ geworfen hat. Tut, als ob er vergessen hätte, dass das Habermacher-Ultimatum am letzten Samstag abgelaufen ist. Hunziker nimmt zur Kenntnis.

»Ich fahre jetzt ins Obernau«, sagt Anderhub. Unter Zeugen: Andrea Zurfluh. Soll sie den Kopf schütteln. Alte Weisheit: Wer das letzte Spiel macht, kann jassen.

Es hat in letzter Zeit genügend Unruhe gegeben im Polizeikorps; zuletzt die Untersuchung, ob die Erstürmung eines Hauses verhältnismässig gewesen sei, in deren Verlauf die Mutter des mutmasslichen Delinquenten, eines Drogengärtners, sich aus dem Fenster im dritten Stock des Bauernhauses, wo die Kulturen gediehen, zu Tode gestürzt hat. Dieser Drogengärtner hatte doch tatsächlich noch die Frechheit, gegen die Polizei zu klagen! Auf einen weiteren Skandal kann Hunziker gut verzichten.

Schauspieler? Max Hunziker denkt ans Luzerner

Stadttheater und das mediale und politische Theater um einen Neubau auf dem Inseli-Areal hinter dem Bahnhof. Salle Modulable. Salle Incroyable. Salle Pitoyable. Oder so. Viktor Habermacher, den Eisenmoritz, hat er angesichts des Mordes/Unfalls im Bordell doch glatt vergessen, verdrängt, abgehakt, beerdigt.

Wohin geht Anderhub? Obernau, Obernau. Im Elsass gibts ein Obernai. Aber Obernau? Ob er aber über Obernau oder aber über Unternau. It's now or never. Ammergau ist auch ein Ort. Und wo sind die Karl-May-Festspiele? Max Hunziker will sich keine Blösse geben, sonst setzt noch einer das böse Gerücht in die Welt, der Chef der Luzerner Kriminalpolizei sei offensichtlich völlig überfordert; Hunziker habe den Überblick über die laufenden Fälle verloren, schwimme im Trüben, fische im Trockenen. Übernau, Obernau. Habernau.

»Wann bist du zurück?«, fragt er, uneingedenk seines einseitigen Abschlusses des Falls, etwas muss er doch sagen. Klassischer Fall von Überlagerung; ist Hunziker Burnout-gefährdet?

»Gegen Mittag sollte ich mit ihr fertig sein. Vielleicht finde ich ja das fehlende Glied in der Kette.«

Wovon redet der? Kette? Hat er etwas verpasst? Max Hunziker bestellt sich einen Kaffee, den Andrea Zurfluh ihm umgehend serviert. Koffein soll den Geist anregen, sagt man seiner Hausdroge nach. Wie er sie hasst, die ganze skandalgeile Journaille, die alles und jedes in Frage stellt. Dieser primitive Kommentar. Der nur eines bringt: Bewegung in die Gerüchteküche und Misstrauen gegenüber der Institution Polizei. Hat wohl zu viele Krimis gelesen, der Redaktor. Mutmassungen, Räubergeschichten, man könnte meinen, sie hättens auf ihn, Max den Grossen, abgesehen. Können die nicht einmal, ein einziges Mal, ein Geständnis einfach akzeptieren, ohne es in Frage zu stellen? Eine Seuche, denkt er. Hinterfragen, überfragen, unterfragen. Now and forever. Obernow or never.

Derweil ist Anselm Anderhub im Krienser Quartier angekommen. Er sieht den Möbelwagen und junge Männer, die ein Bett über den Balkon im vierten Stock hochziehen. Neues Leben spriesst aus den Ruinen, fällt dem Polizisten zu diesem Bild ein, und er macht die Verbindung zu seinem Wohnquartier in Sursee, wo ebenfalls ein Generationenwechsel im Gang ist. Was wohl dereinst aus seinem Haus wird? Ob eines seiner Grosskinder es übernehmen wird? Die Rufe der Männer wecken ihn aus seinen Tagträumen. Aha. Neue Spielgeräte werden ebenfalls montiert.

Sie sei froh, dass Viktor ihnen keine Schulden hinterlassen habe, sagt Frau Habermacher, ausser der letzten Miete, aber das vermöchten sie wohl zu tragen. Anderhub spürt: Sie hat seinen unbedachten Spruch von wegen Vermögen schon verstanden. Man soll nie, gar nie jemanden unterschätzen, das hat er sich zur Maxime gemacht und ist damit gut gefahren. Glaubt er selber nicht ganz daran, dass er sich das immer wieder einreden muss? Er bewundert Frau Habermachers Gelassenheit. Ist das jetzt die Altersweisheit? Oft gepriesen, nie erreicht. Anselm Anderhub arbeitet daran.

»Diesen Briefumschlag haben wir von der Bank erhalten. Ich habe gar nicht gewusst, dass er da einen Safe gemietet hat. Wir jedenfalls haben keinen«, sagt Frau Habermacher.

Am liebsten hätte Anderhub ihr den Brief entrissen. Und er reisst. Sich zusammen. Reden lassen jetzt. So viel zur Arbeit an Gelassenheit und Altersweisheit.

»Lesen Sie, was hier draufsteht.«

Sie reicht ihm den Briefumschlag, Format C4, weiss, auf dem ein gelber Post-it-Zettel klebt.

Anderhub liest, einigermassen flüssig: »Sollte mir etwas zustossen, bitte den Brief umgehend der Polizei übergeben.«

Druckbuchstaben oder was Habermacher dafür gehalten hat. Der kann ja wirklich leserlich schreiben, die Sonett-Ode an Evelyne Keiser war keine lyrische Eintagsfliege, denkt er.

»Darf ich?«

»Ja, natürlich, Sie sind doch der Polizist.«

»Und Sie haben ihn noch nicht geöffnet?«

»Bin ich Polizistin?«

Bedenklich einerseits, bewundernswert andererseits. Diese verdammte (Tschuldigung) Obrigkeitsgläubigkeit. Was erwartet Anselm Anderhub eigentlich? Und was stellt sich Viktors Mutter vor? Enthält der Umschlag vielleicht einen Abschiedsbrief, begründend seine Tat, einen Brief, der den Eltern die Schuldgefühle, wer hätte die nicht in einer solchen Situation, nimmt? Wenigstens mildert? Sie hat ihn nicht geöffnet? Unglaublich. Und ihr Mann? Unvorstellbar. Bestimmt haben sie den Brief geöffnet, denkt Anderhub.

Anselm Anderhub streift sich – beinahe vergessen in seiner Ungeduld – noch weisse Einweg-Plastikhandschuhe über, was Frau Habermacher in Erstaunen versetzt. Er liest das in ihrem Gesicht.

»Beweismittel, wer weiss«, sagt der Polizist, »und darauf haben meine Fingerabdrücke nichts zu suchen.«

Frau Habermacher erschrickt nicht. Hat sie wirklich die Finger gelassen von ihrem Erbstück? Den Brief nicht geöffnet und wieder zugeklebt? Und Anderhub versucht mit dem Fingernagel des rechten Zeigefingers

an der linken oberen Ecke des Briefes einen Schwach-
punkt im Papier auszunutzen. Natürlich ein aussichts-
loses Unterfangen mit übergezogenen Handschuhen.
Eher bohrte sein Fingernagel ein Loch in den Gummi-
handschuh, als dass es ihm gelänge, dem Brief etwas
anzutun.

»Warten Sie, ich hole einen Brieföffner.«

Das hat Stil, denkt Anselm Anderhub, der selber
die Briefumschläge aufzureissen pflegt, dass es keine
Gattung macht, jeder Schimpanse könnte das sauberer,
und ihm in der 34-jährigen Ehegeschichte von Trudi
manch vorwurfsvollen Blick, manch Kopfschütteln
auch beschert hat. Sorgfältig öffnet er nun den Briefumschlag, indem er den Brieföffner ansetzt und durch-
zieht. Im Brief befinden sich zwei lose Zettel, nicht
ganz sauber herausgerissen, aus einem Notizbuch, aus
Viktor Habermachers schwarzem Notizbuch. Keine
Frage für den einzigen Schwarzbuch-Spezialisten im
ganzen Universum.

Die Zacken auf der einen Seite zeigen das Bemühen
darum, die Blätter in der ganzen Breite herauszurei-
sen. Nun ist es Frau Habermacher, die ein Gesicht liest.
Anderhub freilich hat sich unter Kontrolle; er geifert
nicht, sagt nichts von fehlenden Seiten in Viktors Tagebuch, das er sich auf eine Art und Weise angeeignet
hat, die nicht völlig sauber ist. Im Grunde eine Art von
Diebstahl oder mindestens unberechtigte Aneignung
geistigen und physischen Eigentums, vor allem aber
eines höchst bedeutenden Beweisstücks. Das er zudem, und das könnte sogar strafrechtlich von Relevanz
sein, unterschlagen hat.

Ob jemand das Geheimfach in der Matratze entdeckt
hat? Anderhub fragt sich, ob er das Fach seinerzeit, als
er der alten Matratze das Tagebuch entnahm, wieder

verschlossen hat. Haben Habermachers die Wohnung ihres Sohnes bereits geräumt, räumen lassen? Ist die Matratze entsorgt, dem Schredder anheimgestellt worden? Caritas oder Heilsarmee.

Frau Habermacher blickt in gierige Augen. Ein wissendes, wenigstens hoffendes Lächeln umfächelt seine Lippen, als Anderhub die beiden Blätter, beidseitig mit blauem Kugelschreiber dicht beschrieben, aus dem Briefumschlag holt und von Frau Habermacher wissen will, ob das unzweifelhaft die Schrift ihres Sohnes sei.

»Viktor hat selten geschrieben«, sagt sie.

Manchmal eine Postkarte aus den Ferien. Sie steht auf, geht zum Kühlschrank, wo die Postkarten mit Magnetfigürchen, Schmetterlinge und Logos von Hilfswerken, denen Habermachers eine Spende haben zukommen lassen, nimmt Anderhub an, angemacht sind. Anderhub ist ihr, Interesse vorgaukelnd, gefolgt, obwohl er lieber läse.

»Darf ich?«, fragt er, nun mit echtem Interesse, und als sie nickt, löst er eine farbige Postkarte vom Kühlschrank, eine Luftaufnahme einer Grossstadt am Meer.

Mombasa. Er dreht sie um und liest. »Herzliche Grüsse aus meinen Ferien in Afrika. Viktor«, steht da. Anderhub blickt auf den Stempel auf der Briefmarke. Vor 20 Jahren in Kenia abgestempelt.

»Er war da nach der Matura, Animateur in einem Ferienresort«, sagt Frau Habermacher.

Das weiss Anderhub bereits. Er blickt Frau Habermacher an, sagt nichts. Oft hat Viktor nicht geschrieben.

»Können Sie lesen, was er da geschrieben hat«, fragt Anderhub und legt ihr, zurück im Wohnzimmer, das eine lose Blatt auf das Salontischchen.

Sie beugt den Kopf vor und versucht zu entziffern.

»Nein, ich kann das nicht lesen«, sagt sie.

»Dann nehme ich das mal mit. Wir haben da unsere Schriftgelehrten, Spezialisten sozusagen«, sagt Anderhub und verabschiedet sich, ohne den Kaffee gekostet zu haben und ein Biscuit zu probieren.

Beides hat Frau Habermacher ihm angeboten. Nussgipfel? Darauf hat Anderhub verzichtet, sollte ja auch nicht aussehen wie ein Bestechungsversuch, sein Besuch. Wenn er sich und seine Ausreden selber durchschaut, muss der Kriminaler über sich selber lachen. Und ein wenig ist er auch traurig über sein zuweilen unachtsames Wesen.

»Wollen Sie schon wieder gehen? Bleiben Sie doch noch einen Moment, der Kaffee ist gleich fertig«, sagt sie, als er aufsteht und noch einmal das Familienfoto in der Wohnwand sieht.

»Ich muss, leider. Aber ich werde Sie auf dem Laufenden halten, falls sich etwas ergibt, das Sie wissen sollten«, sagt Anselm Anderhub bestimmt, aber freundlich, »und herzlichen Dank, dass Sie mich informiert haben. Ich könnte mir vorstellen, dass Sie uns, mir, damit sehr geholfen haben.«

Hat sie nicht lesen können oder nicht lesen wollen? Max Hunziker hat die morgendliche Presseschaukrise überwunden und sich inzwischen wieder gefangen. Der Kaffee wirkt Wunder. Als Anderhub ihm nun den Briefumschlag mit dem gelben Post-it-Zettel unter die Nase hält, ist Hunziker nämlich heiterwach; er hat ihn präsent, den abgeschlossenen Fall Habermacher.

»Und was ist da drin? Neue Beweismittel?«, sagt er mit einer Neugier in der Stimme, die sich für einen abgeschlossenen Fall normalerweise nicht geziemt.

Anderhub zeigt die beiden losen Blätter, nicht ohne

vorher die Handschuhe appliziert zu haben. Hunziker versucht zu entziffern, was ihm nicht gelingt, denn er ist nicht der Schriftkundigste. Chancenlos, zumal ihm Anderhubs Feldforschungserfahrung in schlaflosen Nächten abgeht.

»Ich erwarte eine Transkription der beiden Blätter. Bis wann kannst du das schaffen?«, fragt Hunziker.

»Habermacher hat sich Mühe gegeben, einigermassen leserlich zu schreiben«, sagt Anselm Anderhub.

Schon wieder so eine Dummheit, tölpelhaft, denn das heisst implizit, er hat Vergleichsmöglichkeiten, hat schon andere Texte desselben Autors gelesen, ansonsten er die relative Leserlichkeit nicht beurteilen könnte. Er muss sich in einem biorhythmischen Tief befinden. Max Hunziker offenbar auch; er geht nicht darauf ein, Entwarnung, und als Anderhub in Aussicht stellt, dass es bis zum Abend zu schaffen sein sollte, ist er zufrieden. Der Chef weiss, was er an seinem dienstältesten Mitarbeiter hat.

»Wagner befasst sich übrigens mit Harry Zihlmanns Damen«, sagt Hunziker nur noch.

Soll der sich an ihnen die Zähne ausbeissen, denkt Anderhub und stellt sich seinen Kollegen mit zahnlosem oberem Frontkiefer vor. Nun wachsen ihm kurzspitz Eckzähne von draculascher Wucht, die der Gedanke an seine bevorstehende Arbeit aber nullkommaplötzlich tilgt. Zumal der Hinweis auf Viktor Habermachers Bestreben um allgemeine Lesbarkeit keine Übertreibung war.

26

Zihlmann weiss genau, dass ich ihn hochgehen lassen kann. Das ist Menschenhandel. In höchstem Masse kriminell. Er muss wohl annehmen, dass Ashanti mich über seine Machenschaften aufgeklärt hat. Sie ist ebenso gefährdet wie ich. Wer zu viel weiss, lebt gefährlich. Und ich weiss zu viel. Ich vermute, wer die Schwachstelle beim Amt für Migration ist, wer den Frauen die Bewilligungen verschafft und sich dabei noch moralisch gut vorkommt. Ein guter Katholik, der am Sonntag mit der Gattin am Arm in die Kirche springt und am Ende noch glaubt, er leiste wirksame, ganz konkrete Entwicklungshilfe ...

Anselm Anderhub erfährt nicht viel Neues. Zwischen den Zeilen liest er die Angst. Das reine Bangen um sein Leben. Ashanti hat Habermacher gegenüber solche Andeutungen gemacht. Wer sich Zihlmann in den Weg stelle, müsse alles gewärtigen. Der fackle nicht lange. Der habe zu viel zu verlieren, um sich Skrupel leisten zu können. So ein Lehrerleben wie dasjenige von Viktor Habermacher sei für ein paar Tausender auszulöschen. Jeder Mensch habe seinen Preis. Ein professioneller Killer kenne da seine Tricks und Kniffe.

Ein Autounfall würde bei Habermacher, dem aktenkundig manischen Nachtfahrer, überhaupt nicht auffallen. Übermüdet mit Vollgas in eine Betonwand. Dabei war bloss an den Bremsen herummanipuliert worden. Oder das Steuer, die Kupplung. Oder so. Muss ja nicht gleich ein Abschiessen auf der Autobahn sein.

Ashanti hat Habermacher Zihlmanns Drohungen brühwarm weitergeleitet, durchaus im Sinne des Bankers. Was kommt vor der Moral? Der Verantwortliche für Habermachers Spruch über der Todesanzeige hats gewusst. Angst, Todesangst ist ein starker Antrieb, etwas zu tun oder tunlichst zu lassen. Unter.

Oberschwand. Anderhub muss sich den Ort des Geschehens am Abend der letzten Aufführung des Theaterstücks noch einmal ansehen. Hat er nichts übersehen? Anderhub kennt das: den verengten Blick, der das Offensichtliche nicht sieht. Er kennts aus dem Haushalt: Ist der Pfeffer nicht am gewohnten Ort, kann er lange suchen. Vielleicht trifft er Leute, die mehr wissen, aber nie gefragt werden? Die Ruhigen im Land. Die stillen Beobachter, wertvolle Hilfspolizisten, wenn sie ihr Wissen nicht für sich behielten. Vorher aber will er sich eine vollständige Liste der Theaterbesucher besorgen.

»Jetzt glauben Sie immer noch an einen Mord; ich fasse es nicht. Wie kann man so stur sein?«, fährt ihn Judith Kronenberg ziemlich heftig, ja frech, so empfindet es Anselm Anderhub, an, nachdem er seinen Wunsch geäussert hat.

»Ich glaube gar nichts«, sagt Anderhub und wird sich der tiefen philosophischen Dimension seiner Aussage inne, zu der er aber durchaus stehen kann.

Mit Glauben habe seine Arbeit rein gar nichts zu tun, macht er der Dame klar.

Er sitzt in seinem Büro mit Blick auf ein Bild, das in satten Kreidefarben eine Napflandschaft zeigt mit Bauernheimet, Wiesen, Bäumen und Wald, und telefoniert: »Ich gehe, mit Verlaub, Frau Kronenberg, der Sache nach, weil ich mich der Wahrheit verpflichtet fühle.«

Schon wieder ertappt er sich dabei, metaphysisch zu werden, er ist zum Davonheulen. Der Wahrheit, und nichts als der Wahrheit, das hätte noch gefehlt.

»Der Wahrheit im Sinne dessen, was wirklich geschehen ist«, sieht er sich bemüssigt, zu ergänzen.

»Die Wahrheit?«, hebt Frau Kronenberg an, »die Wahrheit ist schlicht und ergreifend die, dass Viktor Habermacher, der Hauptdarsteller unserer erfolgreichen letzten Produktion und geschätzter Lehrer im Dorf, letzte Woche beerdigt worden ist, das heisst, seine Asche liegt für die nächsten 15, 20 Jahre, ich kenne das Reglement nicht auswendig, im Gemeinschaftsgrab. Punkt. Sie habens ja selber gesehen. Was wollen Sie denn noch? Man soll Tote ruhen lassen.«

»Händigen Sie mir bitte die Reservationslisten aus, und ich werde Sie nicht mehr behelligen«, sagt Anderhub, derweil er sich fast die Zunge abbeissen muss, um nichts von Verdunkelungsgefahr zu erzählen.

Er hat ja nichts gegen Frau Kronenberg. Der Vorwurf der Sturheit, grenzt er nicht an Beamtenbeleidigung? Aber ihr letzter Satz tut der Anderhubschen Polizistenseele richtig weh. Requiescat in Pace. Und hätte sie ein Motiv, sie würde sich durch ein solches Verhalten, nicht konstruktiv, eher schon obstruktiv, ja fast querulantenhaft, verdächtig machen. Oder kehrt sie den Spiess um und zeiht ihn der Störung der Totenruhe? Nicht physisch mit der Schaufel, rein gedanklich? Feinstofflich.

»Die ganzen Listen, von der Premiere bis zur Derniere?«, will die Frau wissen.

Geht doch, denkt Anderhub. Warum immer so störrisch.

Und er sagt: »Ja, gerne. Falls Sie sie elektronisch haben, können Sie mir die Listen sehr gerne mailen. Oder ich komme sie bei Ihnen holen. Ich habe sowieso vor, nochmals einen Augenschein zu nehmen am Ort des Geschehens.«

»Da werden Sie nichts mehr finden, das ans Theater erinnert. Diese Fahrt können Sie sich sparen«, lacht Judith Kronenberg.

Da klingen Spott und Verachtung mit.

Anderhub nimmt den spitzen Ton wahr: Wir wissen eine Sache, und wenns eine leidige Sache ist, innert nützlicher Frist anständig zu Ende zu führen und endlich abzuschliessen. Und was macht ihr? Und das mit unseren Steuergeldern.

»Ich schicke sie per Mail«, sagt Judith Kronenberg, »in einer halben Stunde sollten Sie die Listen haben. Ihre Mailadresse?«

Der Keiser war nie mein Freund. Warum hat er mich an der Premiere so dunkel angeschaut, als ob er mich fressen möchte? Hat Evelyne etwas verraten, hat er die Schönheitsmassage seiner Frau enttarnt? Hat Keiser am Ende Ashanti erkannt, als sie mir beim Schlussapplaus einen Strauss Blumen überreicht hat? Dass er kombinieren kann, traue ich ihm zu. Ahnt er, dass ich wissen könnte, dass er im Studio Happiness Stammgast ist? Dumm ist der nicht.

Was verspricht sich Anselm Anderhub von einem Besuch jener Scheune auf der Oberschwand? Was bildet er sich auf seine Intuition ein?

Max Hunziker zeigt sich nach kurzer Rücksprache mit der Staatsanwaltschaft gnädig, nachdem Anderhub ihm glaubhaft dargelegt hat, dass zwischen dem Tod von Harry Zihlmann und jenem von Viktor Habermacher ein Zusammenhang bestehen könnte, mehr noch, dass ein Zusammenhang höchst wahrscheinlich sei. Zumindest gebe es da eine Person, die das Schicksal der beiden toten Männer verbindet, mehr wolle und könne er im Moment nicht sagen, aber auch Hunziker ist nicht blöde und hat eine vage Ahnung. Mit der offiziellen Wiederaufnahme des Verfahrens wartet er zu, genug der Blamagen; zuerst soll nun endlich Anderhub harte Fakten liefern.

Kein Hofhund hat angegeben, als er zugefahren und ausgestiegen ist. Ein toter Hof. Totenhof. Der Parkplatz ist jener von Geri Keiser damals, Ehrenparkplatz zu Theaterzeiten, der Hauptsponsor soll seine Privilegien haben, aber das interessiert den Polizisten nicht.

Anderhub ist sicher, dass seine Ankunft im Weiler zur Kenntnis genommen worden ist, denn irgendwo muss jemand zu Hause sein, auch mitten im Nachmittag. Irgendwo führt jemand Buch über Ankunft und Abfahrt der Besucher des Weilers. Und er im Privatwagen. Er nimmt den Weg, den auch die Theaterbesucher genommen haben, betrachtet die Holunderbüsche, die Brennnesseln, die Spuren, die das mobile Klo am Boden hinterlassen hat. Die Scheune ist nicht abgeschlossen. Scheunen sind selten abgeschlossen. Zu zahlreich sind die Eingänge. Viehdiebstähle gabs auch im Wilden Westen nur da, wo Vieh vorhanden war.

Anderhub ist sich bewusst, wenn jemand bös wollte, könnte man ihm das, was er nun tut, als Hausfriedensbruch auslegen. Andererseits kann er nirgends eine Klingel ausmachen, ein Argument zu seiner Verteidigung, und er ist sich nicht einmal sicher, welches Bauernhaus zu dieser ziemlich einsam dastehenden Scheune gehört. Ist es das Haus auf der anderen Strassenseite? Melchior Kaufmanns Elternhaus? Hat der nicht mal so etwas geäussert? Er vermutet es, da es der Scheune am nächsten steht.

Das Anwesen liegt brach, nicht einmal einen Miststock hat er gesehen. Die Tenne ist leer, abgesehen von ein paar Relikten aus der Vergangenheit. Die Romantik des Bauernstandes, denkt Anderhub. Erinnerungen an eine Zeit, als der Bauernstand die erste Stütze der Gesellschaft war. Anbauschlacht, Landesversorgung. Fehlt nur noch der rostige Pflug mit dem Schild: Plan Wahlen. Drei Joche, zwei Holzrechen, fünf Gabeln, ein Reff, ein Hobel. Sie hängen an der Wand, und wo während des Theaters Ketten und Motoren, Öfen und Velorahmen gelegen haben, sammelt sich aufs Neue der ewige Staub.

Die schwarze Katze sitzt wieder unter dem Dach der Remise, die einst für zwei Monate Festhütte war. Und beobachtet ihn mit der Katzen eigenen Mischung aus Aufmerksamkeit und Desinteresse. Aus der Tenne liesse sich leicht eine hübsche Besenbeiz machen, denkt Anselm Anderhub. Für Wanderer. Ein Eventlokal, Hochzeiten, runde Geburtstage, Familienfeste. Oder wird sie das nächste Übungsobjekt der regionalen Zivilschutzorganisation? Der Feuerwehr?

Das Blut ist an der Oberfläche sauber weggeputzt worden in der Künstlergarderobe. Keine Zusammenrottung gefrässiger Ameisen mehr. Der Holzboden hat das Blut aufgesogen; es ist eingetrocknet, hat sich mit dem Holz verbunden. Abgeschliffen hat man den Boden nicht. Kein Vorhang mehr; die Nägel hängen noch. Weggeräumt die leeren Weinflaschen, keine Gläser, die herumstehen. Retabliert. In der Ecke steht eine Stabelle. Darauf lagen doch Viktors zivile Kleider.

Anderhub setzt sich auf den Stuhl. Die provisorische Türe, den separaten Ein- und Ausgang, hat man nicht zurückgebaut. Wer weiss, vielleicht gibts in zehn Jahren ein ›Eisenmoritz‹-Revival, in neuer Besetzung, zwangsläufig. Durch die Ritzen hört er den eben einsetzenden Regen. Kein Gewitter, ein regelmässiger, ergiebiger, friedlicher Landregen, so deutet er den Klang. Beruhigende Monotonie. Wo die Balken und Pfetten sich kreuzen, in den Nischen unter dem Dach, unter den Ziegeln haben die Spinnen ihren Lebensraum zurückerobert und ausgebaut.

Anselm Anderhub legt den Kopf in den Nacken, stellt sich Viktors letzte Minuten vor. Hat er meditiert, um seine Rolle als ›Eisenmoritz‹ ablegen und zurück ins richtige Leben finden zu können? Richtiges Leben, Rollenleben: Hatten sich die Grenzen nicht verwischt? Vermischen sich nicht auch bei ihm, dem Polizisten, dauernd die Rollen? Draussen im Saal wird es ruhig. Der Regisseur hat bewusst auf ein solches Ende hingearbeitet. Nachdenklich sollen die Besucher die Tenne verlassen. Nicht niedergeschlagen, aber sinnend. Die letzten Klänge der Livemusik, Violine, Saxophon, Perkussion mit Ketten und Metallkübeln versickern. Der Applaus. Vereinzelt kreischende Frauenstimmen nun, denn draussen fällt ein wilder Regen; die Dachrinne überläuft. Ein Dachbach, fette Dusche, spritzt hemmungslos auf den Vorplatz.

Wer nicht nach Hause geht, sondern auf ein Nachlassen des Regens hofft, später, wenn es darum geht, auf Hofstetters Wiese das eigene Auto wieder zu finden, huscht eilig in die Theaterbeiz. Menschen mit vollen Blasen – der Apéro an der Theaterbar – streben dem mobilen Klo zu, doch zu Warteschlangen kommt es nicht. Der Regen.

Dann ist Ruhe, abgesehen von auf- und abschwellendem Stimmenmus aus der Beiz, dessen Inhalt nicht verständlich ist, ein blubbernder Brei, eine schwappende Suppe von Lauten, auf Dauer einlullend wie der regelmässige Landregen, gedämpft durch Holzwände und Wassergeräusche. Anderhub nickt ein, entschlummert.

Können Sie mich einen Augenblick allein lassen mit dem Künstler?, sagt der Mann im dunklen Sakko. Unvermittelt steht er da; Melchior hat sich allein im Zuschauerraum gewähnt.

Ich muss meine Arbeit machen, was meinen Sie eigentlich?, erwidert Melchior.

Nur 10 Minuten, Viertelstunde.

Aber warum wollen Sie allein sein mit Viktor, wenn der ums Verrecken selber allein sein will?

Ein Interview, exklusiv, fürs Radio, da brauche ich Ruhe. Fazit des Hauptdarstellers nach einem Dutzend Aufführungen. Ich will keine Nebengeräusche; der Regen reicht. Klingt authentisch. Der Regen passt sogar ausgezeichnet. Auch Donner könnte nicht schaden, aber der scheint vorbei zu sein.

Hä?

Bitte, da haben Sie 100 Franken, und jetzt gehen Sie da drüben etwas trinken und kommen in einer halben Stunde wieder; die Arbeit läuft nicht davon.

Haben Sie denn abgemacht mit ihm?

Ja, ja, klar. Er erwartet mich.

Was ist denn das?

Das Aufnahmegerät.

Jäso.

Da, nehmen Sie!

Ich brauche kein Geld, hab noch viele Gutscheine.

Selber schuld. Ich legs da auf den Stuhl. Könnens später nehmen. Und jetzt gehen Sie!

»Wer hat Ihnen erlaubt, in meine Scheune einzudringen?«

Anderhub schrickt auf, blickt in ein bärtiges Gesicht

und muss sich erst orientieren. Was hat er da eben geträumt?

»Ich, äh, ich bin, äh, ich …«

Völlig verdattert wandert seine rechte Hand in die linke Innentasche der Jacke. Der Bärtige mit der Lederhaut hat inzwischen seine Taschenlampe aus dem Hosensack genommen und leuchtet Anderhub gnadenlos ins Gesicht.

»Da schau her, der Herr Inspektor! Was treibt unseren Kommissar in meine Tenne?«

»Wer sind Sie denn?«

»Was soll diese Frage? Das ist meine Scheune, und ich kann mich ums Verwurgen nicht erinnern, dass wir ein Rendezvous vereinbart haben heute Nachmittag.«

Nun ist Anderhub wach. Er stellt sich vor, streckt seinem Gegenüber die Hand hin, die eben noch seinen Ausweis suchte. Der Bartli ergreift diese reflexartig, während der Polizist sich vorstellt: »Anderhub Anselm, Kripo Luzern.«

»Kaufmann Kaspar, Nebenerwerbsbäuerchen und Aushilfs- beziehungsweise Störmetzger.«

»Von Ihrem Bruder Melchior habe ich eben geträumt, aber wo ist Balthasar?«, fragt Anderhub.

»Der Balz ist auf der Walz«, sagt Kaspar.

»Aha.«

»Vom Melk geträumt?«

Anderhub geht nicht in die Details, sagt nichts Verfängliches, das ihn zum Gespött im Weiler und im Dorf machen könnte. War der Hinweis auf den Trauminhalt schon zu viel?

»Ihr habt originelle Eltern.«

»Gehabt.«

Das tue ihm leid, sagt Anderhub.

Das Eis ist gebrochen. Kaspar lädt Anselm zu einem Kafi Schnaps ein, Eigenbrand: »Das geht nur als Bauer in solchen Quanten.«

Kaspar gibt ein bäriges Lachen, und Prostprost Kamerad und ich bin der Kasper.

»Anselm, freut mich«, sagt Anderhub.

»Und du glaubst immer noch, der Viktor sei ohne eigenes Dazutun in die ewigen Jagdgründe abgehauen?«

»Ich bin mir ziemlich sicher«, sagt Anderhub, und dann führt ihn Kaspar hinunter in den ehemaligen Stall unterhalb der Tenne, ins Erdgeschoss sozusagen.

Kaspar will dem Polizisten seine Sammlung zeigen, sein kleines Museum. Kuhdung, nicht Schweinegülle, denkt Anderhub. Der Geruch ist nicht herauszubringen, auch wenn der Stall, so vermutet er, seit Jahren, wenn nicht Jahrzehnten, keinen Grossvieheinheiten mehr Unterkunft zur Verfügung stellt.

»Das hier ist die Bierabteilung«, sagt Kaspar. 3691 verschiedene Bierflaschen stehen da, sauber aufgereiht und grob nach Kontinenten geordnet, dazu innerhalb der Kontinentalabteilung nach Regionen, Skandinavien zum Beispiel, oder iberische Halbinsel oder britische Inseln, und innerhalb der Regionen nach Ländern.

»Und Belgien steht Deutschland in Sachen Bierkultur im Fall so wenig nach wie der Schweiz in Sachen Schokolade«, sagt Kaspar.

Anderhub staunt und sieht seinen Lebensleitspruch mit der Unterschätzung im Zentrum einmal mehr bestätigt.

»Ich führe Buch«, sagt Kaspar.

Wer in seinem Element sich bewegt, führt Sicherheit und Stolz spazieren, denkt Anderhub. Zu Recht.

Wie er zu dieser Sammlung komme, will der Polizist wissen. Als Alkoholiker komme Kaspar ihm ebenso wenig entgegen wie als Weltreisender, doch er könne sich wohl täuschen, das erste Mal wärs nicht.

»Die Leute kennen mich«, sagt Kaspar, »und wenn nur jeder aus den Ferien eine besondere Flasche mitbringt, Bier, Wein, es kann auch ein Parfum- oder Medikamentenfläschchen sein. Da kommt über die Jahre etwas zusammen.«

Anderhub versteht und blickt auf die Uhr.

»So spät schon, ich muss«, entschuldigt er sich, dankt artig für die Führung. Der Traum von eben geht ihm nach.

»Und das Kafi?«, sagt Kaspar.

»Ein andermal gerne«, erwidert Anselm.

Trottel, denkt Kaspar.

Im Auto kontrolliert Anselm Anderhub seine elektronischen Posteingänge. Das mobile Telefon ist auch für ihn, den, so unterstellt er, Andrea Zurfluh einen komplizierten alten Sack nennt, wenn im Ausgang über die Arbeit diskutiert wird, und das vielleicht sogar mit einem liebevollen Unterton, ein Computer.

Judith Kronenberg hat nicht gelogen. Die Listen, saubere Excel-Tabellen, zeigen die Buchungen über den Ticketdienst. Anderhub kennt das. Wenn Trudi und er ins Kino gehen, pro Halbjahr kaum mehr als einmal, reserviert Trudi meist telefonisch, wenn überhaupt, denn die Filme, die sie interessieren, sind nicht die Blockbuster. Im Surseer Lokal für Kleinkunst, Kabarett, musikalische Kleinformationen, dem Somehuus, machen sies hingegen sitzplatzgenau übers Internet.

»Bei den wenigen Tickets, die an der Abendkasse verkauft wurden, unverhoffte Absagen, krankheitshalber oder warum auch immer, kommt immer wieder vor, haben wir natürlich weder Namen noch Adressen«, schreibt Frau Kronenberg in ihrem Mail. Trocken, sachlich, pflichtschuldig. Das versteht er gut. Aus Luzern werden sie nicht aufs Geratewohl hin anreisen und riskieren, dass es keinen freien Platz mehr gibt, denkt Anderhub. Aber, aber, Frau Kronenberg. Etwas enttäuscht ist er schon. Nicht einmal »viel Erfolg bei den weiteren Ermittlungen« wünscht sie ihm, verbleibt bloss mit freundlichen Grüssen.

Anderhub fährt nach Hause, nach Sursee. Trudi ist zu ihrer Schwester ins Hinterland, nach Willisau gefahren. Sturmfrei also. Im ehemaligen Zimmer von

Marco, zugleich kaum benutztes Gäste-, wohl aber Anselms Ausweichzimmer, Refugium des Nachtflüchters, wenn sein Hirn keine Ruhe findet, hat er sein Büro eingerichtet. Heute mache ich Home-Office, sagt sich Anderhub, wirft den Computer an und schickt seinem Chef Hunziker eine entsprechende Nachricht.

Die Antwort kommt prompt: »Okay, aber ich erwarte endlich Ergebnisse. Hast du relevante Neuigkeiten?«

Jetzt lass mich erst arbeiten, denkt Anderhub, und wirf den Geiern um Himmelsgottswillen kein voreiliges Communiqué vor! Natürlich weiss auch Anderhub, dass die Wahrscheinlichkeit, dass ein Fall gelöst wird, in den ersten drei Tagen nach der Tat am grössten ist. Mit Abstand. Und dass die Exhumierung eines Toten, wenn der bereits verbrannt ist, nicht möglich ist, weil, was nie als Fleisch im Sarg im Humus war, nie dem Sarg im Humus entrissen werden kann. Relevante Neuigkeiten. Du bist gut. Ergebnisse. Die Polizei wird daran gemessen. Emmenbrücke lässt grüssen. Alle wollen sie immer und sofort Ergebnisse. Das Leben als Mathe-Prüfung.

Anderhub antwortet nicht, denn was er seinem ungeduldigen Chef schriebe, dessen ist er sich bewusst, wäre der Karriere abträglich, obwohl seine aspirativen Zeiten längst vorbei sind und er sich ganz glücklich bewusst ist, dass sein einziger Entwicklungsschritt im absehbaren Arbeitsleben jener ins Rentenalter sein wird. Entlastende Aussichten, befreiende Perspektive.

Zwei Tickets für die Premiere für H. Zihlmann in Ebikon, erste Reihe, Plätze 9 und 10. Anderhub greift zum Telefon.

»Kronenberg.«

»Guten Tag Frau Kronenberg. Anderhub. Vielen

Dank für die Listen. Erlauben Sie mir noch eine Frage: Erinnern Sie sich an die Premiere?«

»Klar erinnere ich mich daran. Und bedeutend lieber als an die traurige Derniere, das kann ich Ihnen flüstern. Die Aufregung war gross, denn ein Theater bedeutet immer Risiko, und du kannst nicht zurückspulen oder ein zweites Mal anfangen. Zudem eine Uraufführung ohne einschlägige Referenzen von anderen Theatervereinen, das ist ein nicht ganz auszuschaltendes Risiko. Und Rainer Kreienbühl hat darauf bestanden, dass es kein Soufflieren gibt. Woher denn auch.«

Da hat er sie in einem guten Moment erwischt, denkt Anderhub, die kann ja richtig erzählen.

»Können Sie sich an eine Besucherin mit dunkler Hautfarbe erinnern? Die müsste doch aufgefallen sein in dieser zutiefst eidgenössischen Scheune aus dem Jahre 1905, wie ich den Backsteinen in der Mauer entnommen habe bei meinem Besuch eben, voller Eingeborener quasi«, sagt Anderhub, im Ton begleitet von einer physikalischen Unmöglichkeit, hörbarem Augenzwinkern nämlich.

Jetzt hat er sie aber zum Schmunzeln gebracht; was sie im Klang der Stimme nicht verbergen kann. Eine Freude bemächtigt sich des Polizisten: Er kanns ja noch!

»Eine Afrikanerin, ja, ich erinnere mich, und ich erinnere mich deshalb ganz deutlich, weil sie an der Premiere ganz vorne sass, in der vordersten Reihe, und Viktor am Ende einen Strauss Rosen überreicht hat, was sonst ja weniger üblich ist hier auf dem Land«, sagt Judith Kronenberg.

»Könnten Sie sie möglicherweise identifizieren.«

»Ist sie auch tot? Sie machen mir Angst.«

»Nicht, dass ich wüsste«, sagt Anderhub, »aber trauen Sie sich eventuell zu, sie wieder zu erkennen, seis auf einer Foto oder in einer leibhaftigen Gegenüberstellung?«

»Gegenüberstellung? Hat diese Frau…«

»Es wird vermutlich nicht nötig sein, aber gesetzt den Fall, dass es nötig wäre, könnte ich auf Sie zählen?«

Es entsteht eine Pause, was Anderhub nachvollziehen kann. Will sie sich nicht in eine Sache hineinziehen lassen, die sie nichts angeht? Anderhub versteht das; er selber ist froh, musste er noch bei keinem Verkehrsunfall als Augenzeuge Red und Antwort stehen. Andererseits: Wenns um Recht und Unrecht geht, um die Klärung eines Kriminalfalls, ist kooperatives Verhalten zu erwarten.

»Sind Sie noch dran?«, fragt Anderhub, nachdem seine Frage zehn lange Sekunden lang – eine Schätzung, denn die Uhr hat er nicht bemüht – unbeantwortet geblieben ist.

»Ich muss mir das schon gut überlegen. Ich denke gerade daran, dass ich Asiaten kaum auseinander halten kann, kürzlich in Luzern, immerhin sehe ich langsam Unterschiede zwischen Japanern und Chinesen, aber mit Bestimmtheit nur, wenn ich beide nebeneinander sehe. Und Koreaner? Bei Afrikanern wirds wohl ähnlich aussehen, wenn ich sie nicht kenne. Sie müssten schon spezielle Merkmale haben, Frisur vielleicht, aber die lässt sich schnell ändern. Und ich habe sie nur einmal gesehen«, hört er Frau Kronenberg sagen.

Die kann ja richtig reden!, denkt Anderhub erfreut und bildet sich ein, es sei ihm gelungen, ihr Vertrauen zu gewinnen.

»Nein, zwei Mal!«

Innerlich brodelt es im Polizisten. Wieso hat ihm das

niemand gesagt? Von Anfang an? Muss man diesem verschrobenen Volk – dem er selber angehört, worauf er zudem noch stolz ist – denn jeden Wurm aus der Nase ziehen?

Scheibenkleister. Anderhub könnte sich kläpfen. Ihm geht augenblicklich jenes Licht auf, das nie hätte ausgehen dürfen. Vorboten der Demenz? Erster Besuch in Ebikon. Er sieht Ashanti Zihlmanns spöttisches Grinsen, hört es: »Ja, natürlich hab ichs gesehen und nicht nur einmal, wenn Sies genau wissen wollen.« Das werde wohl ebenso wenig verboten sein wie die Teilnahme an einer Beerdigung.

Ashanti hat ihn nicht ernst genommen, sogar noch provoziert, und er Tölpel konnte eins und eins nicht zusammenzählen. Allerdings, so versucht er sich vor sich selber zu entlasten, sei beim zweiten Mal nicht explizit von der Derniere die Rede gewesen. Er hätte unbedingt nachfragen sollen, so viel Selbstkritik muss sein. Andererseits: Nicht einmal Kollege Petermann, der Polizist vor Ort, hat es für nötig befunden, diesen doch eher ungewöhnlichen Tatbestand zu erwähnen. Ungewöhnlich? Hat man vielleicht Angst, sich dem Vorwurf des Rassismus auszusetzen? Rassistisches Profiling. Da war doch jüngst etwas, das die Medien ausgeschlachtet haben: Ein Schwarzer in Zürich, der sich beschwert hat, er werde von der Polizei häufiger kontrolliert als andere, weil er schwarz sei. Und der Zihlmann, als er sich beschwert hat, nach seinem ersten Besuch in Ebikon, hat in die gleiche Kerbe geschlagen. Vermutlich war Ashanti zum Zeitpunkt der Entdeckung des toten Viktor Habermacher nicht mehr vor Ort. Das ist, zur Entlastung Xaver Petermanns, des Dorfpolizisten, doch schwer anzunehmen.

»Sind Sie noch dran?«, fragt nun Judith Kronenberg.

»Höchst interessant. Könnten Sie beschwören, was Sie eben gesagt haben?«

»Ja, aber diesmal war sie nicht in der vordersten Reihe, hab sie nur kurz gesehen, muss eine Bekannte von Viktor sein, hab ich gedacht.«

»Und es war die gleiche Frau, die an der Premiere die Rosen?«

»Kann sein. Kann ganz gut sein.«

»War sie in Gesellschaft oder allein?«

»Das kann ich nicht mit Bestimmtheit sagen. Aber in der Festwirtschaft habe ich sie nicht gesehen, das wäre mir aufgefallen. War übrigens auch an der Premiere schon so. Sie muss wohl gleich nach der Aufführung gegangen sein.«

Anselm Anderhub bedankt sich und sagt nochmals, dass er möglicherweise auf sie zukommen werde, vielleicht brauche es doch noch eine Gegenüberstellung, um die Identität jener Besucherin zu klären. In seinem Hirn fahren die Gedanken wieder Achterbahn. Ashanti an der Derniere. Hat sie Habermacher doch umgebracht? Oder hat sie den Mörder gesehen? Und erkannt? Hat sie Viktor in der Garderobe besucht? Und Zihlmann: Hat er, sich in Sicherheit wiegend, an der Premiere seine weiche Seite ausgelebt, kaum ein Mensch ist ja nur böse, Ashanti mit dem Besuch eine Freude gemacht?

Die Reservationsliste der Derniere. Anderhub blättert die Listen durch, denn er hat sie ungeachtet des Ressourcenverschleisses – Trudi ist nicht da; ihr Spott übers papierlose Büro hat sich überdies abgegriffen – ausgedruckt. Zwei Tickets für Zihlmanns Bank in Luzern. Theoretisch kann das die ganze Belegschaft sein. Ganz rechts, ganz hinten. Sonst fast nur Reservationen aus dem Tal, auch aus der aargauischen Nachbarschaft. Da, eine aus Ebikon! Dieser Adresse bin ich doch kürzlich begegnet, murmelt Anderhub.

Eines wird ihm klar: Er wird Ashanti verhören müssen, am besten heute noch. Und er schickt ein Mail Richtung Luzern.

Wagners Ergebnis der Einvernahme von Ashanti und Malaika ist mehr als dürftig. Ashanti beharrt auf ihrer Aussage, und das Motiv ist durchaus plausibel. Anderhub liest das Protokoll durch und muss gestehen: Auf dieser Schiene kommen sie nicht weiter. Er kennt eine andere Schiene; es ist die Theaterspur, und mittels Weiche müssen die beiden doch zusammenzuführen sein. Denkt Anderhub. Und Max Hunziker gibt sein Einverständnis. Anderhub befragt die Frau aus Mombasa.

»Frau Zihlmann, wir wissen von Ihrer Verbindung, ja, man kann sagen von Ihrem Verhältnis, Ihrer Affäre mit Viktor Habermacher«, sagt mit Bestimmtheit Anselm Anderhub.

Schweigen.

»Wir wissen auch, dass Habermacher sich von Ihrem Mann bedroht fühlte, und zwar nicht, weil Harry Zihlmann den Lehrer als Nebenbuhler auf dem Radar hatte, sondern weil Viktor Ihrem Mann durch sein Wissen hätte gefährlich werden können.«

Schweigen. Immerhin blickt sie beim Wort Nebenbuhler kurz auf. Versteht sie das Wort nicht?

»Sie haben Viktor Habermacher an der Premiere am 19. August einen Strauss Rosen überreicht.«

»Ist das verboten?«

Aha, denkt Anderhub, sie erwacht.

»Sie haben Habermacher geliebt, auch wenn er Sie verraten hat, damals, als Sie schwanger waren.«

»Was wissen Sie schon, Sie kleiner Scheissschnüffler! Sie haben ja keine Ahnung!«

Silvio Wagner, der die Szene stumm beobachtet, während das Gespräch aufgenommen wird, staunt und beginnt langsam, Zusammenhänge zu erahnen. Der Anselm Anderhub mag ja ein schräger Vogel sein, trotzdem: Chapeau.

»Man hat Sie auch an der Derniere gesehen, an jenem Abend, als Viktor Habermacher gestorben ist. Sie sassen in der fünften Reihe, Mitte links, Platznummer 127.«

Wagners Augen weiten sich noch stärker, so dass sich auf seiner Stirne Runzeln bilden.

Ashanti ist in ihren stummen Trotz zurückgefallen. Anderhub wartet auf eine Reaktion. Eine Minute dauert eine halbe Ewigkeit. Wer hält einem Blick länger stand? Wer hält die Stille länger aus? Anderhub weiss: Man kann beides trainieren.

»Und jetzt glauben Sie, ich hätte Viktor umgebracht. Ich habe Harry getötet, nicht Viktor«, bricht Ashanti das Schweigen.

»Weil Sie Viktor geliebt haben.«

Schweigen.

»Und jetzt erklären Sie mir, wie Viktor Habermacher denn zu Tode gekommen ist.«

Schweigen.

»Ich weiss, hab die Buchungslisten, dass auch Zihlmann an der Derniere gewesen ist. Und zwar in Begleitung.«

Schweigen, kurzes Time-Out, als müsste sie sich sammeln und scharf überlegen.

»Ich wollte Viktor warnen, glauben Sie mir, aber ich war zu feige; hab gedacht, wenn ich auch da bin, wagt er es nicht. Wenn er mich sieht, wird ers nicht wagen.

Harry, dieser Arsch, hat ihn umbringen lassen, Herr Kommissar!«

»Das klingt plausibel. Der mutmassliche Mörder war sein Begleiter. Plätze 215 und 216.«

Ashanti beginnt zu weinen wie ein Hund, ein verzweifeltes Greinen, die Hände vor den Kopf geschlagen. Anderhub insistiert nicht. Wartet. Sie erinnert ihn an Malaika, da war Ashanti die Starke. Jetzt möchte er der Starke sein, wenn er seinem Impuls folgen würde, möchte sie in den Arm nehmen, sie trösten, doch wohl wissend, dass dies nicht nur im ›Blick‹ zur Schlagzeile würde, lässt er es bleiben.

»Polizeioffizier tröstet Milieu-Mörderin«, Bild Silvio Wagner.

Das ginge ins gleiche Kapitel wie die Zürcher Gefängniswärterin, die da mit einem mehrfachen Vergewaltiger durchgebrannt ist.

»Was hätte ich denn tun sollen? Herumschreien, schaut, der da und der, das sind Mörder, die wollen Viktor ans Leben, worauf wartet ihr? Haltet sie fest?«, schluchzt sie.

Ja, man hätte sie für eine Spinnerin gehalten, Psychopathin, und festgehalten hätte man nur sie und nicht die beiden Herren, die hätten blöd gegrinst, Absichten sind nicht strafbar, zumal man jene nicht sehen, also beweisen kann, und gepackt hätte man sie, die hysterische Frau, die unmotiviert herumschreit, gibt ihr Anderhub Recht, einen psychotischen Schub hätte die Feld-, Wald- und Wiesenpsychologin, stets überall dabei, in jeder Gesellschaft zur Hand, im Nu diagnostiziert.

»Ich habe gehofft, sie tuns nicht, wenn sie mich sehen, aber ich hätte Harry kennen sollen.«

Jetzt schweigt Anderhub.

Ashanti sondert zwischen unverständlichen Urlauten der Verzweiflung, neben dem Lachen eine zweite universelle Sprache, denkt Anderhub, Brocken selbstanklägerischen Inhalts ab, wirft sich Feigheit vor, presst Wut aus ihrem Leib und verflucht sich wegen unbeholfener Rechtfertigungsversuche. Angst um ihr Leben habe sie dannzumal und seither gehabt, denn die erste Untat sei die schwierigste, das habe sie erfahren, es gebe eine Routine des Falschen, die erste Vermittlung von Mädchen an Zihlmann habe sie nur damit erträglich machen können, indem sie sich einredete, deren Schicksal hier sei tausendmal besser als ein Leben auf Mombasas Strassen, und etwas komme zurück, Geld, auch wenns nur wenig ist, helfe den Zurückgebliebenen, zu überleben. Irgendwann sei diese Lüge nicht mehr aufrecht zu erhalten gewesen. Und dann habe sie nur noch gehasst. Sich selber zuerst. Und Harry Zihlmann.

»Glaubt ihr mir jetzt endlich!«, schreit sie; die rechte Faust knallt mit dem ersten Wort auf die Tischplatte.

Anderhub glaubt ihr nicht. Lautstärke und Wahrheitsgehalt einer Aussage korrelieren nie, ist er überzeugt. Ashanti spielt Theater. Nicht zum ersten Mal. Erfahrungswert. Für ihn ist offensichtlich: Ashanti deckt Malaika. Entweder ein Unfall bei der Ausübung einer Profession oder die Affekthandlung einer misshandelten Frau.

Anderhub glaubt ihr nicht, doch der Wahrheitssucher in ihm gibt klein bei. Prinzipien beginnen zu bröckeln.

Was ist Gerechtigkeit?, fragt er sich. In welchem Verhältnis zueinander stehen Wahrheit und Gerechtigkeit? Wahr ist: Die Welt ist ungerecht. Nicht jede Rechtsprechung macht sie gerechter.

Der Haftrichter wird Malaika aus der Untersuchungshaft entlassen. Touristin, auch wenn sie hier gearbeitet hat, was nicht legal ist. Ein Vergehen minderer Strafwürdigkeit, die keine Untersuchungshaft rechtfertigt. Separates Verfahren. Wenn überhaupt. Später. Soll sie doch untertauchen. Oder ihre Europareise in einem anderen Land fortsetzen. In der Halbwelt ist viel Platz. Das hofft Anderhub.

Ashantis Geständnis wird vom Staatsanwalt akzeptiert; noch dieses Jahr soll ihr der Prozess gemacht werden. Für den Staatsanwalt wie für Max Hunziker ist klar: Das war ein kaltblütig geplanter Mord, kein Totschlag. Von fahrlässiger Tötung, Unfall quasi, könnte gesprochen werden, hätte man Malaika als mutmassliche Täterin behalten. Kunstfehler halt, ein Risiko, von dem Heinrich Zihlmann, genannt Harry, gewusst haben muss. Anderhub hofft auf einen tüchtigen Verteidiger.

Nun kommt das ganze Rösslispiel wieder in Gang, und der Ruf der Luzerner Kriminalpolizei erholt sich nach Bekanntgabe der Auflösung gleich zweier Fälle, von denen die Öffentlichkeit bisher freilich nur die Hälfte erfahren hatte. Die DNA-Proben schliesslich überführen Patrick D., den Rausschmeisser unbotmässig sich verhaltender Kundschaft im Etablissement und Begleiter, wenn Harry seine Mädchen, so sie eine Bestrafung verdient hatten, Teilunterschlagung des Lohnes liegt nahe, denn in Afrika erwartet die Verwandtschaft Geld, zum Anschaffen auf die Strasse schickte.

Ashanti hat den Ermittlungsbehörden den Tipp gegeben, und beim kriminaltechnischen Dienst kann nun einer der Fingerabdrücke, die man am Ort des plötzlichen Ablebens von Viktor Habermacher gefunden hat, eindeutig zugeordnet werden. Der vorbestrafte Mann – schwere Körperverletzung, Erpressung, Vergewaltigung – streitet zwar ab, je in seinem Leben in dieser Scheune und in dieser Garderobe gewesen zu sein. Spuren von Patrick D., DNA-Spuren nämlich, finden sich sogar noch auf Stuhl 215 am Metallgestell, wo der Mann das Ergebnis seines Popelns nachhaltig deponiert hatte. Gelobt seien der Belegungsplan der Derniere und die noch immer nummerierten Stühle, nunmehr wieder in Zwölfertürmen gestapelt im Gemeindesaal!

Das zeigt, dass auch ein Melchior nur mit Wasser kocht. Beziehungsweise mit Besen wischt. Erdrückende Indizien. Starke Indizien. Dass der Mörder das Offensichtliche abstreitet, macht ihn in den Augen der Ermittler erst recht verdächtig, denn ein Theaterbesuch an sich kann ja nicht strafbar sein. Als man ihm endlich unter die Nase reibt, ja, genau unter das ein Leben lang nie versiegende Lager des Popelmaterials, dass zwei Tage nach der Derniere 10'000 Franken vom Konto Harry Zihlmanns auf sein Konto bei derselben Bank transferiert worden sind, bricht Patrick D. ein. Er legt ein volles Geständnis ab mit deutlichem Hinweis darauf, dass er im Auftrag von Harry Zihlmann gehandelt habe.

Anderhub verzichtet auf ein Interview mit Melchior Kaufmann, obwohl der ihm vielleicht noch etwas zu beichten hätte. Allein, die Beweiskraft von Träumen ist von lächerlicher Geringe. Das gilt auch für jene Anderhubscher Provenienz.

Sollte er Evelyne Keisers Kinder genauer unter die Lupe nehmen? Ihre Gesichtszüge vergleichen mit jenen von Evelyne und Geri Keiser? Die Köpfe biometrisch vermessen? Und wenn sich herausstellte, dass die Mutter ihre Gesichtszüge dominant vererbt? Dann wäre äusserlich nichts Auffälliges festzustellen im Vergleich zwischen der ältesten Tochter und den beiden Buben. Da sie logischerweise alle ihrer Mutter glichen, was vielleicht Keiser in seiner Eitelkeit treffen und betrüben würde, wenn dessen architektonische Spuren in den Dörfern und Städtchen des Mittel- und des voralpinen Hügellandes ihm nicht genügen könnten.

Anderhub mag weder Familientherapeut noch Familiendestroyant sein, denn einen Kotzbrocken zu kränken, kann weder in seinem, noch im Sinne Evelynes sein. Gut, Frau Habermacher wäre vielleicht erfreut, wenn sie erführe, dass sie, entgegen allen Erwartungen, Grossmutter ist. Halt: Möchte sie das, eine unerreichbare Enkelin? Wäre das nicht noch grausamer? Zu wissen, dass. Zu wissen, wo. Nicht in Übersee, im gleichen Kanton, 33 Kilometer Luftlinie. Doch ohne Chance, irgendwann in ihrem Restleben mit ihr in Kontakt treten zu können.

Und: Hat die Welt auf solche Enthüllungen gewartet? Die grosse Welt nicht, aber vielleicht die kleine, bäumt sich ganz kurz etwas auf in Anderhubs oberen Innereien. Kein Familienfest, keine Erstkommunion, nie die Frage, wie sie genannt werden möchte, Grosi, Oma, Grossmama, Nana, Groma, Nonna. Er würgt den kleinen Aufstand ab. Dass er sich damit der Wagnerschen Arbeitseinstellung annähert, schreibt er seinem Alter zu.

Eins ist gewiss: Das hochgeistige Kafi beim Flaschensammler und Schnapsbrenner Kaspar Kaufmann würde Anderhub sich diesmal nicht entgehen lassen, wenn er am nächsten Wochenende mit Trudi, ohne Arbeitshut auf dem Haupt, auf einem Teil des Jakobswegs einen Marsch über die Höger zum Weiler Oberschwand unternimmt. Vielleicht treffen sie unterwegs Balz. Der ist bekanntlich auf der Walz.

Lauerte die schwarze Katze im Baumgarten auf der Matte neben der Scheune auf Vögel, statt der Mäusejagd nachzugehen, würde der Herr Oberleutnant der Kriminalpolizei Luzern aber böse, denn Amseln mag Anselm nicht nur auf Friedhöfen.

ATLANTIS

Benjamin Stückelberger
Auf der Kanzel
Pfarrer Gabathuler räumt auf
Kriminalroman

Zwölf Jahre lang bekämpfte Roger Gabathuler bei der Kantonspolizei Zürich Frauenhandel und organisierte Kriminalität. Bis zu jenem Einsatz, der ihn vordergründig zum Helden machte, letztlich aber das Ende seiner Karriere bedeutete. Auf der Suche nach neuen Herausforderungen stößt Gabathuler auf ein Programm für Quereinsteiger bei der reformierten Kirche. Er beschließt, Theologie zu studieren, und wird Pfarrer in Winterthur-Ganterwald. Bei der Besichtigung des Pfarrhauses, das zwischenzeitlich einem Asylbewerber zur Verfügung gestellt wurde, erkennt Gabathuler in dem Mann jenen russischen Mafiaboss, den er als Polizist nie dingfest machen konnte. Dass Jakovlev immer noch frei herumläuft und ihm außerdem direkt vor der Nase sitzt, frustriert Gabathuler. Er räumt auf. Und trotzdem kehrt keine Ruhe ein: Neue Falltüren öffnen sich, und für Gabathuler beginnt eine Reise in die Vergangenheit – seine eigene und die seiner Familie. Gleichzeitig fängt ein junger Polizist an, unangenehme Fragen zu stellen, und die russische Mafia ist Gabathuler auf den Fersen. Und dann muss auch noch seine Einsetzung als Pfarrer vorbereitet werden …

ATLANTIS

Marcel Huwyler
Das goldene Taschenmesser
Der erste Fall für Eliza Roth-Schild
Kriminalroman

Das luxuriöse Dasein von Unternehmergattin Eliza Roth, gebo-
rene Schild, ist jäh zu Ende, als ihr Mann bankrottgeht und sich
beim versuchten Versicherungsbetrug in die Luft sprengt. Die
Lebedame steht vor dem Nichts: Die Bankkonten tiefrot, die
Villa weg, von der geldadligen Society fallen gelassen, und die
Gläubiger ihres Mannes sind auch nicht gerade zimperlich. Da
kommt ihr das Angebot eines mysteriösen Impresarios aus der
Hochfinanz gerade recht. Eliza soll dessen Konkurrenz aushor-
chen. Als ehemalige Stewardess der Swissair weiß sie schließ-
lich, wie man hochfliegende Manager mit Souplesse domptiert.
Ihr Einsatz als Agentin bringt sie auf eine Geschäftsidee: Wirt-
schaftsspionage – aber mit Stil und Style. Und dank ihres nach
Macht und Reichtum klingenden Namens »Roth-Schild« angelt
sie sich exklusive Kundschaft. Andere »Kundschaft« wäre Eliza
dagegen gerne los. Dubiose Gestalten sind hinter einem sagen-
umwobenen Sammlerstück ihres verstorbenen Gatten her: ein
goldenes Taschenmesser, das sich an Bord der Titanic befand …

ATLANTIS

Christine Brand
Kalte Seelen
Ein Fall für Milla Nova
Kriminalroman

TV-Journalistin Milla Nova lässt sich für eine Reportage eine Woche lang ins Frauengefängnis Hindelbank im Emmental einsperren. Hinter Gittern hört sie tragische Lebensgeschichten, wie die von Flor, die wegen Mordes angeklagt ist, aber ihre Unschuld beteuert, oder Gerüchte, wie die über namenlose Immigranten, die als Sans-Papiers in der Schweiz ein Schattenleben führten und spurlos verschwanden. Und sie hört von Leichen, die die Kantonspolizei Bern aus dem Thunersee geborgen hat und bis heute nicht identifizieren konnte. Die Taten eines Rechtsextremisten? Milla Nova beginnt zu recherchieren und wird mit einer grausamen Wahrheit konfrontiert. Was hat all das mit ihrem Vater zu tun, den sie nie kennengelernt hat? Plötzlich blickt die kühne TV-Reporterin in die Abgründe ihrer eigenen Vergangenheit – und gerät selbst unter Verdacht.

ATLANTIS

Andrea Fazioli und Friedrich Glauser
Wachtmeister Studers Ferien
Sein letzter Fall
Kriminalroman

Ascona 1921, einer der heißesten Sommer seit Menschenge-
denken. Studer, Polizeikommissar aus Bern, macht mit seiner
Frau Urlaub am Lago Maggiore. Die Ruhe ist himmlisch – bis
Studer von einem Mann angesprochen wird. Er ist Schriftsteller,
kommt auch aus der Deutschschweiz und bittet den Kommissar
um Hilfe: Am Waldrand, nicht weit von seiner bescheidenen
Behausung, wurde eine Leiche gefunden, und die örtliche Polizei ist überzeugt, dass er die junge Frau getötet hat. Studer beginnt halbherzig, Erkundigungen über das Opfer einzuholen:
eine ausländische Tänzerin, die mit einem abgehalfterten alten
Baron befreundet war und in der Nachbarschaft der exzentri-
schen Künstler vom Monte Verità lebte …
Bereits in den zwanziger Jahren begann Friedrich Glauser mit
einem Roman über Studers Ferien in Ascona, der aber bis zu seinem Tod 1938 unvollendet blieb. Das Fragment umfasst vierzig
Seiten, drei verschiedene Anfänge und gleich vier Schauplätze.
Hundert Jahre später übernimmt der Tessiner Schriftsteller
Andrea Fazioli, spinnt eine Erzählung um diese Fragmente
herum – und klärt den Fall auf.

ATLANTIS

Werner Schmidli
Der Mann am See
Guntens erster Fall
Kriminalroman

Jahrelang war Camill Gunten in Australien, er hat Java und Ta-
hiti gesehen und es im Leben doch nicht weit gebracht. Nun
wohnt der pensionierte Detektiv in einem verwilderten Garten
am Murtensee, allein mit seiner Katze, die er Cornichon nennt,
»weil sie griesgrämig ist wie die meisten Schweizer«. Seine Tage
füllt er mit Spaziergängen – und mit seiner unstillbaren Neugier. Staunend und mit lächelnder Nachsicht verfolgt er, was
die Menschen in Murten umtreibt: die Affäre des jungen Benz
mit der Frau des Radiohändlers, den verbissenen Konkurrenz-
kampf zweier ehemaliger Geschäftspartner. Doch als Benz am
Morgen nach einem Sturm erschlagen an der Uferpromenade
liegt, wird der melancholische Beobachter selbst aktiv. Gunten
gibt sich nicht zufrieden mit den vorschnellen Erklärungsversu-
chen der Kleinstadtpolizei, macht sich auf die Suche nach dem
wahren Mörder. Auch Eitelkeit und ein Gran Rachsucht treiben
ihn an: Jean, als Kantonspolizist mit der Untersuchung betraut,
war einst Guntens Vorgesetzter ...

Λ